天津市重点出版扶持项目

津沽名家文库(第一辑)

日本文学简史

雷石榆 著

南开大學 出版社

天 津

图书在版编目(CIP)数据

日本文学简史 / 雷石榆著. —天津：南开大学出版社，2019.8
（津沽名家文库. 第一辑）
ISBN 978-7-310-05817-4

Ⅰ. ①日… Ⅱ. ①雷… Ⅲ. ①日本文学—文学史 Ⅳ. ①I313.09

中国版本图书馆 CIP 数据核字（2019）第 140894 号

南开大学出版社出版发行
出版人：刘运峰
地址：天津市南开区卫津路 94 号　　邮政编码：300071
营销部电话：(022)23508339　23500755
营销部传真：(022)23508542　邮购部电话：(022)23502200
＊
天津丰富彩艺印刷有限公司印刷
全国各地新华书店经销
＊
2019 年 8 月第 1 版　　2019 年 8 月第 1 次印刷
210×148 毫米　32 开本　8.375 印张　6 插页　202 千字
定价：58.00 元

如遇图书印装质量问题,请与本社营销部联系调换,电话：(022)23507125

雷石榆先生（1911—1996）

渴拜　小熊秀雄夫妻墓

駒辽驿前成永别　壮年病魔折悼天

诗篇往復身没稿　常子珍藏卅六年

交往诗篇终问世　遗孀病榻慰残生

相依基穴夫妻骨　知否重来峻友声

小熊秀雄研究会惠存

一九八六年四月十日献祭于多摩墓地

雷石榆

雷石榆先生手迹(小熊秀雄协会藏)

出版说明

　　津沽大地，物华天宝，人才辈出，人文称盛。

　　津沽有独特之历史，优良之学风。自近代以来，中西交流，古今融合，天津开风气之先，学术亦渐成规模。中华人民共和国成立后，高校院系调整，学科重组，南北学人汇聚天津，成一时之盛。诸多学人以学术为生命，孜孜矻矻，埋首著述，成果丰硕，蔚为大观。

　　为全面反映中华人民共和国成立以来天津学术发展的面貌及成果，我们决定编辑出版"津沽名家文库"。文库的作者均为某个领域具有代表性的人物，在学术界具有广泛的影响，所收录的著作或集大成，或开先河，或启新篇，至今仍葆有强大的生命力。尤其是随着时间的推移，这些论著的价值已经从单纯的学术层面生发出新的内涵，其中蕴含的创新思想、治学精神，比学术本身意义更为丰富，也更具普遍性，因而更值得研究与纪念。就学术本身而论，这些人文社科领域常研常新的题目，这些可以回答当今社会大众所关注话题的观点，又何尝不具有永恒的价值，为人类认识世界的道路点亮了一盏盏明灯。

　　这些著作首版主要集中在 20 世纪 50 年代至 90 年代，出版后在学界引起了强烈反响，然而由于多种原因，近几十年来多未曾再版，既为学林憾事，亦有薪火难传之虞。在当前坚定文化自信、倡导学术创新、建设学习强国的背景下，对经典学术著作的回顾与整理就显得尤为迫切。

本次出版的"津沽名家文库（第一辑）"包含哲学、语言学、文学、历史学、经济学五个学科的名家著作，既有鲜明的学科特征，又体现出学科之间的交叉互通，同时具有向社会大众传播的可读性。具体书目包括温公颐《中国古代逻辑史》、马汉麟《古代汉语读本》、刘叔新《词汇学和词典学问题研究》、顾随《顾随文集》、朱维之《中国文艺思潮史稿》、雷石榆《日本文学简史》、朱一玄《红楼梦人物谱》、王达津《唐诗丛考》、刘叶秋《古典小说笔记论丛》、雷海宗《西洋文化史纲要》、王玉哲《中国上古史纲》、杨志玖《马可·波罗在中国》、杨翼骧《秦汉史纲要》、漆侠《宋代经济史》、来新夏《古籍整理讲义》、刘泽华《先秦政治思想史》、季陶达《英国古典政治经济学》、石毓符《中国货币金融史略》、杨敬年《西方发展经济学概论》、王亘坚《经济杠杆论》等共二十种。

需要说明的是，随着时代的发展、知识的更新和学科的进步，某些领域已经有了新的发现和认识，对于著作中的部分观点还需在阅读中辩证看待。同时，由于出版年代的局限，原书在用词用语、标点使用、行文体例等方面有不符合当前规范要求的地方。本次影印出版本着尊重原著原貌、保存原版本完整性的原则，除对个别问题做了技术性处理外，一律遵从原文，未予更动；为优化版本价值，订正和弥补了原书中因排版印刷问题造成的错漏。

本次出版，我们特别约请了各相关领域的知名学者为每部著作撰写导读文章，介绍作者的生平、学术建树及著作的内容、特点和价值，以使读者了解背景、源流、思路、结构，从而更好地理解原作、获得启发。在此，我们对拨冗惠赐导读文章的各位学者致以最诚挚的感谢。

同时，我们铭感于作者家属对本丛书的大力支持，他们积极创造条件，帮助我们搜集资料、推荐导读作者，使本丛书得以顺利问世。

最后，感谢天津市重点出版扶持项目领导小组的关心支持。希望本丛书能不负所望，为彰显天津的学术文化地位、推动天津学术研究的深入发展做出贡献，为繁荣中国特色哲学社会科学做出贡献。

南开大学出版社

2019 年 4 月

《日本文学简史》导读

郭秀媛

雷石榆（1911—1996），著名的"左联"作家，抗战诗人，文学理论家，翻译家，曾任津沽大学、河北大学教授。雷先生以八十五年的传奇一生，为我国革命事业和外国文学事业做出了杰出的贡献，足堪世人铭记。

一、雷石榆先生生平

雷石榆的人生分为故乡时期、日本留学时期、抗日战争时期、台湾时期、香港时期、天津时期和保定时期。

（一）故乡时期（1911—1932）

1911 年 5 月 1 日，雷石榆出生在广东省台山县水步圩毛坪乡的马山村，原名社稳。他六岁时母亲病故，因父亲长年在印度尼西亚经商①，他只能跟随祖母生活，与姐姐相伴。八岁上私塾，十五岁进入台城瑞应书院，熟读古文经典，开始写作旧体诗并在台山的《溯源月刊》发表作品。因其诗文才华，深得校长刘晚成的喜爱，刘校长为其取名"石榆"。十八岁，雷石榆考进县立台山

---

① 笔者注：据张丽敏女士著《雷石榆人生之路》（河北大学出版社，2002 年）所载，雷石榆先生的父亲后来在日军侵占南洋后客死异乡，尸骨无觅，财物无存。

中学。台山是著名的侨乡，台山中学乃侨胞捐建，学校师资力量雄厚，思想先进开放，白话文学盛行。雷石榆在此接受新文化——白话文、科学知识、马克思主义理论，潜心阅读《新青年》《创造月刊》《太阳月刊》《语丝》《莽原》等五四运动前后的进步刊物和各种专集的白话文作品，开始写作新体诗、散文、小说、评论等，同时主编校刊《台中半月刊》。①台中毕业后，他被聘为台山《民国日报》副刊编辑。1932年春因为发表了《浅释马克思主义政治经济学基本原理》等文章引起论战，被围攻三个月后遭解职。雷石榆并未气馁，他把自己的论文编辑起来，出版了第一部论文集《在文化斗争的旗下》（台城同文印书馆，1932年）。

（二）日本留学时期（1933—1936）

1933年，雷石榆依靠父亲的侨汇，自费赴日本留学。在学习日语期间开始用日文写诗，并陆续在刊物上发表。1935年出版日文诗集《沙漠之歌》，获得好评。在日本期间，他参加中国左翼作家联盟东京分盟，先后主编盟刊《东流》《诗歌》等，并成为日本左翼文学团体前奏社机关杂志《诗精神》唯一的中国编辑，与日本诗人新井彻、后藤郁子、远地辉武、小熊秀雄等结下了深厚的友情。他与小熊秀雄共同创作的《日中往复明信片诗集》，在共同抒发反战思想的同时，创造了"明信片诗体"，被后人给予很高的评价，产生了深远的影响。他在多种报刊发表文章向中国介绍日本文坛的近况，如《日本诗坛近况》；又向日本介绍中国文坛的发展，如《中国诗坛近况》《中国文坛现状论》等，促进中日文学的交流，颇具影响。因其诗文中表现出反战爱国思想，被日本当局传讯、拘捕，直至1935年底被驱逐出境。这也使得他不得不与热恋情人天各一方。归国后，他用十天时间完成中篇小

---

① 参考雷石喻的《回忆在母校"台中"学习的日子》。此文是雷石榆在1989年应台山中学之约撰写的，但由于字数过多，最后未能发表在校刊上。

说《惨别》以为纪念。1936年春，雷石榆化名林未春潜回日本，希望写好论文完成学业，但是形势愈加险峻，处境更加危险。在中日友人的帮助下，他于1936年11月秘密返回上海，结束了日本的留学生活。回国前他与爱人相约，回国后想办法接她来中国相聚，但最终因战争而相聚无望，永相分离。

（三）抗日战争时期（1937—1946）

抗日战争全面爆发后，雷石榆随着战事的发展而辗转漂泊。从上海到福州再到岭南，从西北战区到西南大后方再到东南地区。在上海，他在《立报》《申报》等发表抗日救亡文章，与许多进步作家建立了联系，宣传抗战。在福州，他与蒲风等人一起主编《福建民报·艺术座》，参加文艺界的座谈活动，并撰写发表了三十余篇进步诗文。在广州，他为《救亡日报》义务撰稿，参加《中国诗坛》和广东文化界抗敌协会的活动，与郭沫若、茅盾和夏衍有多次交流，出版诗集《国际纵队》《新生的中国》，鼓舞抗战。在西北的晋南、豫洛战区，他直接投身抗战，在卫立煌部下从事日文资料的编译工作，并创作了长诗《小蛮牛》等多篇诗文。1939年至1944年四年多的时间里，他在昆明教书；主持中华全国文艺界抗敌协会昆明分会的工作，主编会刊《西南文艺》；创办并主编文学综合刊物《文学评论》；创作并发表了大量的诗文作品，出版了小说散文集《婚变》，翻译出版了海涅诗集《海涅诗抄》和《奴隶船》。另外，1945年于福州出版的中篇小说集《夫妇们》、1946年于厦门出版的第二本文论集《文艺一般论》也是这一时期的成就。这是他创作上的丰收时期。抗战后期，他辗转回到东南地区，在江西任《赣报》总编辑，后又去厦门任《闽南新报》的副刊主编。可以说，在整个抗日战争时期，雷石榆都是一名以笔为枪的战士，从未忘保家卫国之责。正因如此，他得到了"抗战诗人"之誉。1995年抗日战争胜利五十周年，雷石榆获得了中国作家协会颁发的一块铸有"以笔为枪 投身抗战（1937—1945）"字样的铜牌。

（四）台湾时期（1946—1949）

抗日战争胜利后，雷石榆来到台湾地区，任《国声报》主笔兼编副刊。在日本留学期间，雷石榆就参与了台湾文艺联盟的机关杂志《台湾文艺》的活动。《台湾文艺》是当时台湾大规模新文学运动中最有影响的杂志，雷石榆是该杂志的撰稿人。他在该杂志上发表中日文诗歌如《颤抖的大地》，论文《我所切望的诗歌——批评四月号的诗》（批评台湾诗人在深重的枷锁压迫下，却隐忍着写着无关痛痒的诗歌，主张诗人应该创作表现时代的现实作品），论文《诗的创作问题》（运用历史唯物主义和辩证唯物主义观点提出对当时台湾的大多数诗人来说还是新锐的诗歌理论）等作品，作为唯一的大陆作家直接参加了台湾新文学运动。到台湾以后，他整理了抗战时期的诗歌创作，结集为《八年诗选集》出版。他积极地参与了台湾新文学发展的讨论。在《新声报》副刊《桥》上展开的关于台湾新文学建设的论争中，雷石榆与杨风展开了激烈的文学论战。他以《台湾新文学创作方法问题》《形式主义的文学观》《再论新写实主义》《再论新写实主义（续）》等一系列文章，阐明了自己的文学立场："从民族一定的现实环境、生活状态，把握各阶层的典型的性格，不是自然主义的机械的刻画，不是浪漫主义架空的夸张，而是以新的写实主义为依据，强调客观的内在交错性、真实性，强调精神的能动性、自发性、创造性，启示发展的辩证性、必然性。新的写实主义是自然主义的客观认识面与浪漫主义的个性、感情的积极面之综合和提高。"[①]认为台湾文学创作的根本原则，应该是铲除因为日本统治带来的

---

① 张丽敏：《雷石榆诗文选》，河北大学出版社，2010 年，第 399 页。

一些有毒思想；接受和摄取中国的文学遗产；适切地表现人物的性格、习惯；写自己最熟悉的东西、最理解的生活；暴露旧的伦理意识、腐败的习惯、有害的思想；要尽可能多地学习外国文学，以此较直接地、更广泛地认识世界，同时也为自身文学的发展提供辅助。这些观点不仅来自当时的现实需求、雷石榆的创作实践，也有苏联文学较大的影响。1934年苏联召开第一次全苏作家代表大会，高尔基首次提出社会主义现实主义创作方法，大会表决通过后被写进苏联作家协会章程：社会主义现实主义，作为苏联文学和苏联文学批评的基本方法，要求作家和艺术家要真实地、历史具体地来描写现实。这种描写的真实性和历史具体性要与教育劳动人民的任务结合起来。并且社会主义现实主义要与革命的浪漫主义相结合。显然，雷石榆的新文学观受此理论影响较大，而且其立论也常常以苏联作家、诗人包括高尔基、别德内、叶赛宁、马雅可夫斯基、肖洛霍夫等为依据。后世学者石家驹称雷石榆为"台湾文学思潮史上第一个把马克思主义的新写实主义论引进台湾并引发讨论的人"[1]。在台湾，雷石榆因工作结识了舞蹈家蔡瑞月女士，二人相恋成婚，并育有一子。1949年，雷石榆被国民党当局逮捕，囚禁数月后被驱逐出台。而雷石榆此一别台，终生再也没有踏上台湾岛。

（五）香港时期（1949—1951）

离台后的雷石榆流落香港，先后在南方学院、中业学院任教，同时用非我、杜拉、纱雨、牛车等笔名写诗撰文。当时的香港聚集了蜂拥而来的各色人物，社会矛盾非常复杂，文化阵线壁垒森严。雷石榆活跃在吸引进步读者的《大公报》《文汇报》以及《星岛日报》，撰写并发表大量评论、杂感、诗歌和散文，以此表达

---

① 张丽敏：《雷石榆诗文选》，河北大学出版社，2010年，第584页。

思想，一吐胸中块垒。应香港初步书店之约出版了《写作方法初步》，而续篇《文学诸样式初步》付排后因书店搬迁未能印出。

雷石榆曾经和妻子约定在香港会合，但因为蔡瑞月女士被雷石榆牵连入狱三年，他们失去了联系。面对香港不稳定的局面和他没有保障的生活，雷石榆不得不接受了天津津沽大学的聘请，离港北上。

（六）天津时期（1952—1980）

1952 年初，雷石榆来到天津，受聘为津沽大学教授，开始他的教学与学术研究生涯。该校即河北大学的前身，后从天津迁至河北保定，雷先生一直在校任教。他担任教研室主任，讲授过文学概论、世界文学、中国现代文学等课程。他亲自编写所授各门课程的教学大纲、讲义，并刻写蜡版油印。其中增删修订成册的《世界文学》讲义有五十余万字，曾参加了 1956 年全国高校教材展览。他的教学语言生动，由浅入深，条理清晰，广征博引，视野开阔，又颇有幽默感，深受学生欢迎。他爱护学生，平易近人，从不摆教授的架子。对于有写作爱好的学生，他更是耐心指导，热情鼓励。他把全部身心都投入到教育事业中。1963 年国庆节，在同事朋友们的劝说下，独居十数年、与妻子完全失去联系并会合无望的雷石榆，单方面解除了与蔡瑞月女士的婚姻关系，并与张丽敏女士结为伉俪。"文革"期间，雷石榆遭到迫害，受尽凌辱；但他从未屈服，既没有出卖任何人，也一直坚持自己无罪。张丽敏女士始终与他站在一起，相濡以沫，患难与共，感情弥笃。

（七）保定时期（1980—1996）

1980 年，雷石榆因河北大学的搬迁而迁居保定。随着"文革"的结束，雷石榆精神振奋，在文学创作和学术研究上出现了又一个高峰期，尤其是外国文学研究上成就卓异，完成和发表了大量著述，并参加编写外国文学史教材，影响很大。1986 年，应日本学术振兴会的邀请，雷石榆再一次东渡日本进行学术交流。在为期三个月的时间里，文化交流、访问旧友、追悼故人、结交新朋、吟诗作文，为中日友谊再写新篇。近八十岁高龄时，雷石榆先生完成十余万字的回忆录，在《新文学史料》连载刊出后，不仅在国内得到很好的反响，也受到日本文学界的重视，很快就被译成日文出版。

晚年的雷石榆以惊人的毅力出版了他的学术力作《日本文学简史》，整理翻译了《布雷克诗选集》，还为一些新人的诗集作序，并不断有新的诗作发表。1996 年 12 月 7 日，雷石榆先生病逝于保定，享年八十五岁。《新文学史料》1997 年第 1 期发布的消息中写到："雷石榆先生心地无私，待人以诚，爱人以德。高山景行，堪称楷模。哲人其萎，诗魂永驻，雷石榆先生永远活在人们心中。"这是对雷石榆最恰切的评价。日本《朝日新闻》于 1996 年 12 月 10 日刊登了雷先生病逝的消息，大阪《每日新闻》记者于 12 月 9 日打电话到家中采访，很多日本友人发来唁电，高度评价雷先生在中日交流中的贡献。

二、雷石榆先生的文化成就

从十五岁开始写诗发表作品，到八十五岁临终前尚关注香港回归口述文章的发表，雷石榆的创作生命整整七十载。七十年的创作历程中，雷先生出版诗集、小说集、论文集、翻译作品集以及专著二十余部，还有完成但未能出版的论文集《文学诸样式初步》、诗集《南归曲》、翻译诗集《布雷克短诗选集》以及见诸报刊而未结集的众多诗文等。他积极参与报刊的创办、编辑工作，主编过的报刊有十余种。他把自己完全融入时代的洪流中，他的人生就是一代中国知识分子与国家同呼吸共命运的写照。他的文学创作活动，使他成为中国现代文学史上的重要诗人、小说家、理论家、翻译家，成为中国新文学建设的重要参与者；他一生三度赴日，在日本期间的活动、创作以及后来对日本文学的关注与研究，为中日文化交流做出了巨大贡献，被誉为"中日现代诗歌交流史上的第一人"，"中日现代文学文化交流的先驱者"；他的教学与学术研究，使他成为外国文学特别是东方文学研究的著名学者，在外国文学研究方面贡献卓著，影响深远。雷石榆的成就，不仅在于其文学创作的艺术价值、欣赏价值，在于学术研究的洞见卓识与对后学的启迪，还在于他对于他所生活时代的记录。

首先，雷石榆是一个诗人，诗歌创作伴随了他一生。

雷石榆从中学时期就在新文化新思想的影响下开始以诗歌的形式抒情言志。到日本留学时，追随着众多的有志青年探索强大贫弱祖国的道路。他大量地阅读、翻译世界著名诗人的作品，其中，充满了激情和抗争精神的拜伦、海涅、惠特曼的诗歌，尤其是苏联的一些革命诗人的作品，对他产生了巨大的影响。而以郭沫若、茅盾为首的前辈对他的鼓舞，以及《诗歌》《诗精神》《台湾文艺》的同人互相之间的激励，都使他把诗歌创作作为自己报效祖国、体现人生价值的目标，把诗歌视为"艺术最高的表现"。他的诗充满了激情，感情真挚而热烈。他说："诗是我的心的音响，我的灵魂的呼喊，我的生命之最高的或最轻微的呼吸[①]"无论是保家卫国、鼓舞人民、宣传抗战，还是个人的爱情、友情、亲情、快乐、幸福、挫折、失意的纪念与抒发……他把所有的爱恨情仇，都在诗歌中宣泄倾诉。

在雷石榆一生的诗歌创作中，数量最多、影响最大、创作时间最为密集、情感最为深厚浓重的是他的抗日战争时期的创作：

---

① 雷石榆：《八年诗选集·序》，粤光印务公司，1946年，第1页。

8

包括 1937 年出版的三部诗集——《国际纵队》《1937$\frac{7}{7}$—1938$\frac{1}{1}$》《新生的中国》，抗战时期创作直到抗战胜利后才出版的《八年诗选集》以及许多未入集的诗作和长诗《小蛮牛》。

雷石榆的诗歌"抒情与叙事熔冶为一，不复能分。"（茅盾语）

抗日战争时期，雷石榆用诗歌记录时代。他把那场殊死抗战中自己所见所闻，及时地用诗歌记录，用诗歌传扬，情感真挚饱满，书写细腻传神，极富感染力，把叙事与抒情完美结合。面对被日寇践踏的祖国，他记录日寇的罪恶与人民的不屈，写下《被强奸的土地上》《家破人亡者的歌》《潼关外的弧线路上》等诗作。"每次在轰炸中看到同胞模糊的血肉，/加深一层愤恨的感情。/……那无数掠过眼帘的房舍和城壁/化成一片的瓦砾和废墟，/撩起对毁灭者无限的憎恶。"[1]他呼吁全国人民保家卫国，写下《保卫台山》《学生，战士》《华南，我们保卫你！》等诗作。他满怀着"愿得此身长报国，何须生入玉门关"的一腔赤诚，毅然上了前线，直接投入到保家卫国的战斗。他抒写自己报效祖国、不惧牺牲的豪情，也抒写全国人民誓死抗战、保家卫国的决心，写下《别了，广州》，《把青春向你献上》《人生难得这一回》等作品。他满怀着"苟利国家生死以，岂因祸福避趋之"的壮烈情怀，以"五千年未有过的大牺牲，/五千年未有过的革命波涛，/今天澎湃在祖国全领土，/世界也像在这波涛上荡摇！"[2]的诗句，展现了抗日战争浩荡的气势，辉煌的境界。不管战事多么艰难，不能动摇抗战的决心，雷石榆的诗中，对胜利的信念永远不变，这种信念体现在《我要和你们合唱》《剿灭不了我们的灵魂》等作品中。而在经历了九年的辗转和艰苦奋斗，终于迎来了抗日战争的胜利，消息传来，他不仅真实地记述了庆祝抗战胜利的欢乐场面和人们的狂

---

[1] 张丽敏：《雷石榆诗文选》，河北大学出版社，2010 年，第 53 页。
[2] 同上书，第 55 页。

喜心情，更抒写了自己心中的那份百感交集："叫我怎样写'胜利'两个字，/当日本投降的喜讯传来的时候。/……我记起在九年的征逐里，/写过不少预期胜利的诗篇，/但这时，我握起笔，/好久，好久，不知怎样写'胜利'两个字。"战争给千千万万的人带来生活的不幸与悲痛，对雷石榆也不例外。他在诗歌中悲痛因为战争而失落的爱情——《炮火轰断了爱情——怀菊枝》，思念不可能结合的爱人——《想起了你》，怀念曾经共同战斗过的诗友——《我听见你的叹息——致日本诗友小熊秀雄》，追忆因贫困早亡的姐姐——《悼念亡姊》。战争胜利后，他写下《再一度生活在春天》："是的，愿我们/再一度生活在春天！……"[①]他就像一只海燕，"发狂的飞旋歌唱/用低音唱出爱情的小调/用高音开始进行曲的前奏"[②]。他是一个时代的诗人。

雷石榆的诗歌具有通俗化的特点，注重音韵之美。

抗战时期，雷石榆把诗歌作为宣传抗战、与敌斗争的武器。为了更好地发挥诗歌的鼓动宣传作用，雷石榆在创作上采取了通俗化的创作手法，努力使自己的诗歌通俗易懂、朗朗上口。例如非常有代表性的《国际纵队》开篇的一首诗歌《一日贡献国家歌》："每人少用一天钱，/敌人多送几条命，/只要大家合力干，/哪怕领土不完整。"1936年，上海《立报》首倡"以一日贡献国家运动"，特约雷石榆作歌词，由丁珰谱曲。因为歌词明白浅显，通俗易懂，易于广大民众的理解和接受，群众传唱非常广泛，当时各报刊也多有转载，达到了很好的宣传效果。在我国20世纪30年代，诗歌的音乐性受到极大重视，很多诗人都十分关注诗歌的朗诵，因为诗歌的朗诵可以更好地起到它的感化、鼓动、宣传的作用。以中国诗歌会为代表的左翼诗人甚至发起诗歌朗诵运动，而

---

① 张丽敏：《雷石榆诗文选》，河北大学出版社，2010年，第87页。
② 同上书，第91页。

这一运动在抗日战争全面爆发后达到高潮。雷石榆的《华南，我们保卫你！》就是特地为广州播音台朗读而作，1938年1月6日播音，同日发表在《救亡日报》上，起到了非常好的鼓舞作用。茅盾正是根据雷石榆及同时期诗人创作的这些特点，在其1938年1月26日发表在《救亡日报》上的文章《这时代的诗歌》中说，当前诗歌的特点有三：第一是步步接近大众化……第二是并不注意于技巧而技巧自在其中……第三是抒情与叙事熔冶为一，不复能分。"可见，雷石榆诗歌的通俗化，注重节奏感和音乐性，是为了更好地鼓舞人民，宣传抗战，是时代所需，也是时代的产物。

《一日贡献国家歌》也酷似苏联国内战争时期马雅可夫斯基为了宣传革命所作的诗歌《公民，红军正在挨冻》："公民！红军战士在挨冻！/如果你有多余的大衣——/送给红军！/这样，红军就会走向胜利！"马雅可夫斯基出身于未来派，他的诗歌具有极其丰富的想象力、极强的表现力和巨大的创造力，也曾经把诗歌写得非常晦涩；但是在苏联国内战争期间，为了更好地进行革命宣传，他改变了自己的诗风。这样的诗歌创作，作者完全抛开了个人的名利，收起了灼灼才华，只为唤醒民众。赤子之心，可嘉可叹！

正所谓一个时代有一个时代的文学，一个时代的作家有一个时代作家的使命。抗日战争时期，国难当头，匹夫有责！抗战便是当时文学创作的第一要义。而雷石榆的所作所为，无愧于"抗战诗人"的称号。

其次，雷石榆是一个文学理论家。

作为一个有着丰富创作经验的诗人、作家，尤其还长期从事编辑工作，雷石榆接触了很多热爱文学创作又缺乏经验的文艺青年。他从自己的创作、编辑实践中总结理论，用理论来指导和帮助文艺青年去进行创作实践。他的理论著作《文艺一般论》《写作方法初步》《文学诸样式初步》，详细分析诗歌、小品文、速写、报告文学、小说、戏剧等各类文学体裁，以使初学写作者掌握最基本的创作原则。他在著作中对文学创作的体裁特征、文学的功用、生命与艺术的关系、内容与形式的关系、文学创作语言问题、艺术的表现手法、为什么要写作、怎样深入生活、怎样选择自己最熟悉和最有意义的题材并提炼出思想性、创作材料的准备和写作技术的运用、如何适应时代的政治要求，甚至诗歌如何朗诵等问题，都进行了详细的论述，非常有针对性地探讨了文学创作的各种技巧与方法。论述通俗易懂，深入浅出，具有极强的启迪、指导实践的作用。

雷石榆的文学理论来自创作和编辑的实践，同时更多地吸收了国外文学发展的先进思想和艺术技巧，继承了我国传统文学的一些优秀品质。他始终主张以现实主义与浪漫主义相结合的创作原则，继承自己民族文化的优良传统，大量吸取外来文化的精华，并特别强调诗人及其创作的真与美的一致性、生活的真实与艺术的真实的统一性。

其三，雷石榆是一个翻译家。

他一生翻译了大量的外国诗人的著作，比如翻译德国抒情诗人海涅的诗歌，出版了《海涅诗抄》《奴隶船》，翻译英国诗人布雷克的诗作《布雷克短诗选》，以及大量的日语作品。雷石榆是从自己喜爱的角度选取翻译作品，并且大多是由日文翻译成中文。他擅长译诗。诗歌是最难翻译的，但是雷石榆作为诗人来译诗，不仅语言顺畅，节奏韵律都能兼顾，更为突出的是能译出诗的情感。雷石榆在诗歌的翻译过程中，对于外国著名诗人作品的深入理解，也使他自己的创作受到了很大的影响和启发。因此他在创作论中，常常鼓励人们多学习研读外国名家名作。

其四，雷石榆是一个学者。

他不仅在高校教书育人，更在教学的过程中不断深入地研究中外文学名著，取得了丰硕的研究成果。他既是诗人、翻译家、理论家，同时又是学者。他有非常好的国学根基，又有极好的域外文化修养，加之丰富的文学创作实践和文学编辑实践，这些使他得以博古通今、学贯中西、理论与实践兼修。因此，他的学术研究不仅有宽厚的基础，还有更广阔的视野和更强大、更准确的领会与理解能力。他的《关于贾宝玉的典型性格》《略论亚里士多德的美学原则》《但丁所受的抒情诗流派的影响及其诗形式的创新》《谈谈诗歌借鉴与创作》《试评石川啄木的创作思想及其艺术成就》《略论小熊秀雄童话的特色》《略评川端康成及其创作道路》《绝代歌手与斗士——海涅》《30 年代日本普罗文学运动与诗人新井彻》等一系列论著，往往可以立足文本而直指问题核心，理解深入而道常人所未道。而且，他的文学研究有非常明确的为实践服务的目标。这是他学术研究的一大特色。研读他的学术文章，能够清晰感受到他从创作实践出发，研究文本作者的成长历程及其生活的时代对其产生的影响，然后进行文本的细读、剖析，理论的总结归纳，最后再回到指导创作实践的研究路径。这种以实践为根本、理论服务于实践的学术研究，与完全耽于理论的文学研究不同。如果说文学研究终究要助力文学发展，那么雷石榆这样的文学研究方法和研究路径，应该是学界发扬的一个方向，对后学也具有很大的启迪和示范作用。

其五，雷石榆是中日文化交流的使者。

雷石榆一生三度赴日，生活、学习，创作、研究，为中日交流做出了很大贡献。第一、第二次赴日，他以留学生的身份，直接参与了二十世纪三十年代日本左翼诗歌活动，并积极进行了中日现代诗歌发展状况的介绍交流，与许多日本进步诗人结下深厚情谊。《日中往复明信片诗集》不仅是雷石榆与小熊秀雄友情的结晶，而且可以成为中日文学交流史上的里程碑。这一段生活经历，使雷石榆与日本文学和文化结下了不解之缘。虽然他的学术视野非常广阔，但是日本文学与文化研究是他主要关注的领域，成就也最为显著。他的《关于汉诗与日本民族诗歌的关系——在历史悠久的文化交流中诗歌代代相传中日友谊之声》，是其 1986 年赴日交流的学术报告之一，后修改发表。文章从唐代汉文化盛传于日本及对日本诗歌的影响，儒、佛思想在日本诗歌领域的影响，中日汉诗与现代新体诗的相互影响和交流等几个方面，介绍了中日诗歌发展史上彼此之间的交流、借鉴与促进。《日中现代文学在美学观上的同异》一文，探索日本明治维新以后和中国五四前后到二十世纪二三十年代之间，两国现代文学中有代表性的若干作家作品的美学特征，论述了在西方现代思潮影响下日本现代文学产生的背景和中国思想启蒙运动对中国近现代文学的影响，比较了日中现代文学诸流派的美学观、第一次世界大战前后日中文学诸流派与无产阶级文学的审美立场，对照考察了中日两国在同时代的不同历史条件下先后出现的诸种文学派别，在审美观上探索其异同。1986 年在国际东方学者第 31 次会议的报告会上，雷石榆以亲历者身份，做了题为《关于 30 年代以〈诗精神〉为中心的中日文化交流》的报告，介绍了他留日期间的中日文化交流情况，接触到的作家、作品、杂志、出版社等。这些内容引起了当时在座的学者和听众的极大兴趣。这些信息，尤其是雷石榆介绍的当时日本无产阶级文学的情状，在东方学会是第一次被提及，不仅具有很大的冲击力和影响力，更有很高的史料价值。

三、《日本文学简史》的体系和价值

《日本文学简史》是雷石榆先生在八旬高龄时出版的学术著作。作者本是应某出版社之约，从 1983 年起稿，写作了二十万字，但并未出版。1986 年访日后，因从日本友人处获得一些新的资料，决定对书稿从头修改补充，至 1989 年方修订完成，即今日我们所看到的版本，于 1992 年 8 月由河北教育出版社出版。

综观全书，本书具有如下特点：

（一）贯通古今，覆盖全面

全书分为上、下两篇，共十一章，综合概述了日本文学从古至今发展的历史。上篇系统介绍日本古代文学。作者以日本特定的历史阶段的朝代为标志，以奈良时代为轴心，上溯古代，下接平安、镰仓、室町到江户幕府末期，概括为"日本古典文学"，选取了从神话、歌谣、英雄故事到《万叶集》《古今和歌集》《源氏物语》《新古今和歌集》《平家物语》等最具有代表性的日本古典文学作品进行介绍。下编系统介绍日本十九世纪后半叶至二十世纪中叶的文学，并统称为"日本现代文学"，以明治维新为起点，一直介绍至二十世纪八十年代末。作者以公历标示年限，以年代称号（如明治、大正）为大体的区分，对明治维新的启蒙文学，现代文学的萌芽、成长及其确立，围绕着各种文学流派的形成、演化、衰落的过程，探索其各自的特征，按年代介绍了包括二叶亭四迷、石川啄木、夏目漱石、芥川龙之介、菊池宽、小林多喜二、小熊秀雄、川端康成、井上靖、山崎丰子等在内的四十余位日本作家和他们的作品，对第二次世界大战后涌现的批判侵略战争、呼吁人类和平、民族平等的作家作品也做了评介。因此，本书是一部贯通古今、覆盖几乎整个日本文学发展历程的文学史。

（二）简明扼要，通俗易懂

作者在前言中就阐明了该书是为广大知识青年、大专院校学生提供简明而系统的日本文学史，包括中日文化交流的历史知识而作。为了便于参照阅读各个时期最有代表性的作家和作品，深入了解其反映的时代特征和创作风格，作者力求内容精练简明，编写上不落前人窠臼，根据作者自己的研究来分析古今文学资料，用自己的观点衡量取舍，对新老作家在其历史作用和社会影响的意义上加以评介。上篇对于已成定论的日本古典文学，主要介绍其发展演变史；下篇的重点则在于对作家作品的评述。作者在每章的概述中对时代背景、流派特征进行分析，然后分节评述主要代表作家及其最主要的代表作品，重点作家重点介绍，而一般的作家点到为止。行文上详略得当，介绍与评论融合在一起，内容简练、观点精辟、重点突出、通俗易懂。为了达到"简"，雷石榆做得更多的是"减"。比如对川端康成、石川啄木等作家，作者掌握有非常丰富的研究资料，对他们有相当深入的研究，并有非常独到的见解，公开发表过相关的研究论文；对小熊秀雄、新井彻等诗人，作者不仅非常熟悉，还有过并肩战斗的友谊；对木岛始、石川逸子等，作者与他们一直保持书信联系，交流密切，非常了解其生活经历、文学思想与文学创作。但是为了使整个文学史简明扼要，作者并未逞"材"炫"知"，而是删繁就简，仅做了客观的评述。

（三）采用亲历者、见证者的独特视角

雷石榆是以亲历者、见证人的独特视角来编著《日本文学简史》的。20 世纪 30 年代，他在日本使用日语创作，通过《诗精神》杂志与当时的中日诗友协作，是这一时期日本文学发展的直接参与者、见证人。也正因此，他对日本文学和文化具有特殊的深厚感情，始终关注日本文学的发展，对日本很多作家及创作都有深入的研究和独到的见解。20 世纪 80 年代到日本访问交流，又从日本友人、学者处得到一些新的第一手资料。这一得天独厚的条件，使其著述日本文学史时，便具有了亲历者、见证者的独特视角。尤其是其中的第五章"无产阶级文学兴起与新流派始末"、第六章"战后文学的开展与倾向"，几乎可以说是作者与日本现代文学的交流史。

在第五章"无产阶级文学兴起与新流派始末"中，作者介绍了 20 世纪 30 年代日本无产阶级诗歌的发展过程，真实地反映和记录了那个时代日本左翼文学发展的历史状况，弥补了第二次世界大战后一般日本现代文学史的缺失，介绍 30 年代日本左翼文学运动遭受挫折时期，一些处在半地下的作家诗人的创作成就。第六章"战后文学的开展与倾向"，是对战后进步的文学流派和进步作家、优秀诗人的介绍。战后潮流诗派的村田正夫，列岛派的木岛始，女诗人石川逸子等，他们在社会上虽然有影响，但不见于文学史册。而对其在历史作用和社会影响的意义上加以评介，是之前的文学史没有涉及的。作者是在与这些作家、诗人有较多的交流，对其有较为深入的了解的基础上进行论述的。这两部分内容是其他文学史中很少涉及甚或完全空白的，却是日本文学发展史上不该被忽略的内容，具有非常珍贵的史料价值。这可以说是本书的独特价值所在。

（四）运用比较的方法，视野开阔

本书也可以说是中日文学文化的交流史。作者不仅在其中介绍了日本文学与中国文学的密切关系，两国千余年的交往中汉文化对日本文学文化的巨大影响，还以比较的意识，运用比较的方法，把日本文学置于整个世界潮流激荡的大背景下加以关照。

作者在记述日本古典文学部分时，关注了日本文学与中国文学、文化之间的相互交流和影响；在论述日本现代文学的萌芽与成长时，关注到欧洲的社会动荡、俄国民粹派运动的风起云涌、中日甲午战争、朝鲜争取独立、中国台湾地区人民起义以及社会主义思潮在日本兴起等对日本文学发展的影响。在记述日本无产阶级文学的兴起与发展时，关注到苏联文艺路线特别是"拉普"（俄罗斯无产阶级作家联合会）和共产国际的政治路线的影响，法国反战作家巴比塞的号召国际和平运动的影响。日本军国主义制造所谓"满洲事变"后，在日本国内强化反苏反共的法西斯恐怖政策，对进步的诗人作家残酷迫害，迫使很多进步作家只能转入地下从事革命活动。作者记述了当时的无产阶级作家艰难的生存与创作环境和他们不怕牺牲、顽强不屈的斗争精神以及巨大的文学创作成就，指出当时进步的文艺理论家、作家们所具有的社会主义倾向，他们根据唯物史观来阐述艺术的阶级性，并以此为无产阶级的文学打下理论基础。

在对具体作家作品的介绍与分析中，也多采用了比较的方法。如介绍《源氏物语》时，对《源氏物语》的作者其人，作者的文学观，作品的内容、艺术特色及深远影响都做了较为翔实的评介。尤其是评价《源氏物语》影响时，作者把它与中国曹雪芹的《红楼梦》及意大利薄伽丘的《十日谈》进行比较评论，又从其对传统的继承，包括对中国汉诗尤其是白居易的继承，到对后世日本文学发展的深远影响加以论述，视野非常开阔，论述言简意赅，结论恰切精当。

（五）自译作品，不落窠臼

在本书中，雷石榆所引用的作品内容大多都自己翻译，从上古至现代，尤其是韵文部分。雷石榆精通日语，这是其写作日本文学史的一大优势。作者在深入领会作品的基础上，以诗人的语言，优美而准确地用汉语表达。作为诗人来译诗，译作不仅更有韵律美，而且诗味浓郁、格调清新，更便于中国读者欣赏日本文学作品的思想内涵与艺术性。

（六）对于女性作家给予关照

本书对日本平安时代的优秀文学代表紫式部以及清少纳言、道纲母、和泉式部、菅原孝标女，明治时代的与谢野晶子、樋口一叶，战后时期的山崎丰子、石川逸子等女性作家的生平与创作都做了热情准确的介绍。

综上，本书特色鲜明，优点突出，但仍有美中之不足，即作者主要参考的资料全部是日本人的著作，没有参考国内学者的著作。其实国内学者对日本文学史的研究也有很大成就。1929年北新书局就出版了谢六逸著《日本文学史》。这部著作共分上下两卷，十余万字，是我国第一部面向中国读者全面介绍日本文学史的中文著作。雷石榆与谢六逸不仅相识，而且抗战时期有过三次交往。谢六逸1945年过世。雷石榆20世纪80年代著述《日本文学简史》时，与此相距已较久远。1987年吉林人民出版社出版的吕元明著《日本文学史》，1990年吉林大学出版社出版的王长新主编《日本文学史》，都是面对普通读者包括日语专业学生的中文版日本文学史。此外还有面对日语专业学生的日文版日本文学史。在那个年代，信息获取没有今日便利，雷石榆的主要精力又在对日交流方面，没能关注到国内的研究状况也是可以理解的。

总之，雷石榆以八十岁高龄创作这样一部文学史，基于其丰富的人生阅历。他对影响文学发展的错综复杂的国际形势、瞬息万变的现实的观察和分析，较一般人更为深入透彻。几十年的文学创作实践和文学理论研究，使他对文学作品的领悟与分析达到了一般人难以企及的高度；而拥有语言优势的文本细读与翻译，使其学术观点在客观公允的同时又不人云亦云，具有坚实的立论根基。这样的《日本文学简史》，是一部以诗人和亲历者视角编著的、旨在向青年学生和文学爱好者介绍日本文学发展历史的难得佳作。

2019年4月

目　录

日本文学简史

雷石榆 编著

河北教育出版社

冀新登字006号

日 本 文 学 简 史

雷石榆 编著

河北教育出版社出版（石家庄市城乡街44号）
河北新华印刷一厂印刷 河北省新华书店发行

850×1168毫米 1/32 7.125印张 172,000字 1992年8月第1版
1992年8月第1次印刷 印数：1—1,340 定价：3.30元
ISBN 7-5434-1221-7/G·1009

《源氏物语》封面　　　　　　《落洼物语》封面

日本歌舞伎之一

松尾芭蕉肖像

石川啄木

二叶亭四迷肖像

▲『浮雲』表紙と二葉亭四迷

小熊秀雄诗集《飞橇》　　　　　《诗精神》杂志封面

夏目漱石肖像

与谢野晶子肖像

新井徹（内野健儿）肖像

小林多喜二肖像

前言

　　日本文学是东方文学中的一个重要构成部分，与中国文学关系最密切。两国交往的历史千余年，不仅由于地理环境的毗邻，而且彼此在文字上容易沟通，两国文化交流长期不断。早在公元3世纪左右，通过朝鲜百济国的学者王仁应聘到日本讲学，带去《论语》、《千字文》等书，开始接触到汉文读物。后汉以后至南北朝阶段，日本使者直接往来渐密，到唐代，扬州成了海运枢纽，鉴真和尚（688～763年）从这里作第六次渡日成功（754年1月），盛唐文化在日本传播愈广，展现嫁接开花的奇观。在这期间的汉文化传播还要归功于遣唐使和留唐学生，著名的如学者阿倍仲麻吕①17岁留唐，历50余年（717～770年），终身于长安。他曾与我国李白、王维、储光羲、赵骅等诗人结下亲

---

　　① 阿倍仲麻吕，奈良时期文学者，随从遣唐副使吉备真备留学唐朝（717年），改名晁（朝）衡，以博学宏才受到唐明皇厚遇，任过秘书监和出使安南（越南）的节度使。753年欲随遣唐大使藤原清河归国，玄宗作诗送别，晁衡为答谢玄宗的五律《送日本使》，写了《衔命归国作》（五言排律），并留下佩剑赠送友人。离长安途中写下了五绝《望乡诗》，并演写成和歌：《天之原》（有译作《青海原》）。回国时与鉴真和尚同行而异船，但驶近冲绳岛附近遭受风暴，他乘的藤原清河大使第一船和第四船被刮散，漂近南海沉没，晁衡被救上安南，后辗转返长安。李白在流放夜郎途中闻船难，写了一首有名的七绝《哭晁卿衡》。

密的友谊。他写的告别五绝《望乡诗》①永留中国，写成和歌《天之原》永留日本。还有遣唐使者吉备真备，其后有空海弘法大师②，遣唐归国后对汉文化的传播和日本文化发展都起了推动作用。尤其根据汉字的偏旁特点创造了标音字母（片假名、平假名），用以书写日本民族的语文后，开创了日本民族文学独自发展的道路。其中音义一致的汉字，仍沿用至今，到现代仍有汉学家、诗人、作家兼做汉诗，特别风尚绝、律体，这都证明中日文化交流和影响的深远。

日本国的历史年代早有记载，但断代分期不同于中国那样序次分明（对奴隶制的极限期还有分歧意见）。公元前 3 世纪初汉朝确立的封建制有充分的文物印证，而日本的封建体制则确立于公元 12 世纪的镰仓时代，那么上距汉代在千年以上了。日本明治维新（1868 年）结束了江户封建幕府制，正是清代同治七年，日本则从此面向西方，吸取"富国强兵"之术，走资本主义现代化的道路。西方各种现代文学流派，也随之在日本土壤上化育萌长起来。

由于日本的历史起点（指开始用文字记录）远后于中国，断代分期也就与中国不同，所以在文学史上的断代分期（古代、中世、近代），我也不采取日本一般的方法，倒是采取他们以特定历史阶段的朝代为标志，以奈良时代为轴心，上溯古代，下接平安朝、镰仓、室町到江户幕府末期，概括为日本古典文学，终结上篇。

下篇以明治维新为起点，作为后起资本主义走向帝国主义（以军国主义为特征）时代。由于俄国十月革命胜利的影响，无产阶级文学兴起，与明治、大正时期以来的各种文学流派，或对立、

---

① 《望乡诗》："翘首望东天，神驰奈良边，三笠山顶上，想又皎月圆。"此诗刻在西安兴庆公园纪念碑上。

② 空海法师留唐时（804～806 年），学佛教密宗，回国后创真言宗。兼长诗词、书法等，圆寂（835 年）后，谥号弘法大师（921 年）。1984 年 9 月 5 日，中日友协和我国佛教协会在北京举行空海大师圆寂 1150 周年纪念大会。

或批判斗争而发展起来。围绕着各种文学流派的形成、演化、衰落的过程，探索其各自的特征。对于从明治到昭和各个阶段的文学，以公历标示年限，以"概述"为脉络，以年代称号（如明治、大正、昭和）为大体的区分，分别归属各章节中。因年代较短（至今共百余年），分章节详略不一。但日本一般现代文学史，从明治维新到第二次世界大战初期，有总称现代文学，内含近代文学；也有总称近代文学，内含现代文学。对于我们习称的文学史断代概念，就觉得分期含混，而且也不像我国划分战后的为"当代文学"。为此，下篇一概称之为"日本现代文学"。

为了适应"简史"的要求，特别是对广大知识青年、大专院校学生参考需要，提供简明而系统的日本文学史（包括中日文化交流的历史）知识，以便于参照阅读各个时期最有代表性的作家和作品，深入了解其反映的时代特征和创作风格，有助于借鉴比较，扩大知识领域。为此，无论上、下篇，都力求内容精简，在"简"中突出重点，以略古详今为原则；又为了力求贯彻历史唯物主义观点，在每章的"概述"中对时代背景、流派特征进行了分析，然后分节评述主要代表作家及其最主要的代表作品，其他有代表性的作家就尽量简述。

另外，至今出版的日本文学史以及我国编著的日本文学史的现代部分中，大都忽略了日本30年代到这次战后出现的一些较重要的左翼进步诗人和诗歌团体，在下篇中我作了一些补充。然而从事要求系统性科学性的文学史编写，大有力不从心之感，单就内容取舍而论，也难免挂一漏万，谬误处也在所不免，尚希读者和方家们不吝指正。

著　者

1989 年 11 月于保定

目 录

上篇 日本古代文学

目录

目录

· 4 ·

14

目

录

第一章　日本史前的口头文学

第一节　概　述

日本列岛，在约 1 万年前的洪积世末期，已从东北亚大陆分裂出去，最南的九州与我国上海相遥望，最北的北海道靠近库页岛。它的上千个大小岛屿形成狭长的列岛，根据文化史料考证，现本州中部一带，最早出现了原始社会生活。但由于地理环境和其他自然条件的差别，各地区的开化发展不是同步的。新近的考古资料证明，在地质学家称为第四纪时期，日本同中国东北部连在一起。日本早期的旧石器时代的文化遗迹，与四五十万年前中国周口店的北京猿人遗迹非常相似。这从日本发掘出来的早水台、星野（九州东南部）的旧石器可得到印证。

公元前 1200 多年的我国商代已经开始用简单的图形文字记载历史，而日本在公元前 2 世纪以前才存在过绳文式文化。公元前 2 世纪至公元 3 世纪是弥生式文化时代（2000 多年前日本使用过素烧土器，公元 1884 年在现在的东京都文京区弥生町发现）。直到公元 8 世纪才借用汉字书写，到 10 世纪才创造了字母(假名)，其后便采用来进行文学创作。

这是什么原因呢？原来日本古代存在过 100 多

・1・

个氏族部落，散居在狭长的列岛上，原始的自然经济（渔、猎生活）限制了它们各自的发展。各个氏族为了争夺更多的自然资源，不断发生战争。到公元 3 世纪，九州北部一个较大的氏族起而建立了"邪马台国"，统辖二个八国（大部落），开始由氏族社会过渡到奴隶制。我国的《三国志·魏志·倭人传》有较详细的记载，说到其女王卑弥呼在汉魏朝与中国、朝鲜有交往，其民（下户）种禾稻、养蚕和纺织绢锦，没有畜牧业，"生口"（奴隶）也作交换和贡品。女王死去时，奴婢上百人殉葬。又记述：公元 239 年（魏景初三年），女王派大夫难升米向明帝献男"生口"4 人，女"生口"6 人。又在公元 247 年（魏正始八年）一次献男女"生口"30 人。《后汉书·东夷传》更把女王国神话化："海中有女国，无男人，或传其国有神井，窥之即生子。"我们联想《西游记》五十三回写唐僧、猪八戒等饮了子母河的水而怀孕，五十四回写他们到西梁女国受困的情况，便可了解这类神话有其古代民族传说的共同性。到 5 世纪的中国南北朝时代，交往更加频繁起来，很多中国和朝鲜的农民、手工业者带去先进的生产技术，促进了生产力的发展。随着大和国逐渐扩张，到公元 4 世纪中叶已统一了日本，从此以"大和"作为日本民族、日本国家的代称。在推古天皇（593～628 年）时，圣德太子摄政，努力接受中国文化，通过朝鲜的百济输入汉文书籍，开始利用汉字作记录语言的工具。早在公元 3 世纪末，应神天皇十五年（284 年）朝鲜百济国照古王派遣阿知吉到日本献马及经典，并教王子学汉文。翌年，王仁应聘到日本讲学，献《论语》十卷、《千字文》一卷。据说这是汉字传入日本的开始。

到 8 世纪初日本才出现最早的书面史籍和文学作品。即 712 年完成的《古事记》是奉皇命而写的，目的是记述皇统起源，巩固皇权。它是用古汉语写的，但歌谣部分是用汉字作古代日语的标音。

·2·

《日本书纪》（720年）是最早奉敕编修成的"正史"，是用汉字写的。其中传说、歌谣具有丰富的资料。二者在日本文学史上具有重大意义，并称为《记·纪》。

最早的日本古诗歌集《万叶集》是经过长期编撰，直到759年才由大伴家持编成。全部是用汉字来标日语读音的各类诗篇。现在常见的是经后人注释、点训的。到9～10世纪创造了日本字母（假名），平安时代出现了最早的假名文学，如《土佐日记》、《枕草子》、《源氏物语》等。如此，具有独特风格的日本民族文学，走进世界文学之林。

第二节　日本民族来源的传说

在日本四大岛——本州、九州、四国和北海道——很古就生存着许多种族，到形成一个民族是经过很长的历史阶段的。

一般史学家认为，日本最早的居民是从东西伯利亚边缘的大陆迁移来的通古斯人，其后是从南方来的马来人。在古代本州北部主要是虾夷人（阿伊努，即中译倭奴），四国和九州有熊袭人。据说阿伊努人的祖先是在新石器时代初期从东南亚迁来的，其后代逐渐被迫迁到北海道和库页岛一带，一直过着渔猎生活。到7世纪才开始和叫做大和族的日本人交往。到16世纪，日本本州的移民出现在北海道北部海岸，阿伊努人不得不向北海道北部撤离，自19世纪初，日本政府开始积极向阿伊努人介绍日本人的生活方式，试图强制改变他们传统的习惯，而阿伊努人却顽强地反抗，大约在19世纪末叶，由于进行土地开垦，每户分给土地，他们才过定居的生活。此外，又为他们办学校，进行启蒙教育，他们才逐渐接受日本人的生活方式，有人还采用日本人的姓氏。公元1979年成立了阿伊努语研究小组，出版了阿伊努民族古文化读物，这个古老而弱小的民族，他们传统的优美神话和童话，至今依然流

· 3 ·

传着。

日本现代好些著名作家出生于北海道，阿伊努人的自然环境，某些传统习尚，富于智慧的性格和生动的语言，常常反映在他们的作品中，例如著名诗人小熊秀雄的《童话集》，几乎全是这类题材。所以，一个靠武力称霸的大民族始终不能消灭一个小民族赖以生存的文化传统，反而从他们那里吸取精神营养。无论是希腊的希伦人，还是印度的雅利安人，都是如此。至于阿伊努人的文学，是由阿伊努语口传下来的，有多种形式，如说话、信仰色彩强的神谣、民族英雄叙事诗，还有散文式的各类歌谣。明治以后对阿伊努文学研究增多起来。

第三节　神话　歌谣

日本神话，最初是利用汉字有系统地记录在《古事记》、《日本书纪》中。有些地方民间传说记录在《风土记》中。三作品虽成书于奈良朝，但为便于了解远古神话、歌谣、英雄故事等而提前叙述。

《古事记》共3卷。是公元712年太安万侣编写的。书中有许多神话和传说巧妙地穿插起来，从中可窥见日本建国的过程，其中的歌谣显示出古代人丰富的想象力，坚强的生命力，加上熟练的文字修辞技巧，富于戏剧性的效果，使它成为永久留传的文化遗产。

这三卷《古事记》的主线是以天照大神为主的诸神世代，第一代神武天皇的东征武功，圣明君主仁德天皇的"仁政"。说明自开天辟地，大和朝廷就生存在这块土地上，经过和自然及敌对氏族的斗争才统治了全国。贯穿始终的思想是巩固大和朝廷天皇制中央集权的国家，太安万侣在序文中也道出：元明天皇命他根据"舍人"（近侍小臣）稗田阿礼的口诵撰修此书的政治目的是为了

· 4 ·

"邦家的经纬，王化之鸿基"。但这些神话传说也正好反映了古代日本社会生活的状况和发展，其中歌谣部分优美动人，具有颇高的文学价值。

上卷几乎全是神话，记载从天地创造到神武天皇诞生的情形。神武天皇是最高天神的后代，众神的始祖是天照大神（意为太阳之神），被信奉为日本天皇的祖先，敬称为"天照大御神"，传说是她创造了日本列岛，神子、神孙继而立国，治理自然万物和人事。

中卷叙述从神武天皇到应神天皇的历史传说，下卷叙述从仁德天皇到推古天皇的历史传说，所有这些故事传说反映了氏族社会的形成，表现了尊重皇室的精神，并歌颂了大和朝廷的建国到国土安定和完成征伐外族的功绩。

除了神话、历史传说之外，还有歌谣。这些歌谣产生于祭祀、劳动、酒宴等活动中。在没有文字之前的时代，歌谣是依靠口述流传的。此时的歌谣，朴素、活泼、粗犷，节奏带有交响的美感，因为当时的歌唱是与舞蹈的打击乐器的节拍相谐合的，即使是一般男女情歌，也伴随着吹笛的乐音节奏。收集在《古事记》和《日本书纪》中的歌谣，合计二百多首（其中有着若干首后来收入在《万叶集》、《琴歌谱》等书中）。至于其中的"祝词"，包括《风土记》所载的，是承袭古人祭神求福的愿望，在宫廷举行祭祀仪式时，由文官撰成的，同时包括了颂神词、求神保佑，化凶为吉的咒祷词。而属于咒祷词的《大祓》篇已用上船缆、铁打的镰刀等字眼，则可见已是奴隶社会相当发展的时代了。

这些歌谣具有即物抒情的特点，如《古事诗》中的一首：

> 好似雨鸟儿，筒鸟儿，白鸽和鹡鸟儿，郎的眼睛可也那样锐利么？
> 我徒然望眼欲穿，渴望和你相逢啊。

· 5 ·

原歌的音节是四、七、七，四、七、七。很难用中文把它的节奏译出来。

又如《日本书纪》中的《日本武尊》一首：

> 只见一棵松树，挺立着面向尾张国，
> 这棵松树要是一个人，
> 给他穿上服装吧，
> 给他佩上大刀吧。

"尾张国"就是现在的爱知县。原诗用的音节是四、七、五、三、五、七、七、七。这是颂扬勇武精神的歌谣。

这些歌谣虽然用了枕词或序词①，有助于联想的描写，并用反复句或对句，以增强韵律感，但在表现技巧来说，还是粗糙的。再如歌谣形式来说，有片歌，四句体歌，旋头歌、佛足石歌、短歌、长歌等，还在探索中，句式的音数，也用五、七，参差不齐，尚未定型，后来发展为和歌，俳句，才达到艺术形式上的成熟。

第四节　英雄故事　久米歌

日本传说中的英雄故事，总是神性和人性的混合体，既是超人，也是凡人，而命运的结局则是道德原则规定的归宿。如《古事记》中素盏鸣尊的英雄喜剧故事，倭建命的悲剧故事，这两个故事的梗概如下：

素盏鸣尊——传说他是神王伊耶那岐命最后生的第三子，不服从父命，在高天原捣乱，他的大姊天照大神大怒，率领八百神

---

① 序词，指歌前的题序。枕词，指修饰名词的定语。

众把他打败，割掉他的胡须，拔掉他的指甲，从"天原"（天庭）驱逐出去，降落到出云国（今岛根县一带）的肥河上游。在那里，他杀死了八岐大蛇。这条大蛇八头八尾，眼睛像鲜红的酸浆果，身上满是藓苔，长着杉树，身长可跨过八条溪谷，腹部溃烂，鲜血淋漓。传说这条大蛇是水神的化身，每年百姓要送一个处女祭他，否则他就给农田带来灾害。素盏鸣尊为民除了害，功德无量，于是被赦罪，回到天庭。这个英雄故事反映了石器时代原始人征服大自然的奇妙想象。这个故事的结局很像圣经《旧约》中的该隐，该隐不愿奉承耶和华，愤然杀死奢侈祭神的兄弟，被戴上枷锁，流放到荒野去。该隐的结局反映遵守教规的要求，而素盏鸣尊的结局则反映强固天皇的统治权力，同时宣扬父权的绝对性，而属于女性的天照大神则是残留着母权时代的痕迹。

倭建命——大约产生于3世纪铁器时代的神话。当时古代天皇政权的大和朝已开始，但尚未定都，在大和平原（今奈良）产生了这个故事。倭建命是一个力大而鲁莽的王子，景行天皇担心他惹事，命令他去讨伐西方的熊袭人（古代生存在四国、九州一带的部族），他扮成童女走进熊袭宫中，在酒宴正酣时，抽出宝剑砍杀了敌人。他凯旋后，天皇又命令他征伐东边的虾夷族（古代生活在库页岛，后迁到本州北部的部落）。他奔到伊势（今三重县）姑母家里，哭诉天皇有意叫他速死。他告别了姑母，便去征讨虾夷族，一路上千辛万苦杀死了许多恶魔（部落首领），但自己已病重，回到故乡附近，他怀念故乡和美夜受姬而唱出望乡歌（他曾在东征途中与美夜受姬相遇定情，回来时和她成了亲，分别时将草剃剑留赠给她）。歌词意译如下：

> 倭国平川旷野啊，
> 山峦重叠青屏障，
> 四周群山环绕，

倭国是个美丽之邦！
残存生命归来的人儿啊，
回到峰峦重叠的平川群山间
采得柏叶去插头吧，
我的人儿啊！
多可爱呀，我的故乡，
家乡那边的白云飘扬！

这首歌的结尾重复唱出"我那留在娘子床边的草剃剑啊！我那草剃剑啊！"调子非常悲怆，最后他终于死于归途中，灵魂化作一只巨大的白鸟，振翅向高空飞去。

这个故事的主人公具有较多的人性，具体地反映了氏族社会末期的权力斗争，部落之间的残酷杀掠，被驱使服役的人的必然死亡的命运，对乡土的怀念，对异族女子爱情的真挚感情，自我牺牲的朴素的思想，都具有较深的动人力量，末尾化为白鸟则是民间传说灵魂托化的愿望。

久米歌是《古事记》中的一组歌谣，是宫廷雅乐伴奏的久米舞流传下来的歌词。所谓"久米"，是古代伊豫国的七郡之一，属今神户一带地区，这里多产武士和雄壮的歌舞。此书收录的久米歌共六首，各首句列音节不一，句数长短不一。第一首不同音节最多，句式最长。各首都用比喻手法，写出人物的英雄气概。这里意译其中三首，可略观其特色。

第三首：
勇猛的久米儿郎们，
粟田里长着一根臭韭，
连根带苗地拔掉它吧，
就这样清除那敌手！

第四首：

　　勇猛的久米儿郎们，

　　墙脚下栽了一株花椒，

　　嘴儿辣刺刺的，我忘不了，

　　就这样清除那敌手！

第五首：

　　神风吹荡着伊势海岸，

　　细螺爬拥在大石上，

　　就这么围拢过去吧，

　　就这样清除那敌手！

　　久米歌一类的歌谣也出现在《日本书纪》中，据说是神武天皇东征时作的。传说的第一代天皇神武自九州东征大和时，用以鼓舞士气。至于久米，可能是当时最强大的部族之一，从这些具有粗犷呐喊的歌谣，可以看到当时日本许多部落还没有过渡到奴隶社会，战胜者必定将战败者杀绝，没有处理俘虏的必要。这种歌谣虽然叙事，但缺乏英雄史诗宏大的结构，可见这是史前的口头文学。后来，男权中心确立，产生了歌颂天皇的"雄略歌"和描写君主婚姻的"圣婚歌"，收集在《万叶集》中。

第二章 奈良时期（710～794 年） 日本民族文学的开创

第一节 概 述

传说公元 600 多年，神武天皇转战到了大和（今奈良县），就在此地郊野宣布奉天命即位，是为第一代天皇。经过几百年的迁徙，到公元 6 世纪末女帝推古天皇时圣德太子摄政期间(593～621 年)，实行了政治改革（制定"十七条"宪法）建立日本天皇统治律令制国家，并努力吸取从朝鲜和中国传入的汉文化，尤热心于佛教。到公元 630 年舒明天皇时，第一次派遣唐使，到 804 年共 12 次之多，留唐学生（多是僧人），把唐朝的制度、文化移植到日本。公元 646 年孝德天皇时便按唐制进行"大化革新"巩固了天皇制的中央集权（贵族剥削奴隶制）。公元 710 年迁都奈良，称为"平城京"。奈良朝全盘接受唐文化，汉文学盛行，仿作汉诗，但同时也试作日本语言的诗歌，公元 751 年汉诗集《怀风藻》编成，而日本最早古代诗歌集《万叶集》则于公元 759 年编成。汉诗影响和歌、俳句的产生、发展是明显的。但汉诗的吟作局限于上层社会的知识界，而日本民族文学因能适切地表达社会生活和大众的思想感情，愈益向前发展起来。

第二节 《万叶集》

一、《万叶集》歌体的形成

据研究考证认为:收入《万叶集》的是从公元 314 年(仁德天皇二年)到公元 759 年(淳仁天皇天平宝字三年)之间的作品。作者广泛,上至天皇下至庶民。天皇的作品主要是舒明天皇(629～641年)以后的,其前多为假托。而真正的"万叶时代"是 7 世纪到 8 世纪中期,由大伴家持最后编辑成书,正是奈良朝与唐文化交流最盛时期(其中有少量古代歌谣)不少"万叶"歌是受汉文化影响的。最古时期的叫"初期万叶",作者有舒明天皇、齐明天皇、有间皇子、天智天皇、天武天皇、额田王、大津皇子等。编在第一卷卷首的是雄略天皇(457～479 年在位)的作品。奈良朝"天平文化"时代的圣武天皇(724～748 年在位)的作品直到第 19 卷就吸入 13 首之多。其中有些作品是否为天皇所作是有疑问的,例如舒明天皇(629～641 年在位)的登香具山眺望而作的一首歌:

> 在大和 群山环绕 登上耸天的香具山,瞭望国土,
> 宽阔的国土上,炊烟袅袅;
> 宽阔的海面上,海鸥沉浮。
> 美丽的国土啊,秋津岛,大和之国!

按,秋津岛,也叫蜻蛉岛(交尾状的象形),这个名词是平安时代(794～1191 年)才用的,可见这首歌是后人杜撰的。

《万叶集》中著名的歌人,前期有柿本人麻吕(?～709 年?)、山上忆良(660～733 年?)。忆良曾作为第七次遣唐使于公元 702年到中国,大约两年后回国。著名的还有大伴旅人(665～731年),山部赤人(?～?)大伴家持(718～785 年)则是后期歌人。

收录在《记纪歌谣》中的 200 多首古代歌谣中，约有三分之二是用音义混淆的汉字，按照日本语固定音节拼写而成的，例如：

磐　白　乃，　　　　滨　松　之
(i—wa—shi—ro—no, ha—ma—ma—

枝　乎，　　　　引　结，
tsu—ga—e—o, hi—ki—mu—su—bi,

真　幸　有　者，　　　　　　亦
ma—sa—ki—ku—a—ra—ba, Ma—

还　见　武。
ta—ka—e—ri—mi—mu。

传说这首歌是有间皇子作的、所谓"引结"，按日本风俗，将草打成结，以祈求心愿得到实现，叫"引结"。他谋反失败，被判处死刑，这是在解送途中吟成，故歌中有"真有幸"的免于一死的心愿。

古歌谣中有 60 首是按照"五、七、五、七、七"的音节来音读汉字，上引的一首就是一例。但照纯汉字拼法来看，仍是音义混淆的。后来用假名来拼写，才音义分明。

这里按照上引用拉丁字母代假名拼音读法，意译如下：

在磐代的海滨，愿将松枝打结，

求得三生有幸，让我归途重看。

由于这种用五、七、五、七、七的节拍音读汉字，共 五句三十一音节的歌，形成后来定型的和歌（短歌）。

所以，具有日本民族文学特色的各种歌体的形成，实际上以《万叶集》的编成为开端。

日本接受汉诗的影响，不限于五、七言汉诗，还可追溯到后汉的乐府以至魏晋南北朝时代各类诗歌的变体，只是多数使用五、七节拍（相当于汉诗五、七言句式）。但纯粹用汉字就难以表现日本式的歌调。尤其是日本古歌谣，是与音乐、舞蹈的节奏相一致的，所以一首歌当中也常常穿插三拍，或四、六拍的。例如《万叶集》卷一第一首雄略天皇（太泊濑稚武天皇）作的"杂歌"，第一、第十六句三拍，第二、九句四拍，第十二、第十四句六拍，其余五拍的七句，最后一句是七拍。所以从汉诗脱胎出来的"譬喻歌"、"相闻"、"挽歌"等形式上也有区别，也有在"杂歌"、"相闻"前冠以春夏秋冬的季节语词的形式。这些分类下边还要说明。

二、《万叶集》的编成与和歌的形成。

《万叶集》最后编成于公元 759 年，收集各类歌体 4536 首，主要收录 7 世纪和 8 世纪中叶的作品。其中有三种主要的歌体：长歌、短歌和旋头歌，包括少数佛足石歌。而影响最广泛的，流传最久远的是把长、短歌定型化的"和歌"。

长歌是分句一再反复五、七音节，最后以……五、七、七音节结束。它的具体形式的结构如下：

五、七　五、七　五、七……

五、七、七

短歌是五句，共计三十一个音节。结构是：

五、七、五　七、七

旋头歌是六句，共计三十八个音节。结构是：

五、七、七　五、七、七。

旋头歌又叫"双本歌"，前三句为一段落，后三句用相同的调子复唱。

·13·

29

佛足石体歌，因奈良药师寺的佛足石上刻的歌而得名，由三十八个音节组成，仿作很少，不很流行，其结构是：

<u>五、七　五、七　七、七</u>

《万叶集》前期收录的长歌，多系在最后加上"反歌"，也有采取奇数句的形式的，有的不加"反歌"，全首采取长短连续的偶数形式。所谓"反歌"，据说是模仿汉赋的"反辞"而产生的，它的作用是用短小的形式再次集中而凝炼地把长歌中歌吟的主题吟咏一遍。反歌从一首至数首不等。例如收录在《万叶集》卷一中的"杂歌"第三首的"中皇命之歌"：

> 我皇统八方，
> 御用梓木弓，
> 晨抚摩，夜倚身旁；
> 满弦扣紧，弹出箭几声声响。
> 此刻想是出朝猎，
> 此刻听来晚围场；
> 御用梓木弓，
> 满弦扣紧，弹出箭儿声声响。

反　　歌

> 宇治大野，并辔如飞，
> 朝猎驰遍，茂草披靡。

——译自《万叶集》岩波文库新订版上卷第44页

长歌在《万叶集》时代的末期衰退了，短歌却发展了，不再附加显得不调和的反歌。同时出现了片歌（由五、七、五或五、七、七三句组成）。这种歌体原来出自唱和的需要，采取一问一答的形式。

上述三种主要歌体都充分表现在《万叶集》的歌人作品中，但思想内容和表现形式各有不同。

在奈良前期的平民出身的歌人中，柿本人麻吕（？～709年）直接继承古歌谣的传统，生活接近自然，发挥自由个性，感情热烈，充满官能的美感。他不断地追求诗的表现效果，钻研适合新的感情内容的新的语言和新的表现技巧，进行了大胆的多样化的创造。古代叙事式的英雄诗歌已不适应用来表现帝制礼教规范下的世俗生活，而创作纯粹发自内心的富于音乐性的抒情诗，把古歌谣中相当自由而又不固定的诗歌体裁，固定为五七、五七的格律。柿本人麻吕排斥叙事的长歌，把感情融合在长短句型结合的韵律中，往往含有悲剧色彩。例如他在石见国别妻上京时所作的一首歌：

> 石见海滨津野岸，
> 人家偏说不是湾，
> 人家偏说不成滩。
> 好吧，就算不是湾，
> 好吧，就算不是滩。
> 捕鲸鱼的下海去，
> 渡头水窜石砾喧，
> 朝风扇来长缱绻，
> 夕浪推来尽缠绵。
> 青青海藻波中摇，
> 波来波去乱石间，
> 妹子柔情浑似藻，
> 摇曳不离我身边。

· 15 ·

我今一人独上路，
抛下妹子守家园；
一路行来八十湾，
千遍万遍回头看。
家乡遥远路漫漫，
更那堪翻山越岭；
妹子该把我惦念，
憔悴犹如夏草枯；
我今渴望见家门，
但愿踏平此山川。

反　　歌

石见津野山，
我在树林间。
甩袖打招呼，
妹子定看见。

林中小竹林，
风吹叶儿乱。
我思念妹子，
别来已遥远。

　　山上忆良（660～733年）生活在奈良朝全盛期，深受儒家思想的影响，有深厚的大陆文化修养。他偏重理性概念，喜欢炫耀广博的古代知识。收录在《万叶集》卷五中他的作品有十几首短歌和长歌，表白了他贫寒求仕的心情。他出身于卑微的氏族，一生坎坷，只做到"从五位"下的地方小官，直到老死。他既悲愤平生抱负落空，又目睹贫苦农民的凄惨生活。贵族的穷奢极欲，便

· 16 ·

情不自禁地咏叹人间的不平和人生的烦恼,终于写出通俗易懂、感情真挚的长歌"贫穷问答歌"。所谓"问答",是歌体中一种相对唱和的形式。山上忆良利用这种形式,假设两个贫苦农民,前者诉苦,后者应和。歌词如下:

风带雨淋,
雨夹雪飘,
这个夜晚啊,
冷得好难受。
细嚼黑粗盐,
啜口酒糟汤,
嗓子咯咯打咳嗽,
鼻涕嗦嗦往嘴淌,
摸抹稀疏短胡须。
但敢夸个口:
世上舍我还有谁?
无奈冷得真够受,
扯过棉被头,
捡出布背心,
全都包装上,
还是哆嗦没个停。
这般熬寒夜,
比我贫穷也还有,
他们父母饥又寒,
妻儿哭着去乞讨,
这般日子怎消受。

人说天阔地又广,

我却一无容身处，
人说日月都生辉，
我却不见一点光。
世人都说是那般，
只是我觉不一样。
生来我也是个人，
干活不比别人差。
穿的背心没棉絮，
好像水松般奄拉，
褴褛八叉肩上挂。
那间歪斜小茅屋，
就地散铺稻草杆，
父母靠搭枕头边，
妻儿围拢在跟前，
叫穷诉苦没个停。
灶里没冒烟火气，
蜘蛛结网在笼屉，
提起做饭这桩事，
忘得一干又二净。
肚子咕咕直叫唤，
声音好似招魂鸟①，
尤其像条短绳索，
一直绞到绳尽头。
里长手执笞杖来，

---

① 原文为"奴延鸟"，古传说的不详怪鸟，它夜啼声悲，又叫"唤子鸟"或"招魂鸟"。（参看《例解古语辞典》，三省堂1980年版第600页）。这首长歌译自《万叶集》卷五第228～229页，旭屋书店版。

· 18 ·

34

站在床头恶煞叫。
说来说去费口舌，
有啥办法这世道！

忧难解，苦难耐，
这般颠倒的人世！
安得像只高飞鸟，
添上双翼凌空去！

这首长歌，作者寄同情于贫苦农民，反映当时贫富悬殊的社会现实，是《万叶集》中独具特色之作。

大伴旅人（665～731年）是与山上忆良同时代的有名"万叶"歌人，但他出身于名门豪族。大伴家族在大海人皇子举兵于吉野时（672年"壬申之乱"），支持大海人皇子，其父大伴安麻吕，大立战功，皇子即位为天武天皇，大伴族成为显赫一时的文武高官。但到了大伴旅人一代已失势，新兴贵族藤原氏势力强盛起来。大伴旅人汉文化修养很高，深受老庄思想影响。他回首大伴族的荣华富贵不可再，更使他对新兴贵族官僚阶级深感不满，为排遣内心苦闷忧愁，便倾注精力于诗歌创作，他以极洗练的技巧写出很多含蓄意深的短歌。由于受老庄思想影响，对人生抱超然态度，但实际上又哀伤人生之不幸。他的歌风缺乏激昂感慨之情，而表现出淡漠的哀愁和风流情趣，常常借酒消愁，写下13首饶有风趣，别具一格的《赞酒歌》，有时像忘形的李白，有时像沉郁的杜甫。形式上似模仿，但在情感上流露他的个性。下引录沈策译的四首及其附注：

如果不愿意，为些无益的事情，枉费忧愁啊，那就应该

· 19 ·

尽情地，畅饮一杯浊酒吧！

把被禁的酒，起个名字叫"圣人"①——说的多妙啊！古时那些伟大的，超凡入圣的人们。

就是有珠宝，可在夜间放光明②，又怎能赶上，一杯好酒喝下去，舒散郁积的心情！

只求在现世，能够欢 欢乐乐地，度过这一生，哪怕转生到来世，我是变鸟或变虫③。

山部赤人（生平不详），据可考的作品是写于 736 年。是奈良前期的宫廷诗人。写过天皇的颂歌，其长歌无特色，但擅长于短歌。柿本人麻吕把长歌与短歌密切地结合在一起，浑为一体的精华之作。而山部赤人则从长歌中摆脱出来，在"反歌"（短歌）上大下工夫，造句精炼，以物托意，倾向于从自然境界中汲取灵感的源泉，表现出他作品的特点。例如：

> 吉野山头山，树木参天，
> 枝头的小鸟，吱吱啼叫。
>
> 夜色黑沉沉，清冽河滩上，
> 在楸树林中，千鸟声啾啾。

（上二首译自《万叶集》卷 6，第 924、925 首）

---

① 《魏书》："太祖禁酒，而人窃饮，故难言酒，以白酒为贤者，以清酒为圣人。"
② 根据我国《战国策》、《史记》等书所载"夜光之璧"而言。
③ 针对佛家的"轮回说"而言。（《日本文学》1983 年第 4 期第 81—82 页）

又如楼适夷译《望富士歌》中的反歌：

行出田儿浦，银光泻碧空，
富士高岭上，瑞雪正濛濛。

（《日本文学》1983 年第 4 期《万叶歌》选译）

由以上三首短歌可以看出赤人采取长歌结尾的"反歌"的简练形式，逼真地描绘大自然的境界，恰如清新幽静的画面展现在眼前，而且其中含蓄着作者对大自然的热爱感情和孤寂的情调。山部赤人短歌的杰出成就，和作为大自然的歌人，对日本后代的民族文学（诗歌）产生深远的影响。

大伴家持（718—785 年），是大伴旅人之子，《万叶集》末期具有代表性歌人，他最后编定《万叶集》。这时朝廷内部藤原氏和大伴氏的斗争更加激烈。在藤原氏压倒的势力威迫下，家持感受大伴氏一族没落的命运而苦恼，忧伤和孤独。他常常借自然景物，寄托难以忘情的追思。在春夏秋冬为题的许多短歌中，最显著的表现他个性的是在天平胜宝五年（753 年）36 岁的二月间，写下有名的"三歌"：

春野上，霞雾飘漾
心里忧伤　对黄昏
黄鹂声声断肠

（译自《万叶集》卷 19，第 4290 首）

我止宿处　小竹子丛丛
临风瑟瑟　对暮霭

・21・

37

微微发声怨诉

（译自同上，第 4291 首）

晴朗照映　明媚诱人的春光
云雀嘤嘤翔空　内心伤悲

（译自同上，第 4292 首）

在《万叶集》收入他的作品最多，仅短歌就有 400 多首。他最后编辑完成《万叶集》，对日本古典民族文学的贡献，也是很大的。

《万叶集》中有名而具有特色的歌人，除前面已列举几位外，还有高市黑人，高桥虫麻吕等人。女歌人有早期的额田王和大伴旅人之妹大伴坂上郎等人。

总之，收录在《万叶集》有姓名的作者的长、短歌，直接继承了古代歌谣的叙事和抒情的格调；遣词造句的精炼化，则受了汉诗的影响。这些作品推动了后来和歌的定型化的发展。

《万叶集》收录的歌数约 4500 余首，包括从 4 世纪到 8 世纪后半叶大约 400 多年之间的各种歌体的作品。逐次编集的年代不准确，最后编成的年限也有异说。有的学者推测大概在 8 世纪 70 年代。通观全书的 20 卷，看不到统一的编纂方针，也不确知各次编纂者是谁。又从各卷包括的内容分类看，也并非按照年代顺序，例如卷一、二多是天皇和皇族撰，卷五、十五及卷十七以下是个人的撰歌，卷十四是东国民谣等等。又另据考证，卷十四的撰定是在天平神护二年（766 年），那就只能推测最后编成于 8 世纪后半期内，按今大多学者确认最后由大伴家持编成于 759 年。

在《万叶集》后期，长歌衰落，短歌逐渐发展成为一种定型的格律，统称为和歌。和歌的特征是由五、七、五、七、七的三十一个音节构成的，有的和歌带有起修辞作用的序词、挂词、枕

· 22 ·

词、缘语①等。和歌要求唱调分明，音节必须适应表现感情变化的节奏，要取得格调的调和，断句就得相应地推移。例如由五七、五七、七断句，移向五七五、七七断句。断句有首句、二句、三句、四句等四种断句法。在从二句一断，四句一断，变为首句一断、三句一断的地方，可看出五七调向七五调变化。再如第五句结尾的原形句型，即终止型演进为连体型（下接名词）或已然型（下接否定或推量助词），进而推移到体言型（名词或代词）为止。由于格调多变化，短歌这种形式就有效地表现出优美、壮美或静寂美等境界。

短歌原称和歌（大和之歌《万叶集》中用"倭歌"），它早在《记纪歌谣》中便占三分之一以上，在《万叶集》中的4500余首中，它约占4200首。它是以五、七、五、七的音律作为基本音型的，因为句数少，形式短，节奏快慢相间，所以最适于抒情，传播最广，后来音律发生变化。

三、《万叶集》的分类内容

《万叶集》内容可分为三大类：杂歌、相闻歌、挽歌。

"杂歌"，多是长歌，如抒发羁旅、游宴、天皇行幸、狩猎等的情景意趣。

"相闻歌"，多是短歌，主要是男女情歌，以及兄弟间相亲相爱的抒情歌。

"挽歌"，哀悼不同身分的死者的歌，长短不一，感情真挚。

如柿本人麻吕，《万叶集》中收集他的长短歌79首，其中杂歌34首，相闻歌7首，挽歌38首。另有注明出自《柿本人麻吕歌集》的作品，计共300多首，一般认为是他汇集整理无名氏的民歌之类的作品。

---

① 序词（歌前的题序）、挂词（双关用语法）、枕词（修饰名词的定语）、缘语（说出事情所以如此的原因，例如节多枝茂的"节"与"竹竿"是缘语，表示因果关系。）

下面选译自《万叶集》卷三柿本人麻吕的"羁旅歌"中的五首：

方才越过了
收割碧草的敏马湾，
船又靠近了
一片绿茵茵的
野岛的海滨。

（卷三，第250首）

淡路国的
野岛岸边吹来海风，
妹子迎着风
为我打结衣纽儿，
海风偏要把纽带摆弄。

（同上，第251首）

或许会有人
把旅行中的我
看成了渔夫
到这荒莽的湾头
来钓鲈鱼吧？

（同上，第252首）

想起曾也到过
稻日野上来
真是动人的美景
念念不忘的

可古岛呀又浮现眼前。

（一说"又看到可古的潮儿"）

（同上，第 253 首）

船驶进了

灯火闪闪的

明石海峡呀，

打从此处远别，

可望不见故乡了吧？

（同上，第 254 首）

又如卷五中的"梅花歌"，更可看出短歌的特点。据说在奈良时期，梅花是从中国传入的名花。一些名流集会赏花，对歌、游园、饮宴，是当时的一种雅兴盛会。在大伴旅人家中，举行这种梅花歌宴，是很有代表性的乐趣。收在《万叶集》第五卷这种联吟的咏梅歌，共 32 首。兹译其《梅花歌》的序及歌 5 首如下：

序：天平二年正月十三日，萃于帅老① 之宅，共叙宴会一堂。是时乃初春佳月，气淑风和，梅披镜前之粉，兰薰佩后之香。加以云移曙岭，松挂女萝而倾盖；夕雾缭岫，鸟被烟霞而迷林。庭舞新蝶，空归故雁。于是盖天席地，促膝飞觞。忘言一室之内，开衿烟霞之外。淡然自放，怡然自足。若非身在翰苑，何以抒情？诗志落梅之篇，古今何异耶！宜赋园梅，聊成短咏。

春天已来到，

---

① 帅老，指当时任九州太宰帅的大伴旅人。

我家庭园先开放，

清芬的梅花呀，

怎能独自观赏，

消度这大好春光啊？

     （筑前守山大夫）① （卷5，第818首）

梅花正盛开，

现在开得正好啊！

亲爱的朋友，

折来往头上簪吧，

现在开得正好啊

     （筑后守葛井大夫）② （同上，第820首）

折下一些梅花，

和嫩绿的柳枝，

簪戴在头上，

一同尽情畅饮后，

任它凋谢也何妨。

      （笠沙弥）③ （同上，第821首）

我家庭园中，

一些梅花儿

飘散到何处？

莫非从青空里

化成雪片降来？

       （主　人）④ （同上，第822首）

---

① 即九州筑前国长官山上忆良。
② 即筑后国长官葛井大成。
③ 笠沙弥，即沙弥满誓。
④ 主人，即大伴旅人。

清芬洁白的梅花，

现在正是盛开的时节，

听那百鸟婉转歌喉，

令人神往的春天，

即将来临吧？

（少令史田氏肥人）（同上，第834首）

"东歌"和"防人歌"

这一类收集来自民间的"歌谣"，是《万叶集》中的重要部分，是后来敕撰歌集中见不到的有价值的作品，大部分没有作者姓名。收在14卷中的"东歌"和20卷中的"防人歌"，便是具有特色的优秀作品。

"东歌"是日本东部（本州东部）一带地方民谣，以歌咏"恋爱"为主题，取材于农民朴素的日常生活，表现劳动人民的真实纯朴的感情，辛苦的劳动和东国的风貌。

"防人歌"是戍边者的怨诉。当时国家实行律令，对人民进行租税、徭役的剥削，设立"防人制度"，规定壮丁有戍边义务，主要是去九州、东国一带保卫边境海防，给人民带来沉重的负担和痛苦。"防人歌"是诉述被征的人和家人 别离的悲哀，夫妻两地相思之苦。一方，家缺劳力有饥寒之虑；一方，征人远隔边地而生乡愁。

第三节　汉诗的兴起和汉诗集《怀风藻》

奈良朝大量吸取汉文化，尤其推崇汉学、汉诗。汉学包括了史、书、志、文等知识，乃至孔孟、老庄的思想。在宫廷和贵族社会中汉文汉诗盛行，被视为贵族、士大夫阶级必具的文化教养，并作为相互交往或风雅欣赏所必需的。所以在奈良时代，汉诗和日本古典民族诗歌的"万叶"歌是同时并存的。而且汉诗集《怀

· 27 ·

风藻》早于《万叶集》，于 751 年编成，是现存的最古的汉诗集。

编者不详，据传是淡海三船（722～785 年）。有 751 年（天平胜宝三年）的序文，编成一卷共 120 篇，按年代顺序，收入从天智天皇的近江朝（667 年）到奈良朝之间的 64 人的汉诗。主要作者有大友皇子、大津皇子、文武天皇、长屋王、藤原宇合、藤原万里、石上乙麻吕、释道融等人。内容是饮宴、游兴、应诏的吟咏。当然汉诗是属于贵族文学，而"万叶"歌则成为日本民族语的抒情文学。所以从其生命力和传播范围来说，《怀风藻》远不如《万叶集》。但《怀风藻》是当时汉诗的集萃，是最早的汉诗集，其中有不少佳作，同时也有不少"遣唐"内容之作，成为中日文化交流遗产之一。

第三章 平安时期（794～1192年）
从诗歌向散文的发展

第一节 概 述

自桓武天皇迁都平安京（今京都市）的794年到后鸟羽天皇建久三年（1192年）关东武士集团首领源赖朝，摧毁了关西平氏武士集团势力，在镰仓（今神奈川县）设立幕府这一阶段，称为平安朝。从9世纪中期后，贵族藤原氏经数代家族（藤原良房、基经、道长等）皆任朝廷要职，代替天皇实行大贵族专政，长达400余年。在贵族军事专制统治下建立了庄园制度。后来，贵族官僚逐渐腐化，庄园主为争夺地盘纠合武士势力，形成了新兴武士阶级。

平安朝初期，汉诗盛极一时，但复兴的和歌还是占了优势。因为它迎合了贵族的生活情趣，到了后来追求纤巧，尚雕饰，便流于形式主义。公元1205年编选的《新古今集》就普遍地具有这种倾向。

平安朝初期发明了"假名"是一大创造，此后用假名文字写的"和歌"继续发展，进而用假名文字创作散文、小说等体裁，才形成真正的日本独自的民族文学。到了平安朝后期，由于贵族之间的斗争，庄园经济崩溃，阶级矛盾和社会矛盾激化，便促使文学由诗歌抒情转向散文的描述，多方面地反映现实生活和各阶层的精神变化，于是《日记》、《物语》一类文学形式遂兴起。

第二节　汉诗文盛行与和歌复兴

平安朝继奈良朝之后更进一步吸收汉文化，9世纪前半叶，嵯峨天皇的弘仁、淳和天皇的天长时期（810～833年）是汉文汉诗全盛时期。嵯峨天皇时的《凌云集》与《文华秀丽集》，淳和天皇时的《经国集》，这三部敕撰汉诗集相继编选出来。这时"七言"诗代替了"五言"诗。有名的作者有嵯峨天皇、小野岑守、小野篁等人之外，还有博学多才的空海和尚，曾于804～806年留学唐朝，他不仅是宗教家（创立真言宗）还是优秀的诗人和书法家，著有《灵性集》（诗文集）、《文镜秘府论》（关于诗学的论述），对后世影响很大。

平安朝初期由于汉诗极盛一时，和歌遂呈冷落。但汉诗究竟不是日本民族语言，不能充分表达民族的风格和抒发个性的真实感情，于是就有了复兴和歌的要求，出现了和歌与汉诗分庭抗礼，和歌复兴的风气盛行起来。起初有在原业平（825～880年）、僧正遍昭（816～890年）、小野小町（女，生卒不详）、还有大伴黑主、文屋康秀、喜撰法师等六位歌人，被称为"六歌仙"。

业平和小町，都有伤感的气质，放纵的行为也相似。业平出身于王族，但缺乏汉学修养、偏爱前代柿本人麻吕、赤人、家持等的抒情短歌。由于缺乏多方面的现实生活体验，只在沉醉于女色，或感叹身世衰微的吟咏上，显示他和歌的才气。小町也是这一类型的作者，试译他们的两首短歌如下：

> 月非当年月，
> 春非昔日春，
> 通宵我难眠，
> 我形影孤单。

· 30 ·

醒也不是，

睡也不是，

通宵眼睁睁，

虚度春之辰。

—— 业平

若知思绪难断，

相见依然如梦，

就不如沉睡不醒；

花色早已残褪，

一如回顾我身世，

徒然随春消逝。

—— 小町

　　纪贯之在《古今和歌集》的序中评论业平道："心有余而词藻不足"，小町则"近似美女，愁闷郁郁"。其他几位作者一般抱超世脱俗态度，寄情于云烟山水中，特别是虔信佛教的歌人。

　　在六歌仙之后，使用假名文字的日本民族语言写作的和歌很快发展起来。在 10 世纪初叶，醍醐天皇在位时（897～929 年）和歌不但在民间而且在宫廷流行，而从《经国集》以后，不再敕选汉诗了。

第三节　纪贯之与《古今和歌集》

　　《古今和歌集》也称《古今集》，是平安时代具有代表性的和歌集。主要编选者是纪贯之。10 世纪初，醍醐天皇延喜五年（905年），纪贯之等人奉诏命而编选的，是第一部敕撰和歌集，共 20 卷。

　　纪贯之（868～945 年）是平安前期歌人，曾做过小官吏，仕

· 31 ·

途虽不得志，却对假名文学首创贡献。他用假名文字写了《古今集》的序文，同时用汉文写了跋，两文内容大体相同。

当假名文字发明初期，未被重视，官方文牍和男子手书仍用汉文字，不屑于用假名文字。但纪贯之却开始用假名文字写作，在文学上可谓带头的大胆尝试。

《古今集》及其续编《后撰集》、《拾遗集》，被称为《三代集》；再将其后的续编《后拾遗集》、《金叶集》、《词花集》、《千载集》、《新古今集》合起来总称为《八代集》。敕撰和歌集日趋昌盛，直到室町时代初期的《新续古今集》（1439 年）为止共有二十一代集，可见和歌之盛行，在朝廷中战胜汉诗取得了优势。

《古今集》20 卷，创设了春、夏、秋、冬等严整的部类。内容可分为三个时期：作者不详时期、六歌仙时期、撰者时期（《古今集》编者们的创作时期）。《古今集》开创了与《万叶集》不同的新风格，但有的日本学者认为其文学价值远不如《万叶集》。作者不详时期收录不少优秀作品，具有"万叶"的遗风，及与天平时期（729～748 年）的和歌相似的特点。和歌复兴初期显示出勃勃生气的新歌风，但渐渐受宫廷贵族的豪华生活和情趣的影响，追求典雅、矫饰、缺乏作者真实的感情流露。《万叶集》中的主调（基调）是五、七调，而《古今集》中大多使用三句停顿法，变成七五调，虽然有节奏明快的优点，但由于往往过分雕琢而流于形式主义。

敕撰的和歌集，从 10 世纪初（905 年）的《古今集》直到 15 世纪初（1439 年）的二十一代集《新续古今集》，和歌的传统一直延续几百年之久，但并没有显示出新的发展。由于平安后期王朝走向衰落，宫廷贵族内部腐化颓废，社会矛盾激化，反映这种变化的文学，也就从抒情诗歌转向散文的创作。

第四节　散文文学——日记、随笔

平安朝出现散文文学——日记、随笔等，其中有流传后世和闻名世界的优秀作品。值得注意的是创作这些作品的全是女性。平安朝出现了女性创作的热潮，这在日本文学史上是一大特色，在世界文学史上也是罕见的。而这时的散文形式的文学的特点就是假名文学。当时统治阶级，男性贵族都蔑视假名文字，以使用假名文字为耻，仍然坚持使用汉字。但对上层社会的女性来说，却感到假名文字最亲切，最便于抒发思想感情，所以有文化教养的女性，都争相效法用假名文字进行创作。虽然最早用假名写日记的纪贯之是男性，但他的《土佐日记》是把自己假托为女性作者而写的，按其口吻表述也属女性文学。

平安朝中期出现的优秀女作家有藤原道纲母、清少纳言、紫式部、和泉式部、菅原孝标女等。（日本古代女作家都不署真实姓名，有的以其父兄或丈夫的官职为名，或用××母、××女表示与其儿子和父亲的关系，如清少纳言是因其父清原元辅官任少纳言而得名；紫式部因她作品中的女主人公叫紫上，她父亲藤原为时官任式部丞而得名）。这些女作家大多出身受领阶层，依附大贵族。她们自幼得到良好的文化教养，多是才貌出众的才女，被选任宫中的内侍和女官。但她们都不能掌握自己的运命，听从父母主宰，被迫成为政治性婚姻的牺牲品。在男女不平等的一夫多妻制度下，受男贵族的玩弄、压迫，甚至遭到遗弃的悲惨结局。由于这种不幸的亲身经历，而发自内心的苦闷、不安、怨恨……于是用文字把自己种种体验和情绪真实地记录下来。而且她们的作品不限于个人生活和运命的描述，也反映了社会矛盾和变化，当时贵族阶级的生活在表面上歌舞升平，但内部矛盾交错，尔虞我诈，倾轧不已。进出宫中的女性作者们，对宫内的黑暗情况了解

・33・

最清楚，感受敏锐，体会深刻，而且用现实主义手法描述出来。如道纲母的《蜻蛉日记》、清少纳言的《枕草子》，她们真实，坦率的描述，而且富于优美的抒情。至于紫式部的《源氏物语》，以高超的艺术描绘和批判了这个时代和社会的实质而成为不朽的名著。已是散文文学发展到高峰——"物语"的小说形式。

《土佐日记》（纪贯之作）

《土佐日记》是从事件记录体的汉文日记，转到散文式叙事体的日文日记的开端。此书是纪贯之于935年（朱雀天皇承平五年）写成。纪贯之以60岁的晚年于930年（延长八年）出任地方官土佐守，任期满四年，于934年（承平四年十二月二十一日）起程，从任地乘船经水路归京，935年（承平五年二月十六日）抵京后不久而整理写成旅行杂记体的日记。记下旅程历时55天的沿途情况：如水路行船的艰险、各地奇异的景物、旅途的寂寞、特别是追思在土佐任地夭折的幼女，途中满怀愁苦的心情，回到京城时的欣慰，以及掺杂着对浮薄人情的忿懑等等复杂情绪。这部日记是他假托自己为女性作者，用假名文字写出来的。它是最早的假名日记，启迪女性作者们从和歌走向散文写作的广阔途径，从此便陆续出现了女性用假名文字写的日记、随笔（枕草子）发展到"物语"（小说型）。

《蜻蛉日记》（道纲母　作）

《蜻蛉日记》（约995年完成），后于《土佐日记》30多年，是最早的妇女日记文学的典范。全书共三卷，作者也像当时能文的妇女一样，不署真姓名，按其记事的原委看来，得知她是中层贵族藤原伦宁之女，接受了藤原兼家（道长之父）的爱，做了他的爱妾，生了一子叫道纲。拥有妻妾多人的兼家，不可能爱情始终如一，育子不久，对她感情逐渐疏远了。她过着孤寂的生活，有时听到兼家的车子经过门前的声音，空待不见进屋的人影；有时通宵辗转不能入睡，对男人的薄情满怀怨恨，度日如年的消磨着万分苦恼的岁月。后来，作者回顾二十年夫妇生活的伤心史，用精确而细致的笔触刻划了形影自吊的屈辱命运。作者为自况而取题名，写道："思及亦有可悲之物类，遂生有耶非耶之感。故当名之为《蜻蛉日记》。"蜻蛉是漂游空中的短命飞虫，在《后撰集》中加以解释说："无所谓哀愁的蜻蛉，似有似无地消失在人间"（指读者不知其为何许人）。但这种多情善感的女性，并非要像无知觉的虫类消失在短暂的时空里，作者念念不忘那一段哀怨的经历，把生平的遭际如实地记录下来。在中卷有一段写到心理报复的场面：

> 他也许觉得这样不理也不好吧，某一天清晨又派人送来一封信，我没有写回信。又过两天，他又写信来说："虽然这是由于我的怠慢之过，但也是因为公务繁忙，夜间想到你那里去，又不知怎的感到害怕。"我打发人回答说："我心绪不佳，不能给你写回信。"我本来已经断了念头，但他又若无其事地露面了。我认为他真是太卑鄙了，他却满不在乎地又来挑逗我。我恨极了，把我心中几个月来的积愤都向他发泄出来。他假装睡着，一句也不回答。然后又佯作从睡梦中惊醒过来的样子，笑着说："来呀，咱们还是赶快睡下吧。"虽然我觉得这样做可能不大好，但还是横下心，整夜像木石一般不理睬他。第二天清早他一句话也没说，就回去了。

作者后来还写到她伤心到极点，打算隐遁到山寺里去当尼姑，经过思前想后才打消了这个念头，只好把精神寄托在对独生子道纲的母爱上。回顾自己的身世，觉得当时流行的"虚假故事"（如《竹取物语》等），往往把女主人公的结局理想化了，甚至浪漫夸张到

· 35 ·

失去真实，所以她在《日记》的开头写道："看了一些现在流行的旧物语，其中大部分甚至是世上不可能有的虚假的故事，因此，我想把自己不平凡的经历写成日记，这恐怕会成为一部空前之作吧。我希望把它作为一部证据，问问世人我所度过来的是不是天下罕有的高贵生活……"正由于她有意识地将自己一生的经历，如实地记录下来，以那坚贞而纯洁的爱，几经风霜而流露出悲剧的色调，深深激动了妇女。这部作品开创了真情实景的写实手法和严肃的创作态度，影响和推动了后起的女性从事《日记》和《物语》的创作。

《和泉式部日记》（和泉式部　作）

作者和泉式部，平安中期女歌人，生卒不详。她原是和泉守橘道贞之妻，她的文化修养也很高，进出于宫廷贵戚之家，是个多情的，生性自由奔放的女子，不顾人们的非议，敢于大胆地去恋爱。冷泉院第三皇子为尊亲王和第四皇子敦道亲王都对她热烈地恋爱和追求。她先与为尊亲王恋爱，可是长保四年（1003年）年仅26岁的亲王病逝，式部哀叹比梦更无常的人世。敦道亲王比式部小数岁（23岁），却对她更加狂热的爱恋，不幸年仅27岁于宽弘四年（1007年）也随之夭亡。他们的热恋生活虽仅五年，在式部的生涯中却是最幸福的时刻。

式部日记是写她和敦道亲王的恋爱一段经过，情节细致，仅记录1003年四月起笔到式部离开宫廷为止。只不过写了十个月间的相爱情况，却是她一生中回忆最深刻的记录。日记显示了她的散文才能，还包含很多委婉的和歌。描绘了恋爱中的高雅情趣，如敦道亲王叫使婢把橘树花枝送给式部，附一首短歌，含意急求答和。歌曰：

"与其闻到花香的回芬，莫若一听杜鹃之啼声。"

· 36 ·

含义是：因亲闻橘花香味而思念故人，倒想听到杜鹃（你）的声音，果真像以前发出同样的声音么？

式部怕被人拿做话柄，故意用第三者描绘的口气，写道：

"在同样的枝上啼叫，难道不知杜鹃的声音没有变么？"

《紫式部日记》（紫式部　作）

《紫式部日记》一卷，作于宽弘五年（1008年）七月到宽弘七年（1010年）一月。是以中宫彰子在藤原道长的邸宅土御门殿的分娩为中心，详细地记下、冷静地凝视宫廷的仪式和所见所闻种种。对于和泉式部、清少纳言、斋院等女性的批评特别尖锐。她不满意同辈的女性作者，认为她们总是以自己为中心，秉性洁癖而自寻苦恼；她自己则进行严肃的自我反思，冷静地对人物剖视。这种理性自觉的精神，也表现在后来的巨著《源氏物语》中。

《更级日记》（菅原孝标女　作）

《更级日记》的作者之父孝标是大汉学家菅原道真的五代孙，这部日记是平安晚期的作品，实际上是作者晚年写的日记体的回忆文。是从宽仁四年（1020年）作者13岁时随父离开任职地的上总国（今千叶县中部）回京城时写起，直到康平二年（1059年）丧夫为止的四十年生涯的经历，在丧夫后两年间写成。日记的文笔清丽，描述她父亲任职的东国草深叶茂的环境，产生走向神奇世界的幻想。

孝标女的性格特征是自幼就富于梦想，在作品中有许多写梦幻的情景。日记中对父祖辈的略历也有所追及。她回京后目睹许多严酷的现实，只当过眼云烟，她依然继续抱着天真的梦想，无所忧虑。但丧夫后顿觉人生如梦，遁入空门，把残生寄托于"净土"神佛世界，求得灵魂的安宁，实际是对平安末期的现实失望，而聊以自解的消极心情。日记的笔调凄婉、感慨，但仍表现了浪漫风格、纯净朴直的个性。

《枕草子》——随笔（清少纳言　作）

作者清少纳言，生卒不详，是平安中期一条天皇时宫中女官，侍奉皇后定子（藤原道隆之女，另一皇后是藤原道长之女），她是精通汉、和学的才女。

"草子"又作"册子"、"草纸"、"双纸"，是一种书本、书册，用以记录、笔记事物、观感之类。"枕"是枕边之意。《枕草子》即是清少纳言随时写下的、记录下来的手稿而编成的书册，共3卷，所以原称为《清少纳言枕草子》。

这是由清少纳言开创的新的文学形式——随笔，与同时代的紫式部作的《源氏物语》被称誉为日本古典文学的"双璧"。

这种随笔和日记不同，它不受时间、场所的限制，也不像诗歌那样受格律的表现所拘束，只是自由地把心里所想的、所考虑的、所感触的事情挥毫成章、因而篇章也长长短短的不一致，可是它具有明显的倾向：含有思索的、品评的、乃至哲理性的。《枕草纸》按它的内容，有"山"、"川"等一类描绘；有记录宫廷生活见闻的，如《翁丸》（意指皇帝爷爷和孙女）、《雪之山》等的日记体；有《春晓光景》、《正月一日》等的随感录。这三大类别。

这是约三百段构成的文集，作于长德、长保年间（995～1004年）。按其结构，归属同段类的，可分为三大类集。

第一类：关于"山"、"花"、"美丽的"、"凄凉的"等类种种样态的诸段。

第二类：随感的诸段。

第三类：日记的诸段。（据推测，认为这类记事是作者后来回顾自己的宫廷生活而忆写成的）。

清少纳言创作《枕草纸》，几乎与紫式部创作《紫式部日记》和《源氏物语》处于相同的年代，但作者的立场、观点、取材，所表现的思想感情和风格，却迥然不同，她使用父姓及官职，而后者则仅用非真姓的"紫"附带一般的低级官称。

又据内容分类诸段的排次，有前后不连贯和倒置的地方，据认为这种表现有独异的原因：

首先，清少纳言是个出身不明的养女，自少便为清原元辅收养。元辅擅长和歌，是"梨壶五人"①之一，虽说是出身中层贵族，但职位低微，帮闲既无聊，晋级又属非非之想，养成了可笑的也是可怜的处世性格，所以《今昔物语》对他评述道："这个元辅是饱经世故的人，专以言谈诙谐、逗人笑乐为能事的老翁。"这个老翁以其专业所长，参与敕撰《后撰集》的编撰，又是村上天皇和歌所的一员。

清少纳言大约在正历二年（991年）做了皇后定子的女官。皇后死于长保二年（1000年）十二月，她才不在宫中供职，后来在后宫当了地位低微的"中蔽女房"（低于内侍，上蔽）。《枕草纸》起稿于宫中生活的第四年，完稿于退职闲居的长保六年（1004年），从作品分类的各段内容看，也可看出前后所反映的心境不同。

清少纳言既然身为女官，也像其他贵族宫女一样，要学好汉学，她偏重于吸取丰富的词藻知识，摆脱封建传统的伦理，道德规范的束缚。她常常以欣赏自然美的快感，尽情抒发她的意兴和感想。她也多少受了父亲的影响，敏锐地感受周围的事物，理智地观察宫廷各种矛盾现象，描绘出寓谐谑于幽默的画面。例如被评为代表作的《扫兴的事》中的一节：

---

① 梨壶，指庭院当中植有梨树的禁舍，天历五年（951年）清原元辅、大中臣能宣、源顺、坂上望城、纪时文等五人在此解说《万叶集》，编纂《后撰集》。

时逢除目①还未得任官职的人家，听说今年准会放任官职了。以前在官府任过职的人们，有散居各处的，也有住到穷乡僻壤的，都聚集到旧主人家里来了，见到车辆往来相接。主人上寺庙许愿便争相跟去，预先祝贺，大吃大喝，喧哗不已。可是一直等到天亮，也没有人来敲门，这就奇怪了。侧耳听去，原来是前驱喝道的声音，公卿们都已退朝了。从傍晚就出去打听消息的仆人，这时在晓寒中冻得浑身发抖，无精打采地走了回来。人们见了他连问都不敢问一声。但是从外面来的人还是问道："本家老爷当上哪一国的国司了?"仆人的回答是："还是某某国的前司②"那些一心想依附本家主人的人，听了不禁大失所望。到了第二天早上，挤在那里的人就一个两个地溜走了。本来在那里执役的，自然不便离去。掐指计算来年哪一国的国司任期将满，心生意兴地踱来踱去，那实在是很可怜，也是很扫兴的事。

（上文译自西乡信纲原著《日本古代文学史》改稿版第198页，岩波书店1978年版）

其次，作者处身在藤源家族世代摄政揽权下的年代，对于宫廷倾轧事件，冷眼观察。当长保元年藤源道长逐渐得势，皇后中宫定子处于敌对的地位，她隐忍到八月，曾借口分娩，一度迁住到身分低微的平生昌家去，作者不动情感地描写当时的滑稽状貌。例如《大进生昌的家》中有一段描写到身分"大进"（级别"从六位上"）的生昌，为迎接定子穷于照应的狼狈情景，就够滑稽可笑。

生昌为了及时迎接皇后定子的驾临，尽快修建一个四足门（用四根主柱支起的门洞，实际是上层人家供停车用的），却没有

---

① 除目，指的是任命地方长官（固守），日期大多在每年正月九日至十一日。
② 对已解除官职的人，仍尊称他的原官职。前司，就是前任的国司。

供宫廷侍女出入的门，侍女们只好下车，沿着铺席道进去。正当侍女们埋怨的时候，生昌本人却拿来了笔砚，清少纳言就问他："为什么你住的家，门造得这样小呀？"生昌笑着答道：'这是为了符合我的身分。'这时，清少纳言引了于定国于公①的故事来嘲弄他，他吃惊地说：'哎哟，这可不得了！'就退去了。当天夜里生昌不懂沿道摸黑的走法，就从侧近偷偷地直捷钻进清少纳言的房里来。由于他是受领出身的人，不便打照面，就把纸门开了一道缝，嘶哑着嗓子喊呀喊。清少纳言却故意把睡在身旁的侍女唤醒，两人放声大笑一番，生昌慌忙辩解，只讨个没趣，狼狈地走了。

此外，还有好些戏谑生昌不懂上层贵族社会的规矩、礼节，又因语言粗俗、谐音异义，见识浅陋，往往指物非类，指名非实（例如不知道公主的女童穿的"汗衫"这个名称，把"小"这个形容词，用方言发音念成"屑"等等）都把生昌嘲弄一番。

这些谐谑的部分，对于善良的生昌，未免流露了并无恶意的轻薄，正因为这种贵贱差距的对比，朴素地描出这可笑的世界，泄露了一脉的可悲来。

其他描写春、夏、秋、冬四季的特征，则极细腻地把季节、气候、时刻、色彩等要素浑合在画面上，形成了富于抒情美的散文诗，在狭小的世界内，带着怜物自怜的感触，追求优雅、闲静的美感享受。她没有体验过地方的乡村生活，所以对于像生昌这样的人，也觉得他的语言、举止都可笑。她自己一向只局限于后宫的一角，像笼中小鸟一样被饲养大，并不感到内部小天地中的贵胄有什么可笑，比诸身经忧患的紫式部，就大有差别。清少纳言虽然对宫廷倾轧事件冷眼视之，但对她并无切身关系，她只是一

---

① 这是根据我国唐代李翰所著《蒙求》中一段故事："前汉于定国……其父于公……始其闾门坏，父老方共治之，于公谓曰：'少高大闾门，使容驷马盖车。我治狱多阴德，未尝有所冤，子孙必有兴者'。至定国，宣帝时为丞相，封西平侯，子永为御史大夫，封侯传世云。"

个普通的女侍追随定子皇后，同情体贴女主人是很自然的。她有时排遣郁闷，也只是超然物外的一种空想。但作为当时女性的代表作之一，她的特殊表现手法，倒是留下了艺术审美价值。

再者，作者醉心于自然美，恬然自得地对景抒情。例如在第一段有这样笔致简洁的描绘：

> 春天是破晓的时候最有趣。渐渐泛起一片白，衬映出山的轮廓，山顶抹上微红，紫色的云彩细薄地横拖着。

> 夏之夜别有一番风趣。有月亮的时刻固不必说，即便是暗夜，许多萤火虫在飞舞、错落穿梭多姿。还有一只两只的曳着闪闪微光飞过，也发人意兴。要是降下雨点，就更添情趣。

（根据 1980 年京都书房版《新修日本文学
史》改订版第 46 页引文拙译）。

第五节　物语（《源氏物语》等）

"物语"就是故事，是日本文学的特有名词。平安朝开创的"物语"文学后来发展成近代形式的小说。平安时期的物语，有的取材于古代传说，有的取材于历史人物，有的取材于现实生活。在平安时期出现的"物语"，一般指传奇性的"虚构物语"和写实性的"歌物语"。

"虚构物语"多取材于日本古代民间传说，或借用外来的佛教、道教的传说故事，而寓警世醒民之意，主要是否定权贵、豪富阶级。最早出现的《竹取物语》就具有这些特点。

（一）《竹取物语》

《竹取物语》也叫《赫映姬物语》，是"虚构物语"的代表作。大约作于 10 世纪初，是失意的文人的创作。从思想来看，大抵受

・42・

了中国老、庄的虚无思想的影响，从题材来看，有的取材于中国的《山海经》、《太平广记》和印度的佛教故事。有的取材于日本的民间神怪传说异闻，而虚构出化仙或变鬼的故事。其故事梗概如下：

从前，有一个以砍竹子为生的老翁，一天，他在竹心里拾到一个女孩子。女孩个子非常小，他将她放在竹篮里抚养。经过三个月，女孩长大成了一个姿容美丽的少女。她光采照人，简直把整个屋子照亮了。老翁给她取了一个名字，叫"细竹赫映姬"。不久，老翁忽然成了富翁。世上的男子，不论贵贱，都想娶细竹赫映姬为妻。其中石作皇子、车持皇子、阿部御主人、大伴御行、石上麻吕五人是最热烈的求婚者。赫映姬说："即使是世上的贤人，如果不了解他的心意诚恳，我也不想嫁给他。"她要求他们到天竺去寻找如来佛的石钵，蓬莱的玉枝等等宝物，约定谁能得到，就嫁给谁。于是这五位求婚者，有的去冒险，有的去欺骗别人，结果都失败了。这时皇帝企图凭权势来强娶她，也碰了壁。原来赫映姬是月宫的仙子。不久，到了中秋节夜晚，她留下不死药升天去了。皇帝悲叹道："如今既然再也不能相见，就在骏河国的山顶将不死药烧成烟吧。"从此以后，那座山就被称为"不死山"。① 那股药烟至今不熄。

故事中的伐竹老翁从竹心拾得女孩而后来致富，同日本民间传说的"桃太郎"相似。据说有一位砍柴翁从桃子里找到一个孩子而致富。至于说到天竺去寻如来佛石钵，到蓬莱去找玉枝，及仙子奔月，唐明皇在梦中上天与杨贵妃相会等等中国的道佛教的传奇神话，都对这故事的作者起了启迪作用。但这个故事的主题是对庸俗丑恶社会的讽刺，否定人世间的不义的富贵乃至最高权

---

① "不死山"的日语读音与"富士山"同音，而富士山顶上的火山口经常冒烟。骏河国，包括今静冈县，邻近富士山。

势。而一个诚实的人偶然致富也不过是一场梦,所以月宫仙子还是回到月宫去,伐竹老翁还得勤劳过日子,只有天上的明月才是最美最洁净的。这反映了部分知识分子厌恶世俗社会的思想,态度是消极的。当时作者就是企图逃避动荡不安的社会。从作品的艺术性来看,它以美丑的对比、情节的生动变化,亦庄亦谐的手法,丰富的想象力,个性化的人物形象,行动的戏剧变化等,都有别于古代单调、粗糙、呆板的民间传说,所以《竹取物语》和《伊势物语》被誉为物语文学的始祖。

(二)《伊势物语》

《伊势物语》是歌物语的代表作。是由 125 个短篇汇集而成。每篇都以"从前有一个人"开头,以和歌为中心,在铺叙人世间喜怒哀乐种种情景过程中,用歌调加强思想感情的表达。

这部作品的主人公是没落为城市平民的贵族公子,据说是影射《古今集·序》中评述过的放浪诗人在原业平,用来反映平安朝晚期的没落贵族知识分子。此人在他举行了成年(16 岁)仪式以后,适逢春天,到大和国去狩猎,无意中遇到一个美女而产生了相思病,接着叙述他在宫廷和到外地的种种恋爱行径,又到东国流浪,最后得了病,临死前遗下一首歌,结束了故事。这首辞世歌如下

> 早知不免行此道,
> 岂料今朝已临头。

这部作品的特点是叙述一段故事情节,插入一首歌。例如:

> 从前有一个男人,当奈良京城衰落,平安京城人烟稀少的时候,他在西京遇上一个女人。这个女人不但姿容出众,而且性情温顺。她认识的男人似乎并不仅仅他一个。这个痴情

· 44 ·

的男人到女家一吐衷曲之后，回到家里便魂不守舍。当时正值三月初一，春雨连绵。于是他写了一首和歌，送到女人那里去。歌云：

坐卧难耐到天明，
绵绵春雨恼煞人。

《伊势物语》又名《在五中将日记》、《在五物语》。其中大部分和歌是业平之作。但作者不详，写作时间也有各说，有9世纪末之说。

（三）《大和物语》、《平中物语》

这两部作品也属"歌物语"，是各具特点的和歌短篇故事。作者不详，成书时间各说不一，可能是10世纪。

《大和物语》，包括173个独立的故事，取材于民间传说。例如信浓舍姨山的故事，说的是古时候信浓国有一个人奉养姨母，后来听信妻子的话，把姨母背到山里去，让她死在那里，上山时姨母总是伸手攀折树枝抛在地上，外甥怪她这样做就走得很慢，她说怕外甥认不得回头路。当他把姨母丢在山里，下山时醒悟过来，感到后悔，又去把姨母背了回来。这个故事含有伦理道德的教训意义，后人便将这座山叫做舍姨山。

又有一个故事说津国菟原的一个少女，被两个壮士争夺。少女拿不定主意，不知嫁给谁才好，便投入田川溺死。这个故事揭露了当时的武士横行霸道，有美色的女子往往成为牺牲品。还有反映贫苦劳动人民的生涯坎坷，如妻子出外谋生，久别回家，夫妻几乎不认识。又有反映贵族社会的人事变幻无常的，例如某甲到地方上去做官，在正月晋级时被漏掉了，因而失望痛苦，也有描述贵族女子沦落青楼的故事。总之，这部"物语"是多方面反映了社会种种现象的。

《平中物语》是分为 40 段的和歌小短篇。主人公是出身皇族的平中，内容是写他的爱情幻灭的故事。作者用滑稽的讽刺手法，把平中写成一个好色而又胆小善良的胡涂虫，由于他的疏忽致使一位女性失望而落发为尼。总之，描述的多是失败的恋爱，情节滑稽令人发噱。

（四）《落洼物语》

这是一部中篇传奇物语。作者不详，约是 10 世纪末的作品，写一个出身于贵族大官僚家庭、中纳言源中赖的女儿，受继母的虐待，让她住在最低洼肮脏的小屋里，大家叫她"落洼"小姐。她在心怀正义的侍女阿曹及其夫带刀的帮助下，认识了带刀的主人少将道赖，两人相爱成了亲，过上美满婚姻的生活。继母为此怀恨在心，对阿曹和带刀加以打击，少将对中纳言一家也进行报复。中纳言逝去，继母有悔意，少将等不究既往，还对她加以庇护。落洼女对继母仍尽孝道，继母深受感动，从此和气相处。作品不脱"劝善惩恶"的旧套，宣扬贵族家庭的伦理道德，但结构严谨，语言浅易通俗，完全立足于写实，有其一定的价值和意义。

（五）《宇津保物语》

到了 10 世纪后半叶和 11 世纪前半叶，物语文学出现了引人注目的新发展，即创作出两个长篇物语，那就是《宇津保物语》和《源氏物语》，这不只是从短篇到长篇的形式比较问题，而是从内容的深广度来看物语文学发生了质的变化。

《宇津保物语》成书于 10 世纪后半，是日本最早的长篇物语，共 20 卷，作者不详。据《源氏物语》的旧注释书《紫明抄》和《原中最秘抄》等所载，认为是源顺（911～983 年）之作，但无定论。

这部物语，兼顾传奇与写实两种风格，内容庞杂，头绪多，在传奇方面，开头部分出现的神仙怪异事迹，明显看出是模仿《竹取物语》的手法，而在写实方面，客观地描写了当代贵族社会的真实面貌，因而揭示了史书上所无的实质的东西。

全书可分为三部分。第一部分首卷《俊荫》卷，主要写出宝琴的来历，仲忠的成长过程：说是古时有一个叫清原俊荫的人，16岁时就成为遣唐使的一员，渡海赴唐途中遇到大风浪，漂流到波斯国的海岸，遇到天仙，传授他弹琴（七弦琴）的秘技和送他宝琴。他搭商船回国，时已39岁，因音乐之鬼才而出名，娶妻生一女。女儿15岁时妻先亡故，俊荫把琴技和宝琴传给女儿，不久也去世。此女孤凄无靠，独自住在三条京极的破宅之中。出于偶然的机缘，和一个年轻男子（即当时太政大臣之子藤原兼雅）一见钟情，发生了性关系，生了一男孩（即仲忠），但兼雅却再无踪影（因故被软禁不能露面）。母子穷困无以为生，年轻的母亲带着6岁的儿子进入北山深处，栖身于曾是熊住过的一棵古老大杉树的空洞里。日语"宇津保"一词是"洞穴"之意，据说此书因以之为题名。在母子忍受雨露饥寒中，儿子跟母亲学会了弹琴，弹出了使野兽为之流泪的动人琴声。后来得了志的藤原兼雅听到琴声寻找到母子，把他们迎回京城，在三条堀河安顿下来。儿子举行"元服"（成年仪式），起名仲忠，受到朱雀帝和东宫（太子）的器重而成为侍从，他的弹奏大显身手，受到赞誉。这部分可说是作者意图交代从俊荫到其女、其孙（仲忠）和曾孙犬宫等四代人，关于秘传宝琴和弹琴秘技的始末，似以仲忠为主人公。

第二部分是以贵宫为中心，展开了求婚的情节。左大将源正赖的第九女贵宫是举世无双的美人，于是作者使围绕贵宫求婚的人物一个个登场，与《竹取物语》的赫映姬和求婚者的关系类似，但在内容上宇津保物语却有了很大的发展。求婚者并不限于贵族公子、皇子，而是多种身分的人，几乎从当代贵族社会所有阶层中选出各种各样的角色，刻画出种种不同性格的人物。求婚者中最出色的是三春高基。

他是当时常见的降为臣籍的皇子。高基虽然只是一介国司，但历任地方官吏，积蓄了私财，在京城里盖了很大的、带仓库的房子居住着。他是个守财奴，十分吝啬。他在他的宅院里种庄稼，一直种到窗户底下。不论是干粗活还是干细活的奴仆，他一律要求他们拿起犁锄耕种。当他身患重病、已经奄奄一息的时候，还怕花钱，不让人为他康复而举行祈祷。他进餐时，每天只吃一只桔子，还精打细算地说："桔子吃得太多了。一粒桔子核会长出一棵桔树，长成后能结出许多桔子。现在不宜吃。"他提出了"要娶个不吃我的饭的女人"，结果和一个富裕的女商人结了婚，后来女人嫌弃他，跑掉了。他对过着骄奢淫逸生活的宫廷贵族进行了尖锐的批评。他说："在大片的土地上建造华屋，将天下的风流人士召集在一起，挥霍吃喝，这有什么可称许的呢？只有把钱财积蓄起来，到市上做买卖才是明智的。我虽然住着这样的房子，但并不骚扰百姓。只有那些过着豪华生活的人，才对朝廷有害，骚扰百姓。"这样的人，正是到了古代后期才挤进贵族社会的、所谓"受领"① 这个新阶层的人物典型。

三春高基大骂贵族们的浪费生活，然而高基也同样是榨取人民血汗致富的寄生虫。求婚的结局是贵宫成为东宫妃，其他求婚者大失所望。

第三部分中心转到《让国》卷，是围绕立皇太子问题发生的宫廷权势的斗争，究竟立藤壶女御②（贵宫）所生的皇子，还是梨壶女御（仲忠的异母妹、藤原兼雅的女儿）所生的皇子为皇太子的问题展开了源氏和藤原氏两种政治势力的斗争。描写了他们的尔虞我诈，阴谋策划等活动场面。抓住争夺政权的斗争实质，真

---

① 日本大化革新至室町时代的高级地方官（如守、介）通称为"受领"。这些官吏搜刮民财，成了地方上的豪族。

② 天皇妻妾分为四级身分：后（一人）、妃（二人，又称中宫，如定子和彰子）、夫人（三人，又称女御）、嫔（四人，也称更衣）。

实地客观地描绘富于戏剧性的情节,各种人物的行动和心理变化。

最末一段叙述仲忠官居要职,在京极邸内建高楼,向后代(犬宫)传授琴技。某年八月十五的夜晚,显贵聚集听琴,俊荫女当众弹奏,顿时雷鸣电闪,大地震动,渲染了神奇现象,于是追封俊荫为中纳言①,仲忠母晋阶"正二位",全书到此收场。

《宇津保物语》的特点是继承了物语文学的传统而又超越了旧物语的局限,大胆着眼于现实,从传奇神怪踏上现实主义的道路,描绘了日趋分化崩溃的贵族社会的画卷,是一大成就。但全书缺乏艺术结构的完整性,远不如稍晚的《源氏物语》。然而在客观性的描述和社会状态的概括上,却又略胜一筹。

(六)《源氏物语》 (紫式部 著)

1. 作者简介

11世纪初,出现了女性的巨著《源氏物语》,世界上最早的约百万字的长篇小说,这在世界文学史上也是令人惊异的成就。

全书54卷。"卷"原称"帖",丰子恺的中译本全用"回"。大约作于1001~1014年之前,约13年时间。

作者紫式部生卒不详,有的说是生于天禄元年(970年),卒于长和三年(1014年)。作者不用真姓名,关于"紫式部"这个名字,有各种说法,笔者前文取其一种说法,即"紫"取自作品中主人公之一的紫上,式部,是取其父官称。其他说法从略。

紫式部(以下称式部)出身于中层贵族家庭,父名藤原为时,曾做过地方官吏,擅长汉诗与和歌。晚年闲居,尽心培养子女习读汉学、诗赋。式部自幼聪慧,才学过人,其父曾叹息说:"可惜她没生为男子,这是最大的不幸。"但没料到她竟取得了男子所达不到的文学巨著的成就。

---

① 中纳言,日本古代官职,位次于大纳言,共同辅佐太政官,处理中央政府的政务,级别"从三位"。

她约于 20 岁嫁给比自己大 20 多岁的藤原宣孝，而且他已有了三个妻子。不久，宣孝于一条天皇长保三年（1001 年）逝去。据说式部抚养女儿贤子过着孀居生活时，开始写作这部物语。大约于宽弘三年（1006 年）进宫当一条天皇的皇后彰子（藤原道长之女）的女官，给彰子讲解《白氏文集》（唐代白居易的《长庆集》）等。根据她在宫中的见闻、感受及见解，写成这部书的主要部分。

2. 紫式部的文学观

首先说说式部的文学观，也可说是物语的创作观。在《萤》卷中通过主人公（源氏）的一段话可以看出作者对创作物语的议论和观点。如源氏说："……这些故事小说中，有记述着神代以来世间真实情况的，像《日本纪》等书，只是其中之一部分。这里面（指物语）才详细记录着世间的重要事情呢！"接着又说："原来故事小说，虽然并非如实记载某一人的事迹，但不论善恶，都是世间真人真事。……但觉此种情节不能笼闭在一人心中，必须传告后世之人，于是执笔写作。因此欲写一善人时，则专选其人之善事，而突出善的一方；在写恶的一方时，则又专选稀世少见的恶事，使两者互相对比。这些都是真情实事，并非世外之谈。中国小说与日本小说各异。同是日本小说，古代与现代亦不相同。内容深浅各有差别，若一概指斥为空言，则亦不符事实……"这就是说要基于社会现实，美丑善恶的对比，加以虚构和典型化——写出人生的真实和人物的内心世界。在当时具有这样的文学观和创作方法论，是很卓越的。

3. 《源氏物语》的主题

贯穿在《源氏物语》整个结构中的主题是什么？诸说纷纭。据江户时代中期的国学者本居宣长（1730——1801 年）的说法，是"もののあわれ"（Mono—no—awale）可译为"物之哀"，其含义也是深奥难解，对此有各种解释，综合各说可解为"发自内心的喜怒哀乐之情"。

从整个物语的内容描写来看，较贴切的解释可称之为"内心的哀愁"，也就是隐藏在人物内心深处的悲哀、伤感、愁苦和郁闷等情绪。从源氏到他身边左右的妃嫔婢女，更是如此。

式部所描述的人物的内心，始终笼罩着"哀愁"的气氛，这种哀愁忧伤之情是流露在作品中的特色，所以《源氏物语》被称为"物之哀"的文学。而这种哀愁不是一般文人寄托于"花鸟风月"的咏叹，或顾影自怜的伤感呻吟，而是个人命运同现实社会的种种矛盾冲突交织在一起的。可以认为作者当时身在宫廷已预感到贵族社会正在走向崩溃，而发出内心的愁伤。所以可认为《源氏物语》的主题，是从人的精神史的角度，来描绘贵族社会的矛盾及其没落的历史，并非过言。

4. 《源氏物语》的结构和内容梗概

《源氏物语》的创作时代是处于平安朝贵族统治的奴隶制向武士地主阶级统治的封建制过渡的时期。藤原氏家族以皇亲外戚的身分居"摄关"（相当于宰相）要职，独揽朝廷大权，不仅和源氏等族系进行斗争，而藤原家族内部的争权斗争也很尖锐。宫内后妃的争宠斗争、政治性的联姻等等，都是这些复杂斗争的反映。作者描写了平安朝贵族的荒淫生活和腐败的政治内幕，展示出这个贵族阶级走向没落与崩溃的命运。

据现存的 54 卷可分为三部分：

第一部分　从首卷《桐壶》至 33 卷《藤里菜》。

第二部分　从 34 卷《若菜》上至 41 卷《幻》。

第三部分　从 42 卷《匀宫》至 54 卷《梦浮桥》。

全书主人公是光源氏。第一、二部分以光源氏为中心，可说前部分是他的荣华时期，后部分是悲剧时期。第三部分以薰为中心，写其在宇治的恋爱悲剧结局。

全书主题所展现的是宫廷贵族的荣枯历史，作者以充满哀愁的感情描绘了贵族社会的矛盾、权势更替而终归于没落的历程。

第一部分物语开头的《桐壶》卷就紧扣主题，在充满没落悲哀的气氛中铺陈情节。故事以皇帝宠爱在一身，桐壶帝和更衣的悲剧作为开端。如卷首的一段描述

"话说从前某一朝天皇时代，后宫妃嫔甚多，其中有一更衣，出身并不十分高贵，却蒙皇上特别宠爱。有几个出身高贵的妃子，一进宫就自命不凡，以为宠爱一定在我，如今看见这更衣走了红运，便诽谤她，妒忌她。和她同等地位的、或者出身比她低微的更衣，自知无法竞争，更是怨恨满腹。……大约是众怨积集所致吧，这更衣生起病来，心情郁结，常回娘家休养。皇上越发舍不得她，……竟不顾众口非难，一味徇情，此等专宠，必将成为后世话柄。连朝中高官贵族，也都不以为然，大家侧目而视，相与议论道：'这等专宠，真正教人吃惊！唐朝就为了有此等事，弄得天下大乱。'这消息渐渐传遍全国，民间怨声载道，认为此乃十分可忧之事呢。……"（引自丰子恺译本上册第1页，注释从略）。

这更衣住的宫院叫桐壶，因此也叫她桐壶更衣。她郁结成病，生下一个小皇子，不久就死去了，桐壶帝非常悲痛，书上有这样一段描绘："深秋，有一天黄昏，朔风乍起，顿感寒气侵肤。皇上追思往事，倍觉伤心，……皇上则徘徊望月，缅怀前尘：往日每逢花晨月夕，必有丝竹管弦之兴。那时更衣有时弹琴，清脆之音，沁人肺腑；有时吟诗，婉转悠扬，迥非凡响。她的声音笑貌，现在成了幻影，时时依稀仿佛出现在眼前。然而幻影即使浓重，也抵不过一瞬间的现实呀！""回想桐壶更衣的妩媚温柔之姿，便觉得任何花鸟的颜色与声音都比不上了。以前晨夕相处，惯说'在天愿作比翼鸟，在地愿为连理枝'之句（白居易的《长恨歌》句），共

· 52 ·

交盟誓。如今都变成了空花泡影。天命如此，抱恨无穷！此时皇上听到风啸虫鸣，觉得无不催人哀思。"侍臣们见这般光景，议论说"皇上和桐壶更衣，定有前世宿缘。"（均引自同上丰氏译本）。

作者构思了凄凉的环境和气氛，衬托桐壶帝追思哀念更衣之情，颇似《长恨歌》中所出现的情景，也可见唐代文学对日本平安时代作品的影响。

作者描写更衣生下的小皇子，是一个"容光如玉，盖世无双"的男婴，招得人人喜爱，更是父皇的掌上明珠。只是进宫最早而出身高贵的弘徽女御，怕影响她所生的大皇子东宫的地位而心怀疑忌，总使桐壶帝感到烦闷不安。这女御性格顽强冷酷，又有权势作后援，且身边奉承效命的嫔婢不少，所以更衣实际上是被她们逼死的。

小皇子3岁时丧母，长得容仪令人吃惊说："好似神仙似的人儿降到尘世间"。他7岁开始读书，聪明颖悟。因为他容光照人，被称为"光君"（光华公子之意），虽然桐壶帝最钟爱他，但又担心"光君"没有外戚权势作后援，如其做一个亲王，处境还不如作一个朝臣辅佐朝廷，于是把"光君"降为臣籍，赐姓源氏（以下简称光源或源氏）。

光源在父皇的庇护宠爱下，受了贵族的教养和宫廷生活方式的陶冶，加上他的俊秀和才情，成为娇生惯养、一味溺于逸乐的王子。

为了减轻桐壶帝的悲哀，把一位酷肖桐壶更衣的四公主迎入宫内，称为藤壶女御（住藤壶院，故称）。她出身高贵，也是个绝世美女，容貌风采与已故更衣相似，而且性情和善。

光源不离父皇左右，朝夕出入宫闱，妃嫔们对他也不规避。光源听说藤壶女御和他的亡母非常肖似，常常接近藤壶女御。

光源12岁时举行了"元服"（成年）仪式，同时桐壶帝给他取了左大臣女儿葵上为正妻（这也是为了增加他的后援势力）。葵上比他大 4 岁，美丽而端庄，但缺乏柔情体贴，光源并不爱她，渐渐生厌，越发放荡不羁，爱偷香猎艳，追求色情幽会。对比他只大 5 岁的继母藤壶女御，由生好感而成私恋，随后二人私通乱伦，这使他终生内疚，常常陷于郁闷、忧愁之中。源氏内心深处经常笼罩着一层哀愁的阴影，这就造成他悲剧的命运。

光源 18 岁时，藤壶女御怀孕，不久诞生了小皇子。在分娩前藤壶妃忧心忡忡，生怕泄露了隐私以致身败名裂，心中十分不安。待分娩后皆大欢庆，似乎忧虑全消，但只要想起这件隐事，就觉痛心。光源也因心怀隐衷而忐忑不安。当小皇子诞生下来，他就想早些见到自己的亲生儿子，屡寻机去问候，却被藤壶妃谢绝入内探视。但小皇子生下就酷似光君相貌，任何人都看得出来，这又使藤壶妃深受良心的苛责而隐痛不已，担心一旦被人识破，她就成了世间最不幸的人。但人们对小皇子酷肖兄长（光源）认为同是皇家血统乃自然之事。桐壶帝见到小皇子和光君一样"光彩照人"，长相一模一样，反而喜欢，当作"宝玉"一般。对藤壶妃也越加宠爱。

某日，光源到藤壶院参与管弦演奏时，桐壶帝抱着小皇子到场欣赏。对光源说："我有许多儿子，只有你一人，从小就和我朝夕相见，就像这个孩子一样，因此我看见他便联想你幼小时候，他实在很像你呢。"光源听了此话，脸上变色，又恐惧，又内疚，百感交集，几乎流下泪来，匆匆告辞离去；藤壶妃听了这番话，由于内心痛楚，竟出了一身冷汗。

光源追求和恋爱的女性是各色各样的，有京都街巷中的美女夕颜，她富于才情，和光源相爱，时而对歌，但宫廷中的恐怖手段把她恫吓而致死；有嫉妒成性的六条御息所，有孤零善弹的红鼻丑女末摘花，被一夜偷情并受了奚落；有年近六十还卖风骚的源典侍等。

空蝉是唯一抗拒光源追求的女性，她丈夫是一个年迈的地方

· 54 ·

官吏"受领"。空蝉貌美、身材小巧，性情柔中有刚，富于理智而克制力强。轻浮的光源某夜钻进她的房间，无理强求而遭到拒绝。她对光源这样高贵俊美的皇子并非不爱慕，只是内心生起矛盾冲突，她理智地想到自己的身分，现实的处境，想到那老丈夫的夫妻关系，终于把光源挡出房外。

光源20岁时，葵上生一子，叫夕雾，不久病死。光源把收养的14岁的紫上立为正妻，她是藤壶妃的侄女，貌似藤壶妃，温淑娴雅。这时期桐壶帝去世，藤壶妃出家。光源和紫上相爱而且相伴时间最长。而这时敌对势力的右大臣及弘徽殿一派得势，借光源和胧月夜（弘徽殿的妹妹，已定入宫当内侍）偷情事端，把光源谪放到播磨的须磨去。在约一年半的流放地的孤零生活中，和豪族明石国守的女儿明石结合，生一女（明石姬君），送交紫上抚养，后来做了东宫皇后。

朱雀帝（大皇子）不顾弘徽殿太后的反对，把光源从谪地须磨召回京城，而且晋升官位。第二年让位给冷泉帝（11岁），冷泉帝从一老僧都的口中知道了他出生的秘密（那是出了家的藤壶妃37岁临终前告诉为她祈祷的僧都）。原来源氏是他生父。此后对源氏的态度异常尊敬，待以厚遇，把33岁的源氏升为太政大臣，从此步步高升，在六条院建造了豪华的大邸宅，把紫上、明石为首的众多女性集居在一起，给以相应其身分的待遇。39岁为准太上天皇，荣华达到极点。

第二部分是写源氏的悲剧生活。

正当源氏得意腾达之时，其内心又笼罩着一层阴影，使他走上新的悲剧生活。

源氏40岁时，退位的朱雀院在他出家前，把其爱女三宫托付给源氏。三宫年方十四五岁，皇族身分，后援势大，不好拒绝，而且必立三宫为正妻，使得紫上忍气吞声，苦恼度日。源氏周旋于二人之间，备受家庭纠葛之苦。一个最大的打击终于发生，就是

• 55 •

71

三宫和曾热爱她的少年柏木的私通，致使三宫怀孕。当源氏在三宫被下发现藏着男方私信这一秘密，感到难以忍受的污辱，但他又想到自己曾与藤壶妃所犯下的罪过，认为这是对自己的报应而感到战栗，于是当三宫生下一子（即薰）时，虽然内心沉重，也只好装作自己的儿子抚养。柏木知道秘密暴露，为其罪孽懊悔，恐惧，终于病死。三宫也年纪轻轻的落发为尼。紫上病重，源氏天天守护，也终于离开人世。

源氏接连受了不幸的打击，陷于悲观绝望。他所爱恋的女子，或出家，或死去。源氏家族衰败到这般光景，令他感到人世变迁莫测，荣枯无常，觉得人世间无可留恋。尤其是放浪行为招来的宿命报应，内心更加悔恨与悲痛，于是产生出家之念，把家务交给儿子夕雾，51岁的光源作了出家的准备，留下诀别诗退隐到嵯峨山中（京都市右京区），世人不知其终老。物语写到41卷的《幻》止，第二部分便以源氏出家终结。

第三部分　薰的恋爱悲剧故事

背景从京城移到宇治（京都市南部，平安时代贵族游乐之地，有贵族别墅），主人公薰，即三宫与柏木私通所生之子。

这里，略提一下作为序幕的端绪。原来桐壶帝第八王子宇治八宫，是光源氏的异母弟。当右大臣及其女儿弘徽殿女御密谋打击光源氏一族时，八宫曾卷入右大臣一侧的政争。后来光源氏显赫的许多年里，八宫避居到荒凉的宇治山庄去，度着失意的隐居生活。他丧妻之后专心念佛，有两个美貌的女儿侍候身边，聊慰晚年的孤独。

薰对自己的出生怀有疑虑，消极厌世，20岁那年，他到宇治访八宫求道谈经，见到二美女，渐渐倾心于八宫长女大君。八宫病危，托薰照拂其长女及次女中君。薰的爱情悲剧从此揭幕。大君对薰虽有好感，但自身体弱，对人生和爱情都消极淡泊，反令薰依恋不舍。不久，大君病危，怕妹妹孤苦无依，便把中君托附给薰。薰小时候的玩伴匂宫① 也来到宇治，他是个轻薄好色的皇子，他通过薰结识中君，竟然把她夺走，并把中君迎到京都。薰失去中君非常懊恼苦闷。他曾从中君那里得知有一个貌似大君的女子浮舟。原来浮舟是八宫和侍女之间的私生女，八宫离家上山后，浮舟母亲带着女儿嫁给常陆守，浮舟受到继父的冷遇，未婚夫也歧视她而退了婚。薰和浮舟相会便钟情，把她带到宇治山中隐藏起来，秘密同居。可是匂又打起浮舟的主意，到宇治来找到浮舟的住处，半夜里冒充薰，假装薰的声音，闯进居室和浮舟发生了关系。薰和匂互争浮舟，她被迫同时作两个贵公子的玩物，落入他们情欲的陷阱中，她万分痛苦，决定投入宇治川中自尽，但被横川的僧都② 救起，住在小野山中（京都市乐山区），落发为尼，开始了读经侍佛的生活。

最末卷《梦浮桥》，是薰得知浮舟的遭遇后，遣派他的侍从小君（浮舟弟）持函前往小野寺庙中探望浮舟，但浮舟坚决拒绝见面，专心诵经。薰对浮舟的猜测和梦想都为之幻灭。

这部巨著到此终结。在这部 54 卷巨著中，写了平安时代 70 余年间宫廷的变迁，人物有 400 多个，主要角色也有二三十人，而且每人都有鲜明的个性。结构庞大，是一部当时无可伦比的划时代巨著。

5.《源氏物语》的特色

从上述《源氏物语》的故事梗概，略可窥到其结构的骨架，但其五脏六腑在脉络错综中如何活动，则难于表述其神髓。这里，就其主要的特色，略为一提。

第一，作为具有完整规模的巨著，它是日本古典文学的典范，它继承了汉诗、和歌、散文随笔的优秀传统，具备小说形式的散

---

① "匂"，日本造的汉字，音读为，ノニオウ（niou）。

② 僧都，日本僧官的职称，位仅次于僧正。

文与诗歌的调和结合。其中除引用大量汉诗外，织入的和歌约800首。

　　第二，所描绘的生活环境局限于宫廷范围，缺乏社会面的有机联系，是其不足。但集中地描写了宫廷贵族的豪华设置，祝祭、登位、册封、葬丧、婚娶等繁缛礼节，以及族系之间的政争、权势在相倾轧中的升沉，特别是宫廷妇女倚势分派对立，相嫉恨、诬蔑、陷害，无论贵与贱，邪与正，到头来，都落个悲剧的结局。作者以亲身的体验，敏锐的观察，有巨有细，有详有略地描绘了平安朝的盛衰，四代人的荣耀与没落的历史画面。

　　第三，作者对妇女的心理状态描绘特别细致深刻，情景交融，富于感染力。以女性代称标题颇多，分节细致铺陈，其中对人生遭际、性情、思想等最引起作者共鸣的女性，特别抒情浓郁，多少加以美化或渗以封建妇道的伦理色彩乃至佛教的厌世情绪，如对葵上、空蝉、夕颜、浮舟等悲剧命运的不同程度的描绘。

　　第四，在散文叙描中插入诗句，逐次把预感引向悲剧的结局。在第四回《夕颜》中，源氏公子与夕颜一唱一和就不少。且看相见以后的一些彼此唱和（下摘诗句引自丰子恺译本上册）：

> 此身不积前生福，
> 怎敢希求后世缘？（夕颜答句）

> 戴月披星事，我今阅历初。
> 古来游冶客，亦解此情无？（源氏公子）

> 落月随山隐，山名不可知。
> 会当穷碧落，蓦地隐芳姿。*（夕颜吟答）

---

　　* 丰子恺译注③：月比喻她自己，山比喻源氏。

· 58 ·

74

夕颜带露开颜笑，
只为当时邂逅缘。*

当时漫道容光艳，
只为黄昏看不清。（夕颜低声吟答）

同时作者对主人公光源氏的描写，有点过分地美化他的多情善感，诗才和机敏；对他的行为恶果，怜惜多于责难，对其孤凄的结局表露同情。这些都与作者虚无的宇宙观，宿命论的人生观密切相关。

为此种种，紫式部对宫廷的豪奢腐败，贵族世家的荣枯，各色人物的悲剧结局，随着主题中心，首尾一贯地淋漓尽致的刻画了出来，并以自己的思想感情吊怀去如云烟的变幻世界，以哀愁的色彩美化人间的悲伤痛苦，被看作是"心灵文学"的开创者。

6.《源氏物语》的深远影响

紫式部不仅以一个宫廷女性具有渊博的知识和文学修养见称，她的现实主义表现技巧也远超前人，何况在 11 世纪初，经历了约十六七年的笔砚勤劳，作出这样的一部巨著，是世界文学史上所罕见的。它比意大利薄伽丘著的《十日谈》（1353 年），早 300 多年；比我国曹雪芹的《红楼梦》（原题《石头记》，仅作到八十回，约于 1764 年），更早 700 多年。篇幅繁帙，结构完整，也远超后出的两名著。只是在市民阶级未形成，资本主义未萌芽的历史条件下，都比不上后出二著间接或直接的牵涉较广的社会面，但它卓越的艺术特色，以及包罗着汉学、诗赋和《万叶集》以来的

---

* 丰子恺译注①：此处"夕颜"比拟源氏公子。按下文接着源氏解嘲说："那天你写在扇子上送我的诗，有'夕颜凝露容光艳'之句，现在我露了面目了，你看怎样？"

和歌等日本民族语文学知识,兼收并蓄地哺育后人的文学创作。就中,作者引用最多的白居易诗句,从《桐壶》的开篇直到末卷,共引用约 90 多处。日本至今还盛行出版唐代名诗人诗集,无论选集、全集、都以白诗为冠。所以,直到今天,日本不少学者还爱诵或写作汉诗。日本语的抒情文学,也继承了《源氏物语》的传统加以发展。在 11 世纪末,晚于《源氏物语》约半个世纪的《狭衣物语》(1080 年) 共 4 卷,多半是模仿前者加以铺陈之作,如主人公狭衣的一生遭遇便是把《源氏物语》的主人公光源氏和薰大将二人的行径集于其身。其中特别是被污辱的女性中,如飞鸟井姬的遭遇恰似浮舟,投水自杀又被救而出家。《狭衣物语》的作者也是隐名的女性,一说是后朱雀天皇的皇女禖子内亲王。她在人物心理描写上,其细致入微的手法也接近于紫式部。

直到现代的许多名诗人、小说家,都从《源氏物语》吸取养分,还出现了众多的《源氏物语》的研究专家。例如附和革新和歌的女诗人与谢野晶子(1878—1942 年),曾写过反对封建伦理道德的和歌,大胆渲染肉感的妇女性解放,受到道学家们的攻击。她还写出了《紫式部考》,并把紫式部的《源氏物语》译成现代的口语体。又如名作家谷崎润一郎,用通俗的大众化语言译出全书(1964 年修订再版),丰子恺主要参考他的再版本译出《源氏物语》。他的被称为唯美主义巨作《细雪》(1943 年发表部分即被禁,战后 1947—1948 年出版全三卷),此作的结构、人物心理刻画都多类似紫式部的艺术手法。

据说近百年来,日本全国主要大学入学考试,文科题中规定选取《源氏物语》里的词句、章节,要求考生解词或分析某些篇章。在这些大学内还设有《源氏物语》和紫式部的研究学科部门。全国性的研究机构也越来越扩展,研究领域愈宽愈深,优秀的研究家也愈来愈多。

在国外,《源氏物语》早已译成英、法、德、意等国文字,它已成为世界文库中一颗璀璨的古典宝珠。

当然任何古典名著，都受着历史特定环境的局限，其艺术手法所能到达的极度，也受着作者的世界观和创作态度的限制，所以我们要用历史唯物主义的观点来分析借鉴有益的东西，作为增强古为今用，外为中用的手段。

第四章 镰仓、室町时代（1192～1573 年）大变革时期的文学诸形式

第一节 概 述

这一时期是贵族王朝没落,武士阶级起而夺取了统治权时期,也就是古代奴隶制崩溃,新兴地主阶级的封建制建立的过程。即从武士集团的代表者源赖朝建立的镰仓幕府（1192—1333 年）到足利氏建立的室町幕府（1338—1573 年）之间的四百年。包括从室町末期出现的战国时代,直到德川家康庆长八年（1603 年）开设江户幕府之前的历史阶段。所以自 12 世纪末到 17 世纪初的四百多年,都是本章所涉及的时代背景范围。

这个社会巨大变革时代的特点是:新兴地主阶级（武士阶级）在经济、政治、军事上占统治地位。但阶级关系复杂化,阶级矛盾和斗争也愈加尖锐,旧的皇权企图复辟,更主要的是武士集团之间,反复展开斗争（地方武士向掌握中央大权的武士集团,或地方武士集团之间为扩张势力的斗争）。在庄园制经济发展的条件下,广大农民获得一定程度的自由,有助于加强生产力的发展。但随着武士阶级政权的确立,幕府官僚和庄园地主阶级,加重了对农民的压迫剥削,而引起农民的反抗,农民起义扩大到全国（尤其在战国时期）。但在政权较稳定的情况下,新的制度毕竟有利于生产力的发展。由于手工业、商业在一些城镇有了发展,町人阶级（资产阶级前身）开始出现,"城下町人"就是各地"名主"的一部分成为城市商人、高利贷者,形成了城市平民阶层。

这种时代的新变化，必然反映到文学领域，而出现了各种形式的文学。首先出现武士阶级的文学，如描绘武士阶级的"战记文学"，到镰仓、室町时代很盛行，如代表作《平家物语》。作为民族古典文学的和歌和散文，也有新的成就。特别是反映平民大众的生活，思想和感情，从而促进新的文学形式的出现，如连歌、狂言、御伽草子、小歌、谣曲等。由于连年战乱、天灾人祸，佛教思想也反映到一些文学作品中。

第二节　《新古今和歌集》

又称《新古今集》，大多反映贵族阶级的没落情绪，或追怀王政时代的美好日子。武士阶级的政权建立给了贵族们沉重打击；面对战争频仍，社会混乱的局面，感到厌恶，贵族们慨叹"末法之世"而复古无望，只好追求感官的陶醉，在精神上获得颓废美的享受。

当时宫廷歌人、贵族们，经常举行"歌合"（赛歌会）。镰仓初期，后鸟羽天皇退位后大力提倡和歌，成立歌坛，聚集歌人，于正治二年举行盛大歌坛活动，许多名歌人参加吟唱，佳作很多，即谓"正治百首"。

《新古今集》是后鸟羽天皇敕撰的，主要编撰者有源通县、藤原家的有家、定家、家隆、雅经等五人。于 1205 年编成，20 卷，收录有 1600 首，所收录的全部是短歌，对以后短歌的发展起了很大作用。

《新古今集》、《万叶集》和《古今集》在和歌史上，基本上形成了"三大歌风"。

下面简介有代表性的作者作品。

后鸟羽天皇（1180～1239 年），第八十二代天皇，建久九年（1198 年）让位，承久三年（1221 年）进行倒幕府活动，失败而出家，被迁徙于隐岐岛，在岛居十九年间他陆续写作、编撰和歌。他是一个优秀的和歌创作者，以浓重的抒情色彩见称，有很多作品收入《远岛百首》集中。《新古今集》收入他的短歌就有 34 首，兹举卷 17 中的一首《山住吉歌合》略窥其特色：

> 深山茂棘无行迹，
> 于无去处踏成径，
> 使民知是图存意。

他被流放在隐岐岛十九年中，愈益抒发他的悲凉心境，比《新古今和歌集中其他歌人的作品，表现出更有实感的、更深沉的抒情歌风。如下面一首：

> 我这看守荒岛的人啊，
> 隐岐海上的狂风暴浪，
> 吹透我的心吧！

（上二首译引自《日本文学鉴赏辞典》古典编第 375 页）

藤原俊成（1114～1204 年）是平安末期到镰仓初期的有名歌人，他是大规模和歌赛的指导者，曾编撰《千载集》(1187 年)，写了一部（古来风体抄）的歌论，提倡"幽玄"，即远离社会现实，探索超然物外的意境，感悟言外的余韵美。他开辟了和歌另一种新风格。

贵族王朝的没落，平、源两族武家的残酷战争，令他产生"无常"的凄凉之感，如这首歌：

> "雨夜草庵怀往事，山鹊莫再助悲思。"

· 64 ·

他本人也是出家的隐士，作品具有隐士风格，《新古今集》中收有他的短歌 73 首。

《新古今和歌集》原是在《古今和歌集》的基础上一再提炼成一种新歌风，与《万叶集》的现实主义歌风相对照，可看出它显著的象征主义倾向，偏重于内省的唯美感受。藤原定家深受其父藤原俊成的影响，第一个完成这种表现形式，如：

> 席坐以待、秋风夜吹来，曲肱枕袖望月，宇治桥上恋人如晤①。

> 对秋风，游子袖，任翻吹，夕阳寂寞，在山崖栈道。

> 与松山盟约，人却无情，越袖浪头，映留月影。

同具这种歌风的，还有藤原家隆、俊成女等。

藤原定家（1162～1241 年），俊成之子，与西行法师齐名，他的诗歌收录在《新古今和歌集》，共 46 首。他主张仿古创新，说"情以新为先"，"力求歌咏他人所未歌咏之心"。又说："向往过去，将古人的语言给以新生，即为本歌"。（见《近代秀歌》）主张把春歌改为秋歌，恋歌改为杂歌或季歌②作歌时应使人知道这是按'本歌取'③的方法吟咏出来的"（见《每月抄》），他要求吟咏出新意，但往往显得生硬、晦涩、抽象。也有较好的作品。例如：

> 春夜梦回，路断浮桥，

---

① 原句"宇治之桥姬"，指宇治桥上的女神，这里意指京都的恋人。
② 季歌，又叫季题歌，即咏春、夏、秋、冬四季之歌。
③ 本歌取，是利用古代名歌改写一部分，添加新的诗意。

云横山岭接苍穹。
停马拂袖，无处回避，
佐野渡头雪黄昏。

他著有《拾遗愚草》三卷，《拾遗遇草员外》一卷，他的歌总数有 3661 首。

西行法师（1118～1190 年），原出身于姓佐藤的豪门贵族家庭，当过宫廷歌人。在源平战乱期间，他云游四方，逃避现实，吟咏山水风月，寄托他深幽的心境。他的作品曾被选入《词花集》（1151 年），他的短歌颇有回忆往日恋情的苦味，有些像我国诗僧苏曼殊的风味。例如：

具有厌弃尘世而散去的花心，
正同我的身影啊。

沉思中的心头竹子哟，
夜夜眺望并非解意而生辉的月亮。

总觉得似乎为怜惜生命，
才惹起我人生的情思。

在《新古今和歌集》中，他的作品收入了 94 首，占歌集的第一位。他的专集叫《山家集》。他作歌力求表现幽静的情调，崇尚清新的风格。

鸭长明（1153～1216 年），他是世代相传的下鸭神社的神官，称菊大夫。父早丧，经过了火灾，大地震，饥馑等天灾人祸，感到人世无常，后来连神官的职位也丢了，悲观失望，出身为僧，著有歌论集《无名秘抄》，自选歌集《鸭长明集》，随笔《方丈记》等。他是琵琶名手，他的歌富于音乐性，用抒情笔调描述坎坷的经历和变化无常的世态。例如《方丈记》的一段：

> 河水依旧不断地流，但现在流的不是原来的水。浮起沉淀的污水泡，在那里浮起来了，到这里消失了。但同样的泡沫，总是沉浮不息。生存在这世间的人们和残存的人家，变迁生灭也像泡沫一样。

南北朝时期的歌人和随笔家兼好法师：

兼好法师（1283～1350年），原名叫做卜部兼好，俗姓吉田，曾在京都吉田的感神院任职。十七八岁时当过天皇禁中沟水的候补警卫武士。后二条天皇即位（1301年）不久，他20岁时任文书职员、左兵卫尉，兼后宇多院北面的武士。在这期间他擅长和歌已闻名。他与顿阿、庆云、净弁并称为"四大金刚"。他出身的原因不祥，晚年隐居在洛西仁和寺附近的双丘。他生活于幕府政治颓败的南北朝时期，遁世的思想很明显，他以渊博精深的学问和独具风格的文笔，写成了著名的《徒然草》一书。此书共243段，共2卷（1330～1331年作），内容可分两种，一是描写大自然的美，二是批评人世的污浊，从儒佛的思想出发，常用汉文与日文交错的文体。是日本古典文学的珍贵遗产。且看《徒然草》第137段：

> 花是樱树盛开的花，月是清辉满空的月。爱仰望雨空，也羡慕明月。垂帘伏案于斗室，不觉春之将去。因惜春情深，开花的枝头，把褪色的残花散落在院中各处，更增加我去看看的情趣。

兼好对新旧佛教都有修养，并通晓儒学、老庄，从不同角度、

不同程度地表现对镰仓末期乱世的批判,或采取超然物外的态度,但在《徒然草》中明显地流露他抚今追昔的情绪。

他的和歌,早先就学于二条为世,吟咏蜚声歌坛,收在《自撰家集》280余首,亦有收入在《敕撰集》中。

处在南北朝中后期,歌坛发生门阀的对立,《新古今和歌集》的藤原一派的歌人,徒然尊重传统却无新变化。

《新古今和歌集》的作者在风格上各有特点,但他们有共同的思想艺术的特色,追求梦幻世界中美的理想,以精雕细琢的技巧来加深诗情的含蓄力量,扩大象征性的言外之意,追求哲理的奥妙和幽玄的心境的表现。一般来说,对现实社会采取超然的回避态度,取材于大自然景物。

《新古今和歌集》的局限性也是很明显的,主要是表现手法不多,往往局限于特定的用语、结构和韵律,讲究缘语①、三句停顿法②、体言终结法③ 等的贴切的运用。后来代之而起的是连歌。

第三节 连 歌

连歌的文学形式古代已有。平安朝中期兴起贵族间一唱一和的游戏。到镰仓、室町时期盛行发展成为平民大众的新的文学形式,就是连歌。连歌特点是二人唱和,一首三十一音节的短歌,由一个人发句(5、7、5)前三句,另一个人接后二句(7、7)叫胁句。二人唱和的是短连歌,二人以上接连反复唱和下去的就叫长连歌。

镰仓初期,流行长连歌,有上百句的叫百韵,而且要求规范

---

① 缘语,说明事情的因果关系,也有用反意法的,如"即便不因线儿牵,要是分别途上心儿细,也能思想起来吧。
② 三句停顿法,由五句构成的一首短歌,前三句为一联,顿后接后两句一联收尾。
③ 指收尾用名词来结束全句。

化。长连歌开始向平民阶层发展，出现所谓"地下连歌"。针对着贵族阶级的没落，武士集团的对抗争权，农民的起义斗争等等现象，于是城市平民创作具有讽刺社会现实内容的连歌。

到南北朝时期，连歌更加繁荣起来。二条良基（1320～1388年）对连歌的格式作了一些规定，主张连歌应回到和歌的境界，所谓"进入'幽玄'之境"。他出身显贵，任过太政大臣的高官，他成就最大的还是连歌。编撰了最早的连歌集《菟玖波集》（1356年）是有名的连歌集大成者。

室町末期的宗祇（1421～1502年）是平民出身的连歌师。他是一位禅僧，俗姓饭尾，号自然斋、种玉庵，从事连歌创作，成为当时有代表性的连歌师，而且居于连歌的指导地位。在1495年编撰了《新撰菟玖波集》20卷，收入从天皇到平民253人的连歌，又是一部连歌的集大成。他也主张和歌的传统精神，发展为"幽玄"深化后而产生的"闲寂"意境。他又是一个漂泊四方的浪漫诗人，后人把他与西行、芭蕉并称。著有连歌论集《吾妻问答》、连歌集《竹林抄》。更有名的是他和弟子肖柏、宗长吟咏的《水无濑三吟百韵》（1488年），成为当时百韵的楷模。它表现出具有幽深的韵味，如排前八句：

峰顶戴残雪，
山麓被夕霞。

——宗祇（发句）春

山村河水远，
已闻梅花香。

——肖柏（胁句）春

河风吹柳绿，

• 69 •

春色映眼帘。

——宗长（第三）春

舟去余橹声，
破晓寂一片。

——宗祗（第四）

夜空笼云雾，
月轮未西沉

——肖柏（第五）秋·月

晨霜布原野，
秋色已阑珊。

——宗长（第六）秋

虽闻虫唧唧，
草木已凋枯。

——宗祗（第七）秋

步到篱笆下，
显露一荒径。

——肖柏（第八）

（译自吉田精一编《日本文学鉴赏辞典》古典编第 683—684 页）

在南北朝期间，二条河原发现了匿名的平民写的讽刺诗，这些讽刺诗揭露了杀人掠货，以及贪官污吏的胡作非为，还讽刺了当时流行的连歌，这也说明连歌的盛行。诗云：

不论京师或镰仓，

连歌无处不盛行，

似是而非人不知，

人人成了裁判者。

第四节　新的大众文学诸形式——能乐、
谣曲、狂言、御伽草子、舞本

（一）能乐

大概起源于乡村中祭神的群众歌舞，如同古希腊的"羊之歌"，在春天迎神节的娱乐集会上表演。而日本的能乐则脱胎于"猿乐"，带有戏剧形式，形成于中世纪，内容包括戏曲、舞蹈、音乐、美术、文学的综合性的舞台艺术。它将前代贵族文化与武士生活加以概括，以夸张的形象展现在舞台上。人物化装和舞台设计有点类似古希腊悲剧和中国京戏。演员穿着特别宽大的精制的和服，戴高帽子，穿高靴子，手拿大扇，有时也戴假面，单独表演动作或道白。乐队在后台，合唱队在台侧，舞台设在高层房屋的檐前，有柱子支持舞台的顶盖。

世阿弥元清著有《风姿花传》一书，是论述能乐的十六部专集，其中也大谈"幽玄"理论。

能乐的类别如下：

①剧目：大约有200种节目

②内容：可分五类：A. 胁能戏，也叫祭神戏，在节日表演。一般形式是神灵在求神僧或神官面前显灵，表演舞蹈，如《高砂》、《竹生岛》。B. 修罗戏，写阵亡后堕入修罗道（地狱）的武士，经过僧侣超度，亡灵出现，叙述战场的情景，有不少取材于《平家物语》，如《田村》、《八岛》等情节。C. 假发戏，主人公多数系女性，因扮演时戴假发，故名。内容大都是取材于《伊势物

语》和《源氏物语》中的女性形象，她们在显灵时表演优美的舞蹈，如《东北》、《井筒》。D. 杂类戏，其中有代表性的叫现代戏，取材于现实生活，主人公是平民阶层人物，最富戏剧因素，又名世俗戏。最有特色的是狂女戏曲，大多描写贩卖人口事件，母亲因失去孩子而发狂的题材，如《三井寺》、《隅田川》等。E. 尾能，或称鬼畜戏，以鬼怪、动物为主角，一般结尾很热闹，如《罗生门》、《红叶狩》等。

能乐的结构：

① 序　段　胁（配角）登场。

② 破一段　仕手（主角）登场。

③ 破二段　配角和主角问答。

④ 破三段　前段的展开，曲舞（以乐曲娱悦观众部分）间幕（正剧休息，插入狂言）

⑤ 急段　主角再出现并表演舞蹈。

能乐的舞台设计：

右侧、排坐两行合唱队（谣方）。

后侧　排坐乐队伴奏（哚子方）。

布景　画有老松树为背景，固定不变换。

其中的"间幕"所插入的狂言，演员不戴面具，服饰具有地方风俗特色，用当时的口语，登场的二三名配角与主角处在对立地位。主角提问，配角作答，从中引出对于世态人情的讽刺。有时插入奚落贵族谄媚者的小调。例如《不倒翁》的歌词：

在京城，在京城，

不倒翁可流行，

嗳嗨唷，一见侯爷到，

就骨碌碌打个滚，打个滚，

叩头嘛？叩头嘛？

叩头啦！叩头啦！

（二）谣曲

脱胎于小呗（歌），是古典乐剧（能乐）的歌词，最初是祭神的原始歌舞，发展为歌剧的形式。大抵取材于历史故事和民间传说的英雄与美人的悲剧。也有取材于神社寺院的"缘由"，尤其是种种宗教神话中的形象，如在地狱受苦的亡魂，世间出现的神灵、鬼怪、草木精灵等等。到近世，谣曲作为歌词编在"能乐"演出的脚本节目中。根据题材，有简单的和复杂的情节分类。简单的，以一个演员先对事件的情况叙述一番，随后变身演梦境的回忆。复杂的，演员多少则根据情节的需要而定，但只用主角一人，配角多人。配角站在对立面回答主角的提问，通过问答来揭露和讽刺。

也有部分取材于现实生活的，叫做"世俗戏"，用来表现平民的不幸遭遇，人世的不平的控诉等等。"谣曲"曾多至 1700 种，成为正式节目的有 140 种，现行上演的节目只有 50 种左右。现在以最高票价演出的古典剧"艺能"（按古式装扮表演的"能乐"），用的是古歌词，曲目就更少了。

（三）"狂言"

和"能乐"一样，最初都是发源于农村祭神的猿乐，平安朝以后，两者渐渐混合为"艺能"舞台剧。到了江户时代，"狂言"独立为短剧，以现实生活为题材，取材范围由乡镇扩大到城市，观众包括下级武士和平民。演员不用面具，打扮和服饰都模仿当时风俗，用口语对话，主角一人，配角二三人不等。对于主角的提问，配角用反驳的口吻回答，往往加以滑稽的嘲弄，从中引出对上层人物（主角扮演）和是非颠倒的世态进行讽刺。由于是短剧，在两出戏间隔当中作为"间幕"的过场戏而演出，以一桩事的滑稽情节生起波澜，并以急速逆转来收场，有时用小调作尾声，用以加深谐趣，如《不倒翁》的结尾歌调。

"狂言"的题材是多方面的，有讽刺大小贵族、上层武士、大僧侣、奸商恶贩等等的昏庸、无知、蛮横、贪婪、狡诈种种行为，又往往自食其恶果，成了一快众心的笑料。这类人物由主角扮演，配角是聪明机智的仆人或随从。但"狂言"独立为短剧以后，情节较复杂而又带悲剧性的，则编入"能乐"的节目中。"狂言"也有表演面恶心善的，如《盗子》；或伦常出丑的，如《菜刀女婿》、《争水女婿》等等。也有仆人因受骗而瞒欺了主人，主人转怒为乐的幽默剧，例如《扇子》这个剧中的仆人叫做太郎，遵照主人的吩咐到城里去买扇子，结果被诓骗用高价买了把伞回来，主人怒叱他，质问道："这叫扇子！是地地道道的像把扇子么？"仆人回答说，城里人教我唱："张开伞的春日山，……"就用伞柄打拍子，主人精神抖擞起来，随着拍子跳呀跳，逗得观众笑乐。单从脚本上看细节，难于领会对话中的谐趣，因为用伞柄来作"游戏柄"打拍子，是从"游戏画"这个词的定语"游戏"生发出来的，叫人产生牵强附会的滑稽感，忍俊不住地发笑。本来"狂言"的旨趣在于逗乐，其中寓有幽默的哲理，而在动作的滑稽气氛中，起到喜剧又接近闹剧的效果。

（四）御伽草子

是大众小说的总称，是以描图为主的小说。它出现于室町时代，描写对象相当广泛，包括贵族和平民，主人公多系历尽坎坷，而终于得到好的结局。开场白总是离不开"从古到今……"的套话，例如流行很广的《文正草子》就是这样开篇的：

> 自古到今，幸运的事不知有多少，其中以卑贱之身，忽交好运，自始至终，无忧无虑，可喜可贺者，要算是常陆国熬盐的，名叫文正的这个家伙了。"

接着写文正因信教虔诚，勤劳致富后，贵族公子向他的女儿

· 74 ·

求婚，而装扮成身份低贱的商贩。文正的女儿因嫁了贵族公子，文正便成为"大纳言"的官员。这里宣传宗教对人们的品格的影响，平民致富压倒贵族的优越地位，终于挤进贵族的行列，显然是为了迎合平民希望获得高贵的社会地位的愿望，是平民贵族化的幻想。

又如"懒太郎"草子，懒太郎因擅长和歌得到贵族的赏识，终于从一个懒汉变成一个中将。其他如《一寸法师》①，《戴钵的少女》② 等都是这类表现幸运的幻想的传奇。

（五）舞本

流行于室町末期到江户初期的一种舞曲，叫幸若舞曲。"幸若舞"是中世艺能之一，早在室町后期一位幼名叫幸若丸，后称桃井直诠的人，始创了配以乐谱的曲本，故名。它是取材于武士社会，以舞曲表演有关武士的故事，如取材于《平家物语》、《义经记》、《曾我物语》等中的武士英雄故事。

这种舞曲后来以谱曲《草子》吟唱而闻名，又流传分派，曲调有变化，如大江幸若舞曲，配合《能》的表演，偏重故事情节，以多变化的舞技来衬托。正统的幸若舞曲，流传到明治末年。

第五节　《平家物语》

这一时期的"军纪文学"中，最杰出的代表作是《平家物语》。成书时间一般认为是镰仓初期，"承久之乱"（1221 年）前后，即 13 世纪前半叶，它比情节类似的中国小说《三国演义》要早 100 年。

---

①　描写一个身高一寸的小和尚，漂流到鬼岛，从鬼手中得到宝槌，因而致富的故事。

②　写一个临终的母亲把一只钵戴在女儿头上，后来女儿因钵而得福的传说。

作者无定论，据《徒然草》226段中的记载，认为是信浓前司行长（即信浓国前任长官名行长）所作，此人可能是当时一个具有广博知识的没落贵族。这样一部古代长篇巨著，是经过很长时间的传说，渐渐由说话人加工完成的。因为《平家物语》最初是由说唱开始的，即身着僧装的盲艺人琵琶师，走遍城镇乡村，边弹琵琶，边说唱，叫"平曲"。不知经过多少人之手加工，最后由一人编集成书。

全书12卷，是一般通行版本。起笔于1132年平清盛之父平忠盛，鸟羽上皇时第一次被允上殿（《殿上暗害章》），位列公卿开始，写到平氏覆灭、建久二年（1191年）建礼门（清盛女、高仓天皇后）出家而死为止60年间的历史事件。

《平氏物语》最大特点是一部叙事史诗。写的是巨大转折时代登上历史舞台的武士集团为争夺统治权而反复搏斗的战争事迹。总起来说是东国源氏和西部平氏为首的两个武士集团为争夺政权而"逐鹿中原"的战争。在前6卷写平家的兴盛，以平清盛为中心的平氏一族的权势和荣华，但其中隐伏着失败的危机。

通过1156年的"保元之乱"和1159年的"平治之乱"，源氏一族失败，被灭，源氏嫡系只留下13岁的源赖朝，被流放到伊豆国的小岛。从此平清盛"挟天子以令诸侯"，独揽大权，任太政大臣、摄政、关白之职。重演藤原氏故技，占据大量庄园和财富，平氏一门皆居高官要职，权势荣贵达到极点。书中描写平清盛其人，性格专横暴戾，刚愎自信，顽强果断，残酷无情地镇压反抗他的贵族和源氏家族，他蔑视和破坏王朝法规，甚至火烧佛寺（东大寺等）。他蛮横地说："不是平家一门人者非人"，把天下视为己有。最突出的暴露其性格是，当他在热病痛苦中说出的"临终遗言"："……今世所望者足矣，然只余一件憾事，就是没有见到伊豆国流徒前右兵卫佐赖朝的首级，着实不安。在我去世后，子孙不要修建佛塔以完孝道，惟当速遣大军，斩下赖朝的头，挂在我墓前，乃是真孝!"在弥留之际，不忏悔，不求佛超度，也不祈求净土。这是王朝中绝无仅有的新兴武士首领的形象。

但平氏一门失败的主要原因是这个武士集团夺取了政权之后，受了宫廷贵族的影响，也贵族化而变腐败了，其同族和子弟们，追求贵族的享受生活和文化情趣，武士变成了文弱书生，失去了生气勃勃的武士气概，一味专制暴敛，徭役加重，丧失人心和地方武士的支持，终归于没落衰亡。

后六卷后半部写平氏子孙走上覆没的悲剧，而源氏武士集团则士气旺盛，英勇战斗到最后胜利，建立了武士阶级的政权——镰仓幕府。这中间写了源义仲和源义经的英雄战功，却又成为悲剧的人物。

先是源赖朝经过多年准备，他34岁那年，即1180年举兵，源氏众英雄，不畏赴汤蹈火，父死子继，大有不共戴天之忾。源义仲是赖朝的堂弟，幼年父被杀，其母带着他逃入信浓国木曾山中，修炼一身武艺，故又称木曾义仲。后来他响应赖朝起兵，俱利伽罗峠之战，大破平家大军，第一个攻入京都，迫使平家一族撤离京城，义仲的声望很高，为赖朝所不容，派胞弟义经进攻义仲，义仲失败，最后单枪匹马突奔，四面被围，陷入薄冰下的泥沼中，被射杀。

源义经勇敢机智，屡立战功，海陆并进对平氏展开激战，1185年"坛浦海战"空前激烈。义经纵身跳上两丈远的敌方船上，平家军慌乱，终于惨败。平清盛妻（安德帝的外祖母）抱着8岁的小皇帝跳进了大海。这一战役，源义经给与平家军以毁灭性的打击，平家一族、家臣们，纷纷投海自尽。权贵盖世的平氏家族仅显赫二十余年，其子孙终于沉没于西海之中。立了大功的义经竟遭到源赖朝的猜忌，经过曲折斗争，最后自杀，成了个悲剧人物，作者寄以高度评价和同情，为后世人民所景仰，流传有《义经传》。

源赖朝 1180 年起兵，1185 年取得全胜，建立了第一个幕府——武士阶级的政权。

在这部《物语》中也写了一些风流逸事的情节，如萨摩守忠度出奔（第 7 卷），写到萨摩地方官忠度，是文武双全的人物，因平氏战败不知下落，他被源家军进迫而出奔，在出奔途中，仍要折回京城向名歌人藤原俊成告别，请求俊成在奉敕撰编和歌集中收入他的歌，诚恳表示道："如肯收录我的一首，那将是我一生的光荣。"又说："我这里自咏的和歌一卷，如能垂青，即使收录一首，我在九泉之下也会感到高兴，……"

俊成把他自选的一卷百余首和歌集打开一看，说道："承你留下纪念，我自然不敢疏忽，请放心好了。……"忠度听了自是高兴，说道："此番远行，即使永沉海底，或者暴尸山野，今生今世也没有遗恨了。……"

当俊成目送忠度上马离去，只听忠度琅声吟道："前路迢迢，驰思于雁山之暮云……"俊成不觉有惜别之感，便掩泪走进家去。后来时势平定，俊成撰辑《千载集》时，想起当初忠度恳求的情景，觉得可悲可哀，其留下的一卷歌集中，固然佳作不少，但因他是钦案追究的人，不便披露姓名，只选一首题名《故乡花》，标上作者佚名。歌曰：

> 志贺旧皇都，满眼尽荒芜；
> 郊外山上樱，盛开仍如初。

（引自《平家物语》第 295 页申非译）

这段记载，成为脍炙人口的文苑佳话，对忠度其人，更引发悲思。

又如第 10 卷，《千手姬》——写源赖朝把平重衡交给伊豆国的狩野介宗茂看押，却受到意外的照顾。有一位艺妓领班的女儿千手姬，陪他喝酒，又弹琴唱了一曲古和歌和流行曲子。重衡如遇知音，猛饮一杯。千手姬又弹唱起来，唱了一曲《白拍子》：

"同宿一树之荫，同掬一河之水，莫不是前世的缘分"情韵动人。

重衡也唱了一首古歌："灯暗兮，数行虞姬泪，夜阑兮，四面楚歌声。"这是引用汉高祖与楚项羽争夺天下，最后项羽败于垓下的悲怆结局。

《平家物语》从始至终笼罩着浓厚的佛教思想，即当时流行的"净土宗"的"净土"思想。如开头一段偈语诗：

"祇园精舍钟声响，诉说世事本无常；沙罗双树花失色，盛者必衰若沧桑。骄奢主人不长久，好似春夜梦一场；强梁霸道终殄灭，恰如风前尘土扬"。(引自申非译，注从略)。

这就是"诸行无常"、"盛者必衰"、"祈求净土"的人生观和宿命论。在当时战乱频仍，到处陷于苦难之境，使社会上各阶层的人容易接受这种佛教思想影响，但并没有冲淡"物语"中的武士阶级的英雄形象。作者通过叙述源、平两大武士集团的争战，真实地反映了这个巨大变革的时代，是有重大历史意义的。

另外，《平家物语》的文体，用的是日汉混合体的文体，更易收到叙事和抒情的效果，这比平安时代女性文学，只用假名文字，写身边题材，又前进了一大步。

第五章　江户时期（1603～1867年）城市文学的兴衰

第一节　概　述

室町幕府结束后的 30 年，群雄割据，互相兼并，经过丰臣秀吉的护皇揽权，德川家康打败了四十多个"大名"（诸侯）的联军。德川家康号称征夷大将军，于后阳成天皇庆长八年，在江户（今东京）建立了德川幕府。直到明治维新前一年，彻底摧毁了幕府制为止，这一段历史时期，叫做江户时期。

日本自 18 世纪以来，商业资本开始侵入农村，城市兴起手工业工场，出现了原始积累的资本主义生产关系。原来在封建社会严格划分的"四民"之间的关系急速地变化。居于首位的武士，逐渐地改变了鄙视其他三民即农民、手工业者和商人的态度；有些中、下级武士，也经营商业和手工业，或者成为高利贷富商和投机商。但处于萌芽状态的日本资本主义的发展在各地是不平衡的，京都、大阪为中心等地首先发展，后来扩展到以江户为中心等地。这种变迁的原因，一方面是政治中心的转移；另一方面是外国的入侵。早在 16 世纪，葡萄牙人和西班牙人曾企图侵占日本。后来，德川幕府依靠新兴的物质经济条件，集中运用武士力量，在广大人民群众的支援下，在 17 世纪赶走了入侵的外国人，保持了独立的军人专政的幕府王国。（1633--1639 年颁布 5 次锁国令）

德川家康是一位世袭的将军，也是一位纵横捭阖的人物。他一方面控制了藩侯，另一方面施展谋略，把后阳成天皇从京都挟持到江户，独揽了政权。他又利用臣民的仇外的民族主义情绪，镇压了统治阶级内部的分裂、谋反活动，同时镇压了农村的反抗斗争。传至第十五代将军德川庆喜，维持了200多年处于锁国状态的幕府制（至1867年），但从1853～1854年间，美国军舰两次入侵日本，日本政府被迫签订了开放港口通商条约。接着又被英、法、美、俄、荷等国威胁，不得不签订了包括治外法权的不平等条约，终于导至德川幕府的灭亡。

江户时期，城市文化进一步发展。首先是为了适应贵族、武士、富商的娱乐需要，文学艺术逐渐多样化，随着时间推移，渗透了享乐主义、快乐主义、伤感、幽默和颓废的情调。当时文学随着政治中心的转移，区分为上方文学（以京都为中心）和江户文学（以东京为中心）。德川幕府从京都转移到江户，但江户文学初期仍继续发展了上方文学，同时产生了反映市民生活和趣味的各种文学形式。

第二节　复兴的和歌

在江户前期，以古学再度兴起为契机，和歌又在经过长期衰微以后，恢复了生气，但歌风几乎是沿袭前代的传统。例如贺茂真渊（1697～1769年），学习继承荷田春满（1667～1736年）的国学，提倡"万叶"格调，写了优秀的短歌和长歌。对真渊有直接影响的田安宗武（1715～1771年）结合儒学研讨国语，有独立的见解，把和歌向前推进一步，写了歌集《天降言》的300余首和歌。

贺茂的门人有橘千荫、村田春海、本居宣长（1730～1801年）等，前两人的歌风近于《古今和歌集》，后者近于《新古今和歌集》，他们与贺茂等人成为复兴和歌的一派。由于思想上始终没有离开国粹、儒学的范畴，最后终于没落。

和贺茂等对立的另一派，是在京都的小泽芦庵（1723～1801年）等人，他们也复兴和歌，但主张不同，他们反对使用古语，主张用简易的语言直率地表达思想感情，写出日常生活之歌。香川景树（1768～1843年）也起而附和，进一步反对雕琢技巧，主张以韵律为重点，创作类似《古今和歌集》的庄雅的风格的作品。到了江户末期，贺茂一派衰落后，香川及门徒形成"桂园派"，占了优势。到明治时代以后，一再兴起和歌的革新运动，上述两大派发展的和歌一直有很大的影响。

第三节　新发展的俳谐

"俳谐"的含义是诙谐、滑稽，这种作品用在歌吟席上，借以助兴，叫做俳谐连歌。大抵兴起于16世纪，其中以荒木田守武（1473～1549年）的作品为最有名，如"独吟百韵"，"独吟千句"等，作风温雅。山崎宗鉴（1465～1553年）也很有名气，但作风不同，他以平民的生活为题材，追求纯朴的歌风，语言通俗，但往往流于油滑，成为文字游戏。例如"突着手，申奏和歌的蛙啊！"

到了德川幕府建立，社会暂时稳定，俳谐受到上层市民、富农和武士的欢迎，出现了所谓"俳谐中兴"的时期，主要的作家有松永贞德（1571～1653年）等，松永贞德曾被誉为"俳谐中兴之祖"，他采用俳言（俗语和现代语），不用传统的和歌雅语，充实了俳谐的内容，创造新的形式。在1630年以后的三十年间，风靡一时。他在俳谐理论作品的《御伞》的序言中记叙了当时俳谐流行的情形，他说："无论京城还是乡村，不分老幼贵贱，只要提到此道，无不侧耳倾听，感到兴趣"。又在《俳谐初步抄》中写道："虽说不避俗语，但过于庸俗不雅的词语，还须斟酌。"他认为，"俳谐既属于和歌之一种，故亦不应逸出正轨。"总之主张以俗为

· 82 ·

雅。不过，他并没有充分地反映平民生活的诙谐风趣，主要是追求细枝末节上的雕饰的技巧，如运用借喻或双关等写作手法，往往流于晦涩，一般平民不容易领会。例如下边两首俳谐：

> 杏花已萎谢，
> 心有所思么①？

作者的意思是什么，从字面上不容易理解。原来它是说，杏花大概因为担心着什么才凋谢吧？这里用"杏"与"担忧"的双关语义，表现风雅的趣味。

下面的一首是用谐音双关的手法：

> 穴里的越冬虫，
> 也感到惶恐啊②。

也往往叫人感到不知所云的。

第四节　假名草子

德川幕府的第一代将军家康（1542～1616年）实行文治改革，奖励图书出版。这样有利于市民经济的发展，满足市民对文化艺

---

① 原文"アソス"（anzu）一词，一作"担忧"。原文"杏"音读为 anzu，指杏子，而"案"的语根加动词语尾，音读为 anzuru，意为"担忧"，仅仅因为语根的谐音，便强作语义相关。"杏"字下的"萎"字，加上文语体被动词语尾，音读为 shioru，可作"枯萎"解，又可作"没精打采"解。合句含有"何所担忧"的意思。

② 这里上下句的倒译，下句使用音读为 ana kashiko 这个复词，作"惶恐"解，上句为"穴"，音读 ana，用"穴"字的语根与复词的 ana 谐音而两用。合句指隐居者也有惶恐的情绪，便由谐音双关而产生诙谐的意味。

术的要求。这时，市民对于俳谐已逐渐不感兴趣，一种叫做"假名草子"的散文体裁的作品便应运而生了。过去流行的《御伽草子》之类，多系宫廷文人描写贵族公子小姐的恋爱故事或富商发迹的故事，而且夹杂着一般平民百姓看不懂的汉字。而"假名草子"是全用假名字母拼音写的，适应一般平民的水平，他们看得懂，又因为广泛地反映现实生活，市民又可得到各方面的知识，所以这种作品便流行起来。

假名草子一类的作品内容广泛，有写游览名胜古迹的，有写恋爱的，有写战争的，有写妓女生活的，渗透着新旧思想，寓教训于故事情节。例如《可笑记》（1643 年）作者未详，传说是名叫"如儡子"的，但无可信的考据。这部作品是模仿《徒然草》的一种随笔体裁，除了沿用冒头"从前有人说"的开场白外，内容是从儒教思想出发，讽刺当时在幕府将领揽权专横下的变乱世态。这类随笔的作者，多是失势武士或地方贵族沦落为流浪者，往往对统治阶层发泄怨忿，也以苟存于世而自嘲。这里摘译一节以见其特色。

从前有人说，有本汉书（原语出自《庄子》："彼窃钩者诛，窃国者为诸侯"——笔者）上面写道：小盗被诛，大盗成侯。小盗是坏人们干的偷摸、抢劫、诈骗等勾当，叫做小贼云云；而叫做大盗的，则是颠覆国家，使天下大乱的坏人。大盗成了王侯，那就地位高升，成了大贵族，就以享受到荣华富贵来夸耀，这么一来，叫做大盗一类，还指那一家一户的家老、头领、奉行人、小官吏等。于是乎那家老、头领、奉行人、小官吏们，即便因贪欲而成了走邪门歪道的坏人，家乡未必不为之炫目，满心羡慕；要是不想去拿去抢，自己的贪欲心就相形见拙，只好说这是我王要用的，这是我王恩赐的。而下级武士，平民想到要是为了积聚贪取随心所欲的金银、钱粮，上万的财宝，硬干起这等坏事来，必定要受惩罚，判刑，等到活不下去，逼得非出家的地步，也只是叫苦慨叹，深感烦闷，以述怀来遣愁。眼见坐牢的人多起来，路上不断走过死罪的流放者，国家就渐渐衰败而灭亡了。

这种借题发挥，实际上宣传了儒家的修身、家齐、国治、天下平的伦理思想。

又如《两个比丘尼》（1663年），渲染了佛教的无常观念。按"比丘尼"（BHIKSUNI），典出梵语 bhiksu（比丘），佛弟子之一，男性。后加 ni，转义为女性，即指尼姑。

故事是叙述有个乡下居民叫做须田弥兵卫，25岁战死，得了流芳万世的荣誉，但他17岁的妻子，老是哀愁流泪。有一天她下决心去寻找丈夫战死的遗迹，三更半夜没头没脑地出门去了。她东找西找，徘徘徊徊之间，不觉已到黄昏，就在战场附近的一间小佛堂过夜，一看佛堂的周围，有长了青苔的石塔，也有仿佛是昨天或今天才造成的新坟墓，彻夜心里忐忑不成眠。天将破晓，她在模模糊糊地打盹的梦境中，出现许多骸骨，击掌打着拍子，且舞且歌道："原先咱们的形体，是托借于土、水、火、风，特为恢复形体的本元，以萌发六贼烦恼的种子，走出十恶之里，回到出生的故乡，在别处见到人间八苦，多高兴！"又一具骸骨说："你和咱们也是一样的东西，骨上有肉有皮，肉是土，湿润是水，呼吸是风，温热是火，这些本是托借之物，因为不明白才陷于烦恼。"她从梦境中醒来，心想这是佛的示告，便走出佛堂，来到某一家门，看见一位二十来岁的少妇，交谈起来，才知道这位少妇的丈夫也是战死了的。两人正在互相安慰，向亡灵悼念当中，这位少妇忽然感冒而病倒，随即死去。弥兵卫的妻子很是悲伤，她在此时刻，去求乡下人送葬，但轻率的乡下人，只把尸体丢在野地上，便回家去了。

弥兵卫的妻子在七忌那天去一看，那少妇原来的花容玉貌不见了，只见一头乱发，五体肿胀，样子很可怕，洒着泪念出一首歌：

> "本似托木上的鲜花，人的姿容在那一刻间，成了暴野之尸啊，可悲！"

以后，逢二七、三七、四七、五七等忌日都作悼辞咏叹，终至感悟到自己也将变成那位少妇，留下男女无差别的白骨，人世不过一场梦，便出家做了尼姑。到下卷后半，叙述她做了尼姑之后，到各国去修行，拜访了某山中一位有名望的比丘尼，进行了关于佛理的种种问答，阐述玄奥的教义，完全从消极面否定现实世界的一切。

第五节　仿作的物语

模仿御伽草子而更具小说规模的有各种仿作的"物语"，如描写艳情的《薄雪物语》（1633年），但反映新时代而有生命力的是乌丸光广和浅井了意的作品。

乌丸光广（1579～1638年），出身于宫廷贵族，时逢战乱平定，一切正在复兴之际，他的思想也从过去的只写贵族生活解脱出来，进而描写现实社会的变化着的人情世态。他的作品《竹斋》引起了人们的兴趣，成为后来的游记文学的滥觞。1638年出现的《仁势物语》据说是他模仿《伊势物语》的代表作。它和一般的通俗小说不同，依然运用古典作品的形式，描写的是一个浪荡子只懂得世俗小歌，不会唱谣曲，在歌舞伎的美少年班子混了一段时间，由于看破红尘，告别京城，到乡下居住。

浅井了意（1611？～1690年），曾经模仿《竹斋》写过《东海道名胜记》、《江户名胜记》等作品，还根据中国的明代瞿佑写的传奇小说集《剪灯新话》改编为《御伽婢子》（1666 年），又写过描述战争的《镰仓九代记》等。而被称为代表作的是《浮世物语》（约 1660 年），描写城市平民的放荡享乐的生活，由于作者缺乏生活经验，许多情节凭空想象，所以思想内容都比较肤浅。

第六节　净琉璃、歌舞伎

净琉璃和歌舞伎一类的演唱文学也是适应城市平民的生活、趣味的需要而产生的文艺形式的作品。

先谈净琉璃。在室町末期，就有演唱《平家物语》的琵琶法师吸取有关牛若和净琉璃姬的传说，编写成说唱故事，在地方上演出。到了战国末期，从琉球传入的三弦伴奏演唱以后，便受到新兴市民阶层的欢迎。这种净琉璃进而掺杂兵库县西宫一带的木偶戏成分，在 17 世纪初就出现了木偶净琉璃戏剧。净琉璃在地方上流行期间，又吸取了民间传说、宗教神话故事和武士战争的故事，更进一步促进了净琉璃戏剧创作的发展。其中达到戏剧化的纯粹形式的是那些注意提高音乐和形体动作的配合，提高表演技术和念白歌唱水平的作品。在这方面有突出贡献的艺人，政府授予叫作"掾"的官职。江户时代授予净琉璃艺人以官职的官位，则分大掾、掾、少掾等三级。1650 年左右，京都的艺人井上播磨就得过"掾"的称号，他对声调的加工，场面的设计（如男女私奔的场面）景物布景等方面作出了贡献。后来他到了江户，演唱过近百种曲子，其中以"赖光迹目论"为最有名，该曲描述了平安中期世代武将源赖光征伐的传奇故事。

在江户时期还流行金平净琉璃曲子，以平安朝后期的武士坂田金时的儿子金平为主人公，对他的武勇、豪爽的性格作了夸张的描绘，例如《公平斩千人》、《公平破关》、《酒吞童子若庄》等曲目中的一些荒诞不经的虚构人物。

后来，宇治加贺掾（1635～1711 年）在 1680 年前后，在京都组织了一个剧团上演净琉璃戏剧。他在唱腔上有所改进，在唱词上广泛地吸收了谣曲、和歌的因素，又把道行段子（设计表演场面的段落，相当于分场）放在重要地位，唱词在段子里加上许多人物的心理描写。故事情节曲折生动，使净琉璃的戏剧化发展到一个新的阶段。

下面谈谈歌舞伎。据说在 17 世纪初叶，江户幕府创立时期，出云（今岛根县东郊）有一个巫女阿国，创造了一种采取舞蹈的形式表现大众感情的艺术，不久，与当时的城市生活相调合，便发展为歌舞伎。1663 年出现了以社会上风行的嫖妓现象为题材的作品，偏重描写花街柳巷的行为，进一步促进了舞蹈的戏剧化。到了 1680 年，歌舞伎演变成为道白剧，并出现了类似剧本的作品。当时扮演者是女性，利用女性的姿态和魅力来吸引观众，扮演妓女的酷似妓女，扮演嫖客的也很俊俏，因此在 30 年代屡遭幕府官方的禁演。后来，出现一种由男角演出的野郎（男性）舞伎，偏重故事情节，避免偏重官能刺激的倾向，但艺术结构尚未达到戏剧化。在歌舞伎流行的过程中，原来净琉璃最著名的唱词作者近松左卫门（1653～1724 年），又以创作歌舞剧本闻名，他的著作很多，被称为"日本的莎士比亚"。他的创作可分四类：①古净琉璃；②世话（俗世）净琉璃；③时代净琉璃；④歌舞剧脚本。

第七节　演化中的俳句

在江户初期，俳人松永贞德提倡雅俗共赏的俳句，制订各种法式，避免诗意滑稽化，要求语言上以洒脱为旨趣的俳言，吟咏的对象是悦目的花草，表现优雅的谐趣。他著有俳论《御伞》。由于审美的片面性，流于过分讲究修辞的形式主义。例如贞德这样的俳句：

人人共赏的，昼寝之种（原因）的秋月啊！

　　作者认为，在夜深人静的时候，观赏秋月最感皎洁，终宵赏月方可满足雅兴，宁可昼寝也要驱逐睡意。

　　松永贞德和他的七个门徒，形成一个贞门流派，由于繁琐的规则，后来变得陈腐，在这种情况下，便产生了提倡俳谐的新风气，更自由地运用通俗的语言，表达更彻底的俳谐的另一个流派，叫做"谈林派"。

　　谈林派。这一派作家描写花鸟之类的自然景物，但联系生活的感受，表现高远的境界，有的也反映社会现实的贫富悬殊的现象，寓意于批评和讽刺。在这种新的风气影响下，1675年在江户产生了《谈林十百韵》，其中西山宗因（1605～1682年）（梅翁）的一首俳句点出了题旨：

　　　　这儿有谈林一派，恰似梅花。

　　又如小坂井雪柴的一首：

　　　　黄鹂叫，唤醒了世俗的沉睡。

　　到了井原西鹤（1642～1693年）更细致地描绘人情世态的变幻，平民生活的各种现象，产生了千句以上的"矢数俳谐①"例如井原西鹤的一首：

----

　　① 矢数原是一种射箭的比赛，看谁能连续射中的最多的矢数以决定胜负。大矢数是以尽快的速度连续吟咏下去的俳谐。因是联句形式，每句用词都要有双关的意味，或暗喻，讽刺的意思，都有谐趣。

扫尘债主来讨账，好比修罗的斗争。

讽刺债主象"修罗"，即魔王。又如：

出云米千袋，赶紧卖掉吧。

谈林派虽然相当广泛地反映了社会内容，町人生活。但是，由于他们追求诙谐，即使比较大胆泼辣的讽刺，却往往流于浮浅，有的甚至烦琐堆砌，失去含蓄的意味。据说，西鹤曾经一昼夜之间便写出两万三千五百句，为追求数量而忽视质量，难怪自命正统的俳谐的贞门一派非难"谈林派"，说他"无聊"、"轻浮"，把西鹤贬为"阿兰陀"① 了。

批评谈林派的还有后起的鬼贯和芭蕉，他们对淫靡的社会风气不满，厌恶城市生活，于是写出表现超脱尘世的主题，具有严格规律和含蓄的俳句。

上岛鬼贯（1661～1738 年），他们主张俳谐的本质在于"诚"（真实）要求表现出恬淡中含有雅趣的境界。他有俳论《独言》（1718 年）阐述了他的俳谐的理论，他的作品举例如下：

黎明出现晨曦，
麦叶尖儿闪着春霜。

虫声到处是，
不忍泼澡水。

---

① 阿兰陀，是荷兰国的谐音，这里用作"洋派"的贬义词，斥西鹤系邪门歪道。

这类作品确实具有纯朴的风格，但语言上缺乏技巧和构思的新奇，也没有多少谐谑意味。

松尾芭蕉（1644～1694年），出身于伊贺国（今三重县）的武士家庭，自幼作为藩主的儿子藤堂良忠的伴读。他后来从事写作俳谐。23岁时，主人去世。不久，他离开家乡，由京都到江户。开头拜贞门派为师，后来接近谈林派，终于独辟蹊径，成为著名的俳谐作家。37岁时，在门人帮助下，迁居到深川的芭蕉庵，因庵前有一株芭蕉树，便以芭蕉自称，第二年他又写了如下的俳谐：

> 乌鸦停在枝头上，
> 秋天的黄昏。

> 何处下秋雨，
> 僧人举伞归。

> 青蛙跳入古池
> 咚的一声。

芭蕉的特点是，以真诚的态度，直接观察大自然，抒发内心的美感，所以他要从已经僵化的贞门和谈林两派的形式中跳出来，创造自己独特的风格，他除了写了大量的俳句外，还写了几部有价值的游记，如《露宿纪行》（1865年）《笈之小文》（1688年）、《更科纪行》（同上）、《奥州小路》（1694年）。俳句集也很多，以《猿蓑》为最著名。1694年，芭蕉50岁时在旅游途中病倒，于大阪逝世。

芜村（1716～1783年）　本姓谷口，又姓与谢，名长庚，生于大阪市。是江户中期的俳谐师、画家。他对汉诗有很大的兴趣，认为"诗与俳谐之路相近"。他的审美观和芭蕉的不同，风格不同。芭蕉的作品充满孤寂的悲凉感，渗透着禅味；而芜村则富于诗情画意，有乐天闲适的情趣。芭蕉对现实事物的观察比较单纯，芜村则比较深刻，又不喜欢用日语的助词，爱好用汉语，追求简洁而意味深长的意境，他以现实生活、史实、典故乃至外国事物为题材，表现出优美、雄浑的特色。例如他描写中国周代成王把指南车送给越裳国（古国名，在今越南南部）得以归国的故事：

> 指南车驶向胡地，
> 满布着云霞。

描绘出动静相调和的画面，从视野内的地平线，暗示指南车驶向无涯的大平原，在晚霞中，车的影子渐渐远去，消失了。又如：

> 盛开的黄色的菜花，
> 东面月亮，
> 西面太阳。

全首只用了六个汉字：菜、花、月、东、西、阳，通过日文字母拼成音节，写出油菜开花的季节的特点，因为油菜开花是在春日较长的白天，太阳还在天空西边，月亮已从东边出现，所以一看字面就能读出季语和季节来，（季语是油菜花，季节是暮春），这种审美感，有点像陶渊明的"采菊东篱下，悠然见南山"表现出恬适的情调。

芜村的佳作很多，见《新花摘》、《芜村翁句集》等俳句集中。

小林一茶（1763～1827年）　生活在江户末期，在颠沛流离的生活中写了大量的俳句，后来出家。他常以比兴手法写超越尘世的情怀，往往含有滑稽的意味。例如：

来和我一起玩吧，
没有亲娘的小鸟。

瘦蛙勿服输，
有我一茶在。

第八节　游戏文学

随着印刷业的发展，出现了各种"读本"。这种"读本"，类似中国的章回长篇小说。按题材性质，可分为黄表纸①、洒落小说、滑稽小说②、人情小说等，吸引了市民各阶层的大量读者。

最初出现的黄表纸，是恋川春町的《金金先生荣华梦》（1775年），是模仿中国的《邯郸梦》写成的，描述金兵卫到饼店去买栗粉糕，在栗粉糕蒸熟的时候，做了一个梦，梦见自己享受了荣华富贵，后来由于太放荡，被驱逐出去，于是惊醒过来。这个故事寓有警世之意。也有以社会时事为题材的，如南仙笑楚满人首创的复仇故事《讨敌义女英》（1795年）。后来，这种黄表纸的读本，篇幅逐渐扩大。

---

①　黄表纸产生于江户时代，先是绘图识字的童蒙读本，后来发展为具有小说文体形式的大人读物，形式上有各种变化，按时代排列有赤本、黑本、青本、黄表纸、地表纸，再变为成套合卷。

②　洒落小说，由于形式很小，又叫"蒟蒻本"（蒟蒻是地下茎长成的芋状植物），是胶版誊写本，描写社会的特殊风俗习惯，是有滑稽趣味性的通俗读物。

泷泽马琴（1767～1848 年），原名曲亭马琴，是最重要的黄表纸作家。出生于江户武士家庭，父退职，兄早逝，生活困难，曾经学医，后中辍，从事写作，得到著名作家山东京传的赏识，二十六七岁起专心创作，声誉渐隆，晚年双目失明，家庭风波迭起，仍旧不断写作，完成了《八犬传》，然后在寂寞中死去，终年 82 岁。他的作品很多，最有名的是《八犬传》，共 106 册，9 集，98 卷，是日本最长的传奇小说，写作时间长达 28 年。他以儒家思想和武士道精神为主题思想，铺陈历史传奇题材，以室町时期南总里见家的兴亡作背景，描述里见贞义的爱女伏姬的经历。伏姬是一个极为美貌的女子，爱上了叫做八房的狗，感受了狗的精灵而怀孕，觉得可耻而自杀，这时，有八颗圆珠从她的伤口中滚出来，变为八犬士，后来八犬士各自为里见家效力。作者以八个勇士象征八德，犬冢象征"孝"，犬江象征"仁"，犬山象征"忠"，犬村象征"礼"，犬川象征"义"，犬饲象征"信"，犬田象征"悌"，犬坂象征"智"，描写了他们的悲欢离合的故事，宣传了封建主义劝善惩恶的道德观念。

　　评论家认为泷泽的作品结构宏大，情节曲折，有歌舞伎的风味，有散文诗的趣致。但人物偏重于行为的怪诞的描写，性格特点不突出，缺少感人的真实性，如主要人物犬冢信乃遵照亡父遗嘱，借口献宝刀，杀死了朝廷的弄臣、大将和其他武士，刀锋所到，人头落地，飞檐走壁，来去无踪，势不可挡，类似中国的武侠小说，都是一些类型化的传奇侠士形象。

　　洒落本的读本的作者最有名的是山东京传（1761～1816 年）写了许多怪异、复仇、善恶报应的传说，草莽英雄的故事。情节复杂，常常插入净琉璃演剧的语言，显得芜杂，结构也松散，主题思想模糊，只不过以走马灯式的曲折离奇的故事情节来吸引读者。他的代表作是《昔话稻妻表纸》，描写佐佐木家因美女而引起的家庭风波，共 5 卷，此外还有《心学早染草》等。

滑稽本是洒落本的分支，以谐谑为特色，这类读本的基调大都是比较城市和乡村的优劣。如著名作家十返舍（1765～1831年）的正续篇《东海道徒步旅行》，式亭三马（1776～1822年）的《浮世澡堂》、《浮世理发店》等，"浮世"即尘世，世俗之意，这类作品依靠各色人物的对话，赤裸裸地揭露了人生世态的变幻无常，在人物的对立关系中刻划个性特点，但缺少完整的结构。

人情本是洒落本的扩展的读本，天保（1830年前后）年间，市民生活中的欢乐主义盛行，人情本的作者描写城市的生活情趣，以吸引读者，在描写世态的过程中装点一些肤浅的训喻，而且喜欢描绘男女淫荡的情事。例如为永春水（1789～1843年）作的《春色梅儿誉美》，共4编，12册，就因为被认为有伤风化，被政府禁止发行，这部作品描写美男子丹次郎同许多女人的纠葛，后来收一为妻。一为妾，充满色情的气氛。其他人情本的作者还有曲山人、松亭金水等，他们的作品也充满色情颓废的内容。

第九节 幕府末期三种学派的论争

幕府末期面临政治腐败，农村经济破产，市民耽乐颓废，洋风浸入的情况下，三种各有代表性的学派，都为国家的前途，各执一端进行论争。首先起而宣扬国是的是儒学。

儒学是幕府封建统治的理论基础。儒学派鼓吹朱子学说，代表人物是林罗山（1583～1657年）和他的老师藤原惺窝，他们提倡天理，否定人欲，主张现世的合理主义，否定佛教的彼岸思想，维护君臣之间的关系，坚持士农工商的四民等级观念。

后来，伊藤仁斋、伊藤东涯、贝原益轩、太宰春台等人起来和朱子学派相对抗，反对林罗山等人的提倡天理，否定人欲之说，认为"此皆甚难之事也"，"诗者，唯如实吐露人情而已。"（见太宰春台《六经略说》）主张认识人的本来面貌，而研究古代文献，不可掺杂个人的私见（伊藤仁斋）。然而，从实质上来说，只是儒学派自身不同的观点，在维护幕府封建统治的原则方面是一致的。

国学派是和儒学派的朱子学说对立的一派。代表者有江户的户田茂睡，大阪的下河边长流和僧人契冲（1640～1701 年）等，他们主张恢复《万叶集》和歌的传统，反对用佛教和阴阳道家的观点解释和歌。契冲编著了一些解释和歌的著作，如《万叶代匠记》、《古今余材抄》等。荷田春满（1667～1736 年）受到契冲的影响，把《万叶集》作为治学的正途，提倡国学，明确地和朱子学说对立。贺茂真渊（1697～1769 年）也反对朱子学说所提倡的把诗歌作为劝善惩恶的工具，主张文学是人类本身的诗歌。著有《万叶考》、《歌意考》、《国意考》等。私淑贺茂真渊的本居宣长（1730～1801 年）主张摒除由于学习中国古籍而产生的陶醉于中国文化的心理，即所谓"汉意"或"汉心"，主张按照日本古典文学的本来面目接受古典文学。著有《古事记传》、《源氏物语玉小栉》、《石上私淑言》等，是当时实际的文献学的最高成就，他是日本古典学的集大成者，他也认为文学决不是劝善惩恶的工具，而只能是歌唱人本身的东西。

国学派虽然反对陈腐的儒学思想，具有一定的人文主义倾向，但是并没有完全摆脱封建主义体制的规限。本居宣长处于当时幕府封建制度已穷途末路，不断爆发农民起义，在《秘本玉栉笥》一书中，他解释农民起义的原因："农民之所以骚扰，是因为他们的生活困苦；而他们的生活之所以困苦，是由于幕府施行的政策不良。因此，如果要安抚农民，首先必须改变政策。"看不到封建制度的剥削压迫的阶级本质，还是维护天皇的统治，因此，他主张以古代和歌作为神道的媒介。他的门徒平田笃胤（1776～1843年）在其《古道大意》一书中，便论证日本是神国，国体是万世一系，皇统是绵延不绝的。

继之而起的是所谓"洋学"。

"洋学派"是指努力介绍世界进步科学技术的洋学家，认为只有他们才能奠定近代科学的基础，给那些希望摆脱贫困的民众以力量，他们的理论基础是基督教的平等救世的思想。

洋学的先驱平贺源内曾经用游戏文学的形式讽刺幕府政治。前野良泽、杉田玄白等翻译荷兰的解剖学著作，叫做《解体新书》。山片蟠桃论证了《古事记》、《日本书记》中不合理之处。经济学家安藤昌益在其《自然真营道》一书中指出：人类要得到幸福生活，必须消灭君主、武士、学者、僧侣等不劳而食，过着奢侈生活法世，主张建立不分贫富、人人平等地劳动的自然世。

幕府封建统治者把洋学派看作异端，加以迫害和镇压，如高野长英（1804～1850 年）因主张与欧美各国通商，被幕府迫害而自杀。又如画家渡边华山（1793～1841 年）因反对闭关自守的政策，主张对外开放，也受幕府迫害而自杀。然而，洋学派的思想终于普及到广大人民群众之间，成为民众推翻封建制的，向近代社会发展的原动力之一。

小　结

本篇以历史唯物主义观点，极其简单地概括了日本古代各个时期的文学特征，以及各种文学流派的作家作品的特色，企图从中归纳出日本文学发展的规律性。

在明治维新以前，日本经历了长期的封建社会，一直以汉文化为楷模。在日本平安朝的历史阶段，大有百家争鸣、百花争艳之势，各种文学体裁相继发展，所以综合当时汉、和文学精粹的长篇小说《源氏物语》，便在 11 世纪产生了，比欧洲和中国的小说名著早得多，这并不是偶然的。

日本的古代文学和中国古代文化有密切的关系，但日本文学从借鉴汉文学，终于形成自己独立的民族文学。这个事实说明各民族的文学都有自己的优秀传统，但又不能局限于自己的传统，必须吸取外来的民族的精华，才能茁壮成长，在这个意义上来说，日本文学也值得我们借鉴。

第一章　明治维新时期的启蒙文学（1868～1886 年）

第一节　概　述

自从德川家康接替了丰田秀吉，在庆长八年（1603 年）奉敕宣告幕府封建体制，传至第十五代将军德川庆喜，在 265 年中，经历过内乱和外侮，长期采取锁国政策，终被英、荷、俄、美几个列强迫订开港的不平等条约，加速了内部矛盾和瓦解，揭开了"明治维新"的序幕。

推翻德川幕府之后，开始推行"文明开化"，仿效西方列强，走资本主义道路。本来推翻封建幕府制，并非象西方的资产阶级的革命，而是靠下级武士、贫农、城市平民和手工业劳动者，响应拥皇派藩主发动倒幕的号召，倒幕派集中在京都，并打败了护幕藩主两万大军的合击，随即宣告维新（1868 年），把明治天皇的政府迁到江户（今东京），年号由庆应改称"明治"。明治天皇 16 岁即位，保皇大臣们进一步为"维新"献计，划策，奉敕颁布种种改革法令，从 1869 年起，逐次实施改革措施，其中包括征兵令和实施义务教育制。

但这种政治改革，不是像英国的贵族和工业资产阶级妥协建立的君主立宪，而是以倒幕的贵族、武将为中心，结合官僚阶层的财阀和富商们，在天皇绝对权威的旗号下，自上而下的不彻底改革。为了加速"文明开化"，"殖产兴业"，兴办各级学校培育各门人才，并选送留学生到欧洲去深造，无疑在吸取西方现代文化方面，收到颇大成果，为建设资本主义奠定物质基础，又以加强武备为手段向外扩张，很快就挤上列强的地位。但就学制而言，一开始就存在封建性与民主性的矛盾，特别是士官学校，极力灌输武士道思想，培养军国主义的骨干力量，仅经历了20多年，就发动了中日甲午战争（1894～1895年）和日俄战争（1904～1905年）。两次战争都带给人民巨大牺牲和贫困，对朝鲜和台湾人民起义，进行野蛮镇压，也付出重大的代价。

这段时期，在国际各种新思想的影响下，一些工人和知识分子，发表了反战诗歌① 和小说②，反映工农生活和斗争的报告文学也开始出现。自由民权运动失败后，传播了社会主义思潮（1898年起）。在明治前夜传播的启蒙思想，继续曲折地反映在各种文学作品中，形成了各种文学流派。

第二节　启蒙文学的兴起和变化

在明治维新前夜，吉田松荫等人，为打倒封建幕藩制，创立向现代化过渡的教育机构，用启蒙思想培养青少年，但正式开展启蒙运动是从明治维新开始。

当时产生许多启蒙思想家和启蒙主义著作，又通过各种翻译和文学创作加以广泛地传播，为现代民主主义运动打下了基础。

在启蒙思想家中，福泽谕吉（1834～1901年）是一个中心人

---

① 与谢野晶子等的诗歌。
② 木下尚江的《火柱》，炮兵工厂职工新井纪一的《愤怒的高村军曹》，电机工宫岛资夫的《坑夫》等小说。

物。他的思想的核心是英国式的功利主义。他否定儒教和国学，认为只有使自己个人的生活富裕，才能自然使国家致富；强调以"富国强兵、最大多数的最大幸福"为目标的学问是至关重要的；主张学习西洋的学术、商业、法律，即所谓"实学"。他从庆应二年起，就撰写了涉及各领域的各种启蒙著作，如《西洋事情》(1866年)、《文明论概略》(1875年)。又用童话、寓言体裁，以通俗的文字为人民大众编写《世界国尽》①(1869年)、《残废姑娘》(1871年)等著作，讽刺封建主义的生活态度。他的《劝学篇》(1872年)认为人人生来平等，只有知识高低差别。他大力宣传功利和实用思想，曾起过广泛的影响。

其他启蒙思想家还有中村正直等。中村正直翻译了穆勒的《论自由》和斯迈尔斯的《西邦立志篇》②，同时编写了《百学连环》等。加藤弘之发表了《真政概要》(1871年)、《国体新论》(1875年)等。他们和西周、津田真道等成立"明六社"，创刊《明六杂志》(1874年)，曾活跃一时，但除了福泽谕吉之外，其他都是官僚学者，自由民权运动开始，就解散了"明六社"，其他人为明治专制政府辩护，宣布以上著作绝版、鼓吹"优胜劣败是天理"的谬论，福泽谕吉也随声附和。他们认为防民之乱，儒教、道教都没有良策，除了采取严刑峻法镇慑人民大众的手段，别无他法，所以他们一致对抗自由民权运动(1878～1888年)。

第三节　新体诗运动

新体诗运动发生于自由民权运动开展时期，主张模仿西方诗歌的表现形式，认为这样才能表达政治改革的思想。在民权运动

---

① 《世界国尽》，是歌谣体，介绍世界各国的地理和历史。
② 斯迈尔斯 (Samuel smiles 1812～1904年)，提倡社会改良，著有《自助论》。

的时期,最先提倡这种新体诗运动的是东京大学的一些文科教授。他们认为"像三十一音节的和歌或者柄井川柳①等人的狂体歌,竭尽其技巧所能唱出的思想,不过像线香烟火,曳出流星般的情思而已"(外山正一),认为"明治的歌,应成为明治之歌,不应与古歌雷同"(井上哲次郎)。为了表现现代思想,他们反对汉诗与和歌的花鸟吟咏趣味,抛弃了传统的民族形式,用生造的晦涩的日本词语,加上音译的外来语,使作品成为不能感动人的政治思想的传声筒。

参加新诗体运动的作者有汤浅半月(著有《十二个石冢》,1885年),山田美妙（著有《新体词选》,1886 年）等。而森鸥外的"新声社"、北村透谷等人的《文学界》的诗人,对于这一运动起了推动作用。作为这时期的新诗体运动的标志的,则是 1882 年编的《新体诗抄》,其中收入丁尼生②、金斯莱③、莎士比亚等人的 14 首译诗以及模仿这些诗歌的创作 5 首,其中外山正一的《题社会学原理》是宣传政治改良之作。

在他们之前,曾经出现文体改良的"假名文字运动（1882～1883 年)④。山田美妙、二叶亭四迷在小说文体方面,作了言文一致的尝试。1887 年萩野由之发表了《和歌改良论》、1888 年山田美妙发表了《言文一致论概略》和林瓮臣的《言文一致歌》等论文,都推动了新体诗运动的发展。

总之,新体诗运动为后来的新派和歌运动打下了基础,导致青年歌人辈出,促进了和歌改良运动。

---

① 柄井川柳（1718～1790 年）,他创作了十七个音节的滑稽俳句——"川柳"。
② 丁尼生（1809～1892 年）英国诗人。
③ 金斯莱（1819～1875 年）英国诗人,小说家。
④ 主张减少日文中的汉字数目,使用日文字母拼写的言文一致的文体。

第四节　游戏文学

当时出现一种游戏文学。这种文学作品运用适应市民的娱乐趣味的旧形式，传播文明开化思想，其中多数是滑稽小说、梦幻故事、游记和世态风物谈之类。最有代表性的作者是假名垣鲁文（1829～1894年），著有《牛店杂谈安愚乐锅》（1871年）、《万国航海西洋道中徒步旅行》（1870～1876年）、《高桥阿传夜叉物语》（1879年）。其它重要作品有松村春辅的《复古梦物语》，村井静马的《明治太平记》，久保田春彦的《鸟追阿松海上新话》，冈本勘造的《夜岚阿衣花仇梦》等，描写各种传闻、世态，以夸张手法、寓警世之意。但1877年起翻译英法科幻小说渐增，尤其凡尔纳的《月球旅行》、《海底旅行》等。

有的作者原是武士出身，后来成为上层的知识分子，对于新时代采取对立的态度。他们有较高的汉诗文技巧，写了一些散文之类的读物，如服部诚一的《东京新繁盛记》，成岛柳北的《柳桥新志》等。此外，歌舞伎的著名作家河竹默阿弥更是利用旧形式，写了大量的演出脚本，他的脚本虽然没有摆脱劝善惩恶的封建道德观念，但描写了复杂的社会生活，流露出某些文明开化的思想。所以从1878年起，他与守田勘弥、九代目市川团十郎联合起来，以忠实于史实为目的，开展了新史剧运动。默阿弥的名剧有《人间万事金钱世界中》（1879年）、《岛白鸽月白浪》（1881年）等。

第五节　坪内逍遥

坪内逍遥（1859～1935年）是明治维新时期最早的翻译家、理论家、小说家。他曾经翻译了莎士比亚的全部作品，并加上解说。他的理论著作《小说神髓》（1885～1886年）起过广泛的影响。他是文学改良运动的中坚人物,是改进党派系的政治小说家之一,也是自由民主运动最活跃之一员。他的小说就是他的创作和理论的具体化;他的理论实际上是英国功利主义思想的翻版。

坪内逍遥的主要贡献是:首先,在理论上,他提出小说要反映社会生活的写实主义原则,主张反映时代精神,强调抒情的感染力,反对游戏文学的劝善惩恶的封建主义的文学观,主张赤裸裸地描写人的情欲活动,认为人的情欲是推动人和社会变化发展的动力。他说:"贯穿人情深处的,贤人、君子更不必说了,还要把老少男女隐藏着的善恶正邪的内心奥秘毫无保留地、周密精到地描写出来,使人情灼然可见,这是我们小说家的任务。"他的理论适应当时资产阶级改革社会的要求,为排除封建主义道德观、庸俗肤浅的人情的描写乃至复古的虚构的浪漫主义,宣传反映现实生活和人的内心世界的现实主义创作方法,作出了贡献,虽然存在着形而上学的、主观片面的局限性,但在日本现代文学史上有重要的地位。后起的小说家二叶亭四迷便直接受其影响。

其次,在翻译西方现代戏剧、日本现代剧的创立方面有重大的贡献。例如他翻译的莎士比亚的戏剧,使用日本文语诗体,讲求押韵的和谐,每个剧本都加以解说、注释、考证。

坪内逍遥的作品主要有《自由太刀余波锐锋》、《慨世者传》、《一读三叹当代学生性格》等小说。后者描写了随着明治维新运动的展开,东京的知识分子在生活上的种种变化。作品中的人物形象,有逞强而粗暴的,有大言壮语而游荡度日的,有勤学而满怀希望的,有同艺妓鬼混的,有堕入情网而苦恼的,等等。作者如实地描写了学生类型的情态,但未深入到社会的矛盾,没有表现文明开化的必然性。因此后来,自由民权运动失败,他向政府的压制政策妥协,那不是偶然的了。近年一些文学评论家指出坪内的理论和他的创作存在的缺点:

日本现代文学评论家伊豆利彦,对坪内逍遥的《小说神髓》,

肯定它在当时提倡写实所起到鼓吹自由民权思想的作用，但把人看作是"情欲的动物"，主张一丝不苟地描出贤人君子、老少男女、善恶邪正的内心世界，看作是"小说家的任务"，就变成无思想无理想主义。对于现实的矛盾和不合理，看作是一切现实的存在，便放弃了对现实的批判和斗争，所以在其小说《当代学生性格》中，描写了基于情欲本性的各类知识分子的形相。

现代文学史家兼评论家小田切秀雄也指出坪内的写"世态人情"的理想，"其重要的'写实'部分，是从外国文学理论借用过来的，其写实的目的和理想是暧昧的，把其理论实践到《当代学生性格》时，就露出了难于补救的戏作构架和主题的常识性的破绽。但因详细地描写了明治十年代'东大'学生对前途漠不关心的种种情态，在青年类型的比较上来思考，也确实有着兴趣隽永的东西。"（择译自《现代日本文学史》上卷第33页）。

第六节　自由民权运动与文学（新歌谣、政治小说）

在明治20年代，一些思想先进的知识分子，鉴于从上层开始的官方洋化的妥协政策，导致下层群众要求实现现代化的运动，在1881年结成自由党，翌年结成改进党。前者得到农民广泛的支持，后者从资产阶级利益出发，采取改良主义路线。在福岛、秩父等地燃起革命烈火，不久遍及日本全国，延续了十年之久。后来，改进党向政府妥协，明治二十二年（1889年）政府颁布了宪法，自由民主运动终告失败。

当时，全国流行鼓吹自由民权思想的新歌谣，打破了传统的诗歌旧形式，由于新歌谣的语言通俗，得以在平民当中广泛传唱，例如"恶鬼武士"：

即使南海地带炎热，
飒爽自由之风也吹起。

即使我身为庄稼汉，
低头负轭非情愿。

即便细线被割断，
自由风筝也威武飞飘。

又如"民权数数歌"，从一数到二十，兹摘译若干如下：

"第二年数数看，我命只一条，
若为自由送了命，
一息尚存也要干！"

"第六年数数看，
想起昔日美国闹革命。
独立大旗迎风飘，
这可够威风！

第七年数数看，
为什么你就是聪明；
为什么我就是笨蛋，
这不必说也看清。

第八年数数看，
用政令来扼杀，
比用利刀杀人更可憎，

这十恶不赦的!"

这些口语体的歌谣,成为现代新诗创作的先驱。

自由民权运动失败以后,自由党和改进党虽然崩溃分化了,但两党的一些启蒙思想家仍然千方百计用其他方法宣传文明开化思想,或采用历史题材,或用爱情传说等等,描述民族危机和个人对前途的忧虑。其中改进党的领袖矢野龙溪用日汉混合的文体,用古希腊的历史材料,描述雅典城邦摆脱斯巴达集团势力的控制而独立,取得希腊盟主的地位,经过十九年经营变为富强的故事小说,叫做《齐武名士经国美谈》(1883 年),还有东海散士的长篇小说《佳人的奇遇》(1885—1897 年)是用汉文体,充满悲愤的调子写的,描写在大国压迫下弱小国家居民备受亡国之痛的故事,指出独立自主的重要性。

用现实生活作为题材的小说,有须藤南翠的《新妆之佳人》,末广铁肠的《雪中梅》,(1886 年)和《花间莺》(1888 年)等。这些政治小说,题材不同,缺乏艺术性,严格地说,尚未真正具备小说的结构形式,其所以风行一时,是由于处于革命运动的低潮时期,反映了一般民众的爱国心理,从而引起了共鸣的缘故。

第七节　北村透谷

北村透谷(1868~1894 年),被称为浪漫主义先驱、诗人、评论家。在小学毕业时,受了自由民权运动最高潮的激发,及领导者之一的石坂昌孝的影响,16 岁参加了为策划朝鲜革命,由大矢担当的盗劫军事资金的"大阪事件"的行动,因失败而脱离运动,立志以文学为手段进行思想战线的斗争。他在东京专门学校(早稻田大学前身)攻读政治和英语,中途退学。1886 年与石坂的长女 Mina 结婚，在女校教英语，接触了基督教的教友派，当过传教师的翻译，体会到和平主义的无力。就在"宪法"公布的 1889 年，他以备受囚牢之苦的政治犯为题材，自费出版了剧诗《楚囚之诗》，表现革命者对现实强烈的爱和渴望自由的憧憬。同时在《女学杂志》和《文学界》，接连发表评论，如反对封建伦理观念，强调纯洁高贵的恋爱（1892 年《厌世诗人与女性》等）。同时批判资产阶级的自由主义，否定复古主义，抨击全盘欧化或折衷的模仿倾向，主张创造扎根于人民底层的文化（《国民与思想》等）。

1891 年，又写了另一个诗剧《蓬莱曲》，反映了精神反抗和失望，通过主人公柳田素雄，表现热情的幻想，转而否定现实，诅咒现实，而至否定自己，放出绝望而自杀的哀歌。在抒情短诗方面，从 1891～1893 年，写下了一系列优美的作品，对爱情的恋念，对人生的憧憬和幻灭，其中《孤飞蝶》、《蝶的飞往》、《双蝶别离》等为其代表作。

透谷曾受过拜伦和歌德的影响，从他对抗现实的浪漫主义激情，或探索理想世界表现的自我牺牲精神，乃至像曼弗雷特式的悲剧结局（不但《蓬莱曲》的主人公如此，透谷自己也如此），只是透谷 25 岁自缢，没有达到拜伦超民族的英雄主义境界，也没有达到歌德的自我人格完善的苦乐结局。但通过他 20 岁起写下一系列的评论和诗作，都反映了他为人生自由和社会理想而斗争的美学观。

这里摘录透谷的一些论点：

"我们记得，人是为战斗而生的，战斗并不是为战斗而战斗的，是由于不得不战斗而战斗的。有用剑来战斗，有用笔来战斗，……用笔来战斗和用剑来战斗，在战斗上并无差别。"（《何谓干预人生》）。

"出来啊诗人，出来啊，真正的人民大思想家！在今天，已经看到许多外来的势力，旧的势力已成过去了，所欠缺的是创造的势力。"（均 1893 年《国民与思想》）。他强调从理念出发，通过"内部生命"的再造来"表现造化万物的本质"(《内部生命论》1893年)这些斗争策略和目标都模糊的形而上学观点,是他的理论的局限。所以在创作上追求"内部生命"的再造,终归幻灭。且看短诗《蝶的飞往》:

请问飞往何处?
要到那如心所欲地欢快。
漫无目标的秋野那里么?
迷恋于探寻的蝶影啊!
往复飞去又飞回,
从去处来又飞向去处。
那飞舞在山野花木间的姿影,
也得在原来无花的野边停宿。
没有前也没有后,
在"命运"之外也无我。
翩翩飞舞而去的,
成了梦与现实的同伴。

(译引自《现代诗解释与鉴赏事典》小海永二编)

透谷的思想原带有无政府主义倾向,而他的诗作则富于优美的抒情味。他是最早尝试言文一致,力求口语化的诗人,他启发了浪漫主义的兴起。

第二章　现代文学的萌芽与成长
（约 1887～1905 年）

第一节　概　述

日本现代文学萌芽于自由民权运动时期（1878～1888 年），进一步普遍地宣传启蒙思想，开始出现口语化的新体诗和小说。各自在形式结构上，也力求言文一致的体裁。在第一章第七节，已述及北村透谷在创作上开了先河。透谷愤懑自杀后的第一年起，全欧洲社会大动荡，俄国民粹分子进行反沙皇运动；中日甲午战争刚结束，朝鲜争取独立，台湾人民起义，社会主义思潮在日本兴起，继承透谷革命精神的樋口一叶、石川啄木等，生发出对抗黑暗现实的激情，催化着浪漫主义思潮，他们在浪漫主义的积极性和艺术形式的完善方面，取得新的成就。啄木参与开展浪漫主义运动的"新诗社"的创立，为首的是与谢野铁干、与谢野晶子等。

作为萌芽期的新体诗，早先有山田美妙编的《新体诗选》（1886年）、岛崎藤村的《嫩菜集》（1897 年）等，但他们避开政治的冲激，倾向于艺术形式的完美，或为契合自然的心境而抒情。

在小说方面，其中最有代表性的，有二叶亭四迷的《浮云》（1887 年），森鸥外的《舞女》（1890 年）。次之，尾崎红叶、幸田露伴等，描写小市民的世态和情欲，以及超人意志的心理小说。而不足 25 岁夭折的女作家樋口一叶，在四五年间写下了大量反映下层社会悲剧生活的优秀短篇小说。她在日本文学史上占有的重要地位，至今仍不减色。

· 110 ·

第二节　二叶亭四迷

　　二叶亭四迷（1864～1909 年），原名长谷川辰之助，生于蕃士之家，是独生子，年少时志愿成为军官。后来进入东京外语学校学俄语，到高年级时，俄国教师常常在课堂上朗读和分析俄国文学名作，从此以后，他受到很大影响，立志做一个作家、翻译家，并以伦理为中心研究日本的社会问题，毕业后在内阁官报局当雇员，利用办公余暇，阅读心理学、生理学、医学等自然科学专门著作。他结婚数年后，与其妻离婚，为了抚养两个孩子，在七年的时间内，他翻译了屠格涅夫的几部小说。继而辞职，在某校当了四年俄语主任教授。北满事变发生后，他辞职，曾到哈尔滨德永商会任职，半年后到北京，任京师警务学堂的代理事务长。1903年辞职回国。第二年发生日俄战争。他继续从事外国小说翻译，连续在报刊杂志上发表。日俄战争后，他发表了分析俄国政治形势的具有独特见解的文章，与东京"朝日新闻"保持了密切的关系。1908 年 6 月，任该报的特派员，到了俄国首都彼得堡。他打算利用新闻工作，为日俄之间的谅解作出贡献，但因患神经衰弱症和肺病，1909 年四月初便回国，在海路归国途中，于五月十日去世，终年 46 岁。

　　二叶亭四迷在早年曾经得到坪内逍遥的赏识，后来又得到著名记者池边三山的帮助，便勤奋写作、翻译。他的长篇小说的代表作是《浮云》。小说起稿于 1886 年，翌年出版第一部单行本，1888年续出第二部，1889 年第三部出版，1891 年由金港堂出版合集本。

　　《浮云》是言文一致的新体裁的长篇小说，充分地体现了他的《小说总论》的文学理论原则，以写实主义的手法，批判了明治时期的官僚社会的现实生活，比其他一般启蒙思想家的作品更深刻，他批判了复古主义和欧化主义，为日本现代的现实主义文学奠定了基础。

小说的主人公内海文三是一个平凡而善良的知识分子，生活在半封建的明治官僚政府的专制统治下，遭受了压迫和剥削。他本是贫穷士族的独子，父亲早死。他到东京依靠叔父生活，得到叔父的照顾，靠助学金上了学。后来他当了政府机关的办事员，他看不惯那些庸庸碌碌、安分守己、阿谀奉承的职员。上司是一个家长式的统治者，内海文三不肯向他奴颜婢膝，终于被撤职，失业了。

内海文三有一个朋友，叫本田升，品质恶劣，凭逢迎拍马，升了官，还夺走了内海文三的恋人阿势。

阿势是内海文三的婶娘阿政的女儿，是一位了解"西洋主义"的女性。而阿政是一个势利小人，她心目中的快婿是做了官的本田升。阿势对本田升并不了解，被本田升的假殷勤所迷惑，对本田升抱好感。

内海文三打算和阿势结婚，把在乡下孀居的母亲接来，一同过幸福的生活。这时，本田升向他提出，要帮助他复职。内海文三严词拒绝，要和本田升绝交，他对阿势说，本田升是一个"卑鄙的家伙"、"奴才"、"狗"，表示他不肯向这条狗低三下四。

不过，内海文三的内心仍然想复职，也舍不得失掉阿势，幻想一旦复职书送来，就可以同阿势结婚，他感到彷徨、苦恼。结果，本田升把阿势骗到手，内海文三无可奈何。

小说通过两个思想品质相反的青年，指出明治初期，官僚政治机构对新一代人的腐蚀及其腐败的本质，描写相当深刻，因此在同时代的小说的批判性方面，《浮云》高出一筹。

这里摘录其中一些片断，看看作者如何有声有色地描绘主人公的心理活动。

如第三回文三对阿势初恋的一些描写：

在今年仲夏的一个夜晚，文三散步归来，婶母阿政从傍晚出去办事还没回来，女用人阿锅大概洗澡去了，也不在家。只有阿势的卧室里点着灯。最初文三只是信步登着楼梯往上走，走了两三级，突然站住了，心里像是想着什么似地退下了一级又站住了，想了一想，又退一级……这时候突然心情一变，正想要往楼上走的时候，忽然听见阿势从屋里问道："谁呀?"

"是我。"

文三答应着，缩了一下肩膀。

"我以为是谁呢，原来还是文哥。……实在太寂寞了，进来说会儿话吧。"

"哎，谢谢，不过，等一会儿再说吧。"

"你还有什么事吗?"

"不，倒没有什么事……"

"那不是正好嘛，喏，你来呀!"

文三犹豫了一下。就从楼梯上走了下来，来到阿势卧室的门口，只是站在那里，并没往屋里走。

"请进来呀!"

"哎，哎……"

文三一面回答着，可是仍然站在那里犹豫不定，似乎想进去又不想进去的样子。

"怎么今天晚上你倒客气起来了?"

"因为，只有你一个人……觉得有点……"

"哟，你怎么能说出这个话呀!那是多咱啦，说懦弱的人决贯彻不了自己的意志，那是谁说的呀?"

阿势说着，就侧着她那美丽的头，嫣然一笑。文三被阿势脸上泛起来的微笑吸引到屋里去，一面坐下一面说：

"你这么一说，我倒没话可说了，不过……"

·113·

"扇一扇!"阿势说着,拿出一把团扇递给了文三,"不过怎么的?"

"哎,不过,人言可畏呀!"

"这个,反正别人总要说长道短的,只要我们纯洁,说长道短又怕什么呢!你想,既然要打破两千年来的习惯,多少免不了要忍受一些苦楚的。"

"我也是这么想,不过,一听到闲言闲语,也真叫人心里不痛快。"

略去其中关于文三吞吞吐吐地说他有比父母还重要的人,和阿势说她也有比父母还重要的"并不是人,是真理啊。"的灵犀不通的心理描写。到后来两人欣赏明月美景,文三看着阿势动人的美丽姿色,眼睛突然闪烁着光芒说:

"阿势!"

他的声音有些颤抖。

"哎"她轻轻地回答着。

"阿势你也太,太……残酷啦。我像这……像这样儿……"

话说到半截儿,文三就用手捂着脸再没有说下去。只见照在墙上的影子不住地颤抖着。只要往下再说一句……只要再说出一句就可以鸳盟永缔了。自从他爱上这个近在咫尺的人儿,她的倩影,朝朝暮暮萦回在心头,牵肠挂肚,欲罢不能。但是对方的心理却令人捉摸不定、又怕落花有意,流水无情,(中略)要想摆脱这个相思之苦,关键只在这一句……能说出这一句……只要说出这一句……这句话还没有说出……就在这当儿,外面忽然响起了嘎拉嘎拉开门的声音(下略)。

作者描写文三自陷于失恋的心理状态,也颇深刻,例如第三

· 114 ·

篇的一段：

> 叫做人的心这东西，无间断地去想着同一的事情，就会想得精疲力竭，终至变成思辨力脆弱的人。文三也是如此，在始终担心着阿势的时间内，无时不分散注意力，难于集中在一件事情上。曾经也有过想起那些随时发生而互相并无任何关系的零零碎碎的事儿，心绪乱糟糟的无法管束。便这样，把双手垫着脑袋躺着，凝视着天花板，又照样开始把阿势的事和彼此间的关系联想起来，但在这当儿，天花板的木条裂缝映入眼帘，突然想到这是奇妙的事，便想道：
> "正如所见的这般情景，那不过像水流注过的痕迹罢了。"这么着，阿势的事就完全忘却了。

以上一些片断描写文三的心理脆弱现象，正是由于他的职位低微，不能容身于势利迫人的官僚腐朽社会，既耻于阿谀奉承，也鄙视小市民的贪财附势的庸俗心理，更痛恨那种卖身求荣的所谓知识分子。他贫穷但品性善良，被排挤到没有人生的出路，先是一再怯于向阿势求爱，到头来，"幸福"的幻想破灭，便像受了雷击。

第三节　森鸥外

森鸥外（1862～1922 年），原名林太郎，生于岛根县津和野藩主御医森静男之家，他为继承父业而学医。1881 年毕业于东京大学医学部，得学士学位，一生从医，但却以独具风格的小说家而闻名于世。他曾在德国留学四年（1884～1888 年），在中日、日俄两次战争中，他都服役从军，任小仓第十二师团军医部长。后来，发生幸德秋水等人的所谓"大逆事件"，乃木将军夫妇自杀殉君事件（1912年明治天皇去世），都给他很大刺激。1916年他辞去军医总监、医务局长的职务，第二年任皇室博物馆馆长兼宫内图书总管，不久，因患肾萎缩症逝世。

森鸥外在医学和文学各领域都发挥了罕见的才能。二叶亭四迷从文学战线退却下来以后，他以领导者的姿态，同占文坛统治地位的"砚友社"的尾崎红叶、幸田露伴等对峙。他和妹妹小金井喜美子、诗人落合直文、井上通泰等创立了"新声社"，并翻译了外国的一些诗歌，编为《面影》出版。他在序言中说："意在明示国人，西诗不仅有思想世界和感情世界之美，而且有外形之美。"继而创办《栅草子》杂志，积极从事文学创作和评论，外国文学翻译等活动。他根据在德国留学时的生活经验，写了以悲剧性的恋爱为主题的，具有抒情性的短篇小说《舞女》（1890年），名震文坛，接着又出版《泡沫记》等小说，这些充满异国情调的作品，使读者耳目一新，在青年当中风靡一时。他的作品比从人的情欲方面描写世态的坪内逍遥的小说，以及渲染江户趣味的尾崎红叶等人的小说，显得更为新颖。

在他的创作丰熟时期（1907～1916年）的作品，有脍炙人口的《妄想》、《青年》等。感动了当时的日本青年，因为他描写了青年在沉闷的社会现实环境中追求出路的苦闷情绪，反映了当时有朝气的青年人的梦想和要求。

但他主要的成就在历史小说方面，有以下一些代表作：《兴津弥五右卫门的遗书》（1912年），是描写弥五右卫门的主君宽恕了他年轻时的错误，未加责备，所以他一直寻求死的机会以报恩主，等到主君一死，他就殉死了。这是在乃木大将为明治天皇殉死的后五天，受了启发而作的。

《阿部一族》（1913年）是描写未被允许为藩主殉死的阿部弥一右卫门一家人的悲惨命运的故事。殉死是封建传统的武士道精神的核心，不准殉死，对于武士的弥一右卫门来说，是莫大的耻辱，因此他及其家人不能不演出悲剧来。作者如实地描写了"历史的自然"，揭露了封建制度的矛盾，反映了作者尊崇武士道思想和"文明开化"的不彻底的科学精神的冲突。

《大盐平八郎》（1914 年）是作者最有艺术价值的长篇小说之一，这部小说以天保年间（1830～1843 年）的"大盐之乱"的历史事件为题材，描述了天保八年大阪的农民起义，因为饥荒，大盐平八郎当了起义的领袖，领导农民反抗封建官僚，进行武装斗争，后来失败。由于作者的阶级地位和观点的局限，专门刻划大盐平八郎的心理变化，对于造反的农民和作为农民领袖的大盐平八郎之间的关系没有充分的真实的描写，这种缺点也存在于其他作品中，如描述明治维新时期土佐藩士开枪打死违法的法国水兵所造成的悲剧的《堺事件》；描写前辈学者、医生、艺术家的涩江及其一家人的生活史的《涩江抽斋》等。

这里介绍他的成名作《舞女》，这篇小说发表于《国民之友》一月号，后收入小说集《泡沫集》中。主人公太田丰太郎是个官费留学德国的青年，因救助一个贫穷的德国舞女爱丽斯而发生了爱情，两人同居后，不久爱丽斯怀孕。太田丰太郎的朋友向上司泄露了这个秘密，上司不给他留学经费，并叫他回国。开头他不肯回国，在某报当通讯员，维持生活，后来被免职，他便抛弃妻子，自己回国。不久，他得悉爱丽斯走投无路，发了疯，他却逃避责任，把责任推到好友相泽谦吉身上。作者在结束这篇小说时写道："呜呼！良友如相泽谦吉者，世上难再得也。然而在余脑海中，至今仍有对彼之憎恨。"

这篇小说的故事悲剧没有触到产生悲剧的社会根源，仅仅把官僚的作用看作不可抗拒的威力，把主人公的推卸责任看作是不得已的，并且把责任推到别人身上。说明他对冷酷的社会采取回避的态度，没有摆脱封建主义的伦理观念。以后，他的一系列作品都没有突破这种局限性。

· 117 ·

第四节　尾崎红叶、幸田露伴

　　1885 年，山田美妙和尾崎红叶等人组成了"砚友社"，起初参加的有石桥思案、丸冈九华、川上眉山、岩谷小波、江见水荫、冈田虚心，后来参加的有大桥乙羽，广津柳浪、泉镜花、德田秋声等。其中的核心人物是尾崎红叶和幸田露伴。

　　尾崎红叶（1867～1903 年），乘国粹主义复兴之际，迎合一般市民反对欧化，反对官僚主义的要求，从封建主义的伦理观念出发，模仿井原西鹤（1642～1693 年）的文体，细致地描绘世态风俗。例如 1889 年发表的成名作《两个比丘尼的色情和忏悔》，描述两个尼姑在山村的佛庵偶然相遇，谈起各人的身世，发现两人原来曾爱上一个男人，因而大吃一惊，觉悟到自己六根不净，害怕的很，表示忏悔。这是老一套的题材，作者却用华丽的词藻，新颖的文体，迎合读者的低级趣味，铺写主人公的情欲心理。类似这种情调的作品，还有《沉香枕》、《两个妻子》、《三个妻子》、《心的阴暗》等。都是着重描写人物的情欲活动。只有后者描写一个盲人和他的情妇之间的恋爱心理，比较有特色。从 1897～1903 年他写作长篇小说《高利贷者》、《金色夜叉》没有完成，便患胃癌而逝世，这部描写失恋青年为了报复而当高利贷者的小说在《读卖新闻》连载期间，大受读者欢迎。

　　幸田露伴（1867～1947）。他的创和倾向和尾崎红叶的相反，主要是描写旧知识分子消极反抗现实的清高自赏的精神，表现了超人的意志，追求幻想的理想世界，用浪漫主义的情调美化描写的对象。和"砚友社"的描写庸俗、低级趣味的作家比较，他的作品略胜一筹。

　　幸田露伴以小说《露珠圆圆》和《风流佛像》成名，都在 1889 年发表。第二年发表《对骷髅》和《一口剑》，1891 年发表了《街头净琉璃》和《五层塔》，都贯穿着儒学的义理观念、佛教思想，即所谓"特殊的理想主义"。后来写的长篇小说《风流微尘藏》（1893～1896年）和《滔天浪》（1903～1907年）则开始增加客观的写实因素，但没有完成。

他的代表作之一是《五层塔》，描写一个绰号叫"**慢腾腾的十兵卫**"的木匠，他不怕别人的反对和迫害，相信自己的力量，独自建成了一座五层塔。五层塔建成后，被一阵阵狂风暴雨袭击，但仍然屹立不动。作品的主题是赞美艺术的永恒不朽以及创造者的超人意志。类似的作品还有例如《风流佛像》的雕刻家珠运，《一口剑》的刀匠正藏，都是这种坚强的人物。

第五节　樋口一叶

樋口一叶（1872～1896年），一个像彗星般的女作家，在北村透谷自杀前后，骤然放出异彩。20岁时，她发表了处女作《暗樱》以后，在四五年间连续发表了《埋没》、《十三夜》、《大年夜》等短篇小说，特别是《浊流》和《青梅竹马》（均1895年）两篇，是受到评论界高度赞扬的代表作。

樋口一叶在17岁时，当下级官吏的父亲去世，她便挑起赡养母亲和妹妹的担子，拼命地工作，开头学做针线等细活，后来又在点心铺和妇女用品杂货店做事。她与贫困作斗争，忍受了女性所受的屈辱，始终没有减少追求个人理想的热情。她同时坚持写日记，叙述自己的生活经历，从16岁起的9年间，断续积累了大量各种内容的记述。在小说《青梅竹马》中，她观察人生异常深刻，充满浪漫的热情，追忆人世间的沧桑，写出少男少女的牧歌式的哀伤的世界。在《浊流》中，描写了一个妓女的悲剧，写出明治时代下层妇女的悲哀。

第六节　新抒情诗的兴起

中日甲午战争后，清王朝被迫签订不平等条约，把三亿六千万两的赔款给日本，又割让台湾给日本。日本资本主义便得到迅速的发展，工商业一时繁荣起来，劳资斗争便产生了，贫苦农民也怨声载道，在这种情况下，开始有片山潜等的研究社会主义思想的团体。接着有诗人北村透谷、岛崎藤村（1874～1943 年）等创作浪漫主义新的抒情诗的运动。

岛崎藤村写作了《一叶舟》、《夏草》（均 1898 年）二集，加上《落梅集》（1901 年）和《嫩菜集》（1897 年），共 4 集，题为《藤村诗集》，1904 年印出。在他写的序言中有一段话，可以看到他对于所谓"新的抒情诗"的看法：

> 新诗歌的时代终于来临了。
>
> 它如同美丽的曙光。有人像古代先知那样呐喊，有人像西方诗人那样高呼。都恰似陶醉于光明、新的歌声和空想之中。
>
> 青春的想象从长眠中醒来，装饰着民俗的语言。
>
> 传说复活了，自然又涂上新的色彩。
>
> 光明照彻了目前的生和死；照彻了过去的宏伟和衰颓。
>
> 风起云涌的新诗人，多为朴实的青年。……青春的生命洋溢在他们的红唇上，激动的泪水滚流在他们的双颊。

《藤村诗集》的主题就是自然的礼赞，"青春的生命"的讴歌。例如《草枕》的一首：

> 白雪未消溶，

不觉春来到。

但见嫩菜芽，

青翠出沙土。

又如《初恋》的一首：

苹果树荫下，

曾见貌如花。

前发方束起，

头上插玉梳。

（以上二首译引自《现代诗鉴赏上，新潮社版）

由于取材狭窄，象征意味模糊，有人骂他是"朦胧派的诗人"；也有人认为他的诗歌不是自我否定的烦恼，而是产生于肯定的苦闷。

他的诗歌常常带有感伤的意味，流露出一种游子思乡的情绪。例如《落梅集·椰子》：

远离无名之岛，

漂来一个椰子，

你离别故乡的岛岸，

随波流荡几多月啊。

从 1902～1906 年，他又发表了小说《旧主人公》、《水彩画家》、《津轻海峡》以及后来被称为自然主义文学的最初金字塔的《破戒》。

以创作浪漫抒情诗开始的，还有国木田独步，从 1897 年起，著有合作诗集《抒情诗》，诗选集《青叶集》和《山高水长》等。

· 121 ·

此外，还有《青年文》的田冈岭云等和《太阳》的高山樗牛等的对垒。高山樗牛（1871～1902 年）是国家主义浪漫派的代表人物。在中日战争前后，原来是平民浪漫派的德富苏峰开始为帝国主义唱赞歌，高山樗牛也步其后尘，以小说的形式，露骨地鼓吹日本主义的思想。1894 年，他发表在《读卖新闻》上的历史小说《泷口入道》① 得奖，从此成名，进而控制了文坛，随即与木村鹰太郎等结成一伙，积极宣扬日本主义，出版了《日本主义》(1897年)、《时代精神论》(1899 年) 等著作，为日本政府的国家权力和侵略政策张目。后来，又赞美尼采，写了"作为文明批评家的文学"和《论美的生活》(1904 年)，后者喧染官能的快感。他曾经与岛村抱月，长谷川天溪等争论尼采的思想，最后埋头于日莲②的研究。

第七节　与谢野晶子等与明星派新体诗

1895 年朝鲜宣告独立以后，继续反帝斗争，1898 年中国发生戊戌政变，1900 年发生义和团和北满事件，都震动了日本，平民阶层又重温自由民权的旧梦，社会动乱又有山雨欲来之势。一些诗人便对旧派抒情诗的空虚，调子感伤不满，要求尽情表现新的浪漫主义精神，于是以与谢野铁干等为首的诗人，在 1899 年创立了"新诗社"。第二年 4 月创刊《明星》杂志，形成所谓"明星派"。此外，又有以河井醉茗为主角的"文库派"，这一派的诗人伊良子清白以《孔雀船》(1906 年) 诗集而负盛名。还有附和高山

---

① 泷口，指瀑布流下的地方。入道，指出家的修行。这里取材于《平家物语》中的人物，指看守清凉殿东北方引入瀑流的"御沟水"前修行。

② 日莲（1272～1282 年）镰仓时代日本佛教一派的开山祖，称日莲宗。著有《立正安国论》等。

樗牛的土井晚翠，以类似汉诗的格调粗犷，概念化的诗集《天地有情》（1899 年）。

与谢野铁干有国家主义思想，面对中日战争前夜复杂的国际关系，以国家兴亡、匹夫有责的气概，曾写作《东西南北》（1896年）、《天地玄黄》（1897 年）等所谓"虎剑式"粗野的诗歌。例如：

> 徒自慨叹又何为，
> 只有此大刀，
> 　　此大刀。
> 听说唐山有虎啸，
> 未闻虎吼声，
> 飒飒秋风刮起了。
> 想到屋上来，
> 老虎吼叫追来啊，
> 趁日暮，
> 乘风猛扑过来。

因此，当时他被尊称为"老虎、大刀，鹫和血"的壮勇诗人。

后来他两次到朝鲜，目睹殖民地统治的现实，对国家主义不再抱幻想，转而追求恋爱和艺术，以星和堇为象征，表示告别过去的理想，走向悲惨命运之路，出版了诗集《紫》（1901 年）。1899年同一些诗人创立了新诗社，被称为"星堇派"，他本人则从"虎铁干"改称为"猫铁干"，由虎啸变成猫叫了。1900 年创刊《明星》杂志，把他们的新诗歌称为"短歌"。从以下规定的参加诗社的规则可以看到他们的文艺思想：

> 一、我们要互相发挥自我的诗作，我们不模仿古人的诗，要创作我们自己的诗。

二、我们在诗的内容和旨趣上，在诗的形式的和谐上，都成为值得欣赏的自我独创的诗。

三、在新诗社内，有社交友情，无师徒关系。

四、去者不留，来者不拒。

先后加入这个诗社的有与谢野晶子、山川登美子、洼田空穗、高村碎雨（光太郎）、木下杢太郎（太田正雄）、平出露花（平出修）、石川啄木、北原匈秋、佐藤春夫等歌人。到此和歌革新作为现代短歌而产生了。

与谢野晶子（1878～1942年）是一个最大胆的反对封建礼教的新女性。她和有妇之夫的与谢野铁干相恋，逃到东京，两人成为鼓吹新诗歌的伴侣。1901年出版诗集《乱发》，遭到封建卫道士的猛烈攻击。日俄战争发生时，她受到社会主义思想的影响，写了一首《你不要死》，给她的在旅顺口包围战中的弟弟，反对争夺他国领土的战争，被御用批评家大町桂月指斥为"乱臣贼子"，几乎被判处叛国罪。

以下摘录这首诗若干节：

（一）啊，弟弟，吾为爱弟哭断肠，望你切勿把命丧。兄弟之中你最幼，双亲钟爱集你身。双亲养你廿四春，岂肯教你去杀人？双亲未予杀人剑，教你杀人后葬身。

（三）汝莫捐生赴黄泉，保重性命在人间。天皇承运治天下，并未亲自赴战场。皇恩浩荡爱臣民，岂能驱民去杀人？互相残杀若尤死，焉肯封赏死去人？

原诗五节共39行，名词（人、物、地）均是现代口语，语法用文语。此诗刊载1904年《明星》9月号，收入1905年《恋衣》诗集。

第八节　石川啄木

石川啄木（1885～1912年），出生在岩手县南岩手郡日户村（今玉山村），自小聪颖过人，被看作"神童"，曾以名列第一毕业于乡村小学，因罢课，在盛冈中学未毕业就退了学。他受了浪漫主义思潮的影响，14岁参加了与谢野铁干、与谢野晶子创办的"新诗社"（1899年），一度作为《明星》杂志同人发表诗作。他中学退学后，迫于生活，接受不公平的待遇，在小学当代用教员。对于残存的封建教育抱反感，作新歌教学生唱，招致校当局干涉，为对抗威压，领导学生罢课，因而被解职。他流离颠沛于函馆、扎幌、小樽、钏路等地之间，任过地方报纸的记者，生活仍难维持。他开始写短篇小说向东京的刊物投稿，揭露小学教育的腐朽，作品主人公大多是自己的化身，如《云是天才》（1906年）等作。这时期，他感到《明星》派的浪漫主义走向虚幻颓废，岛崎藤村等正推动自然主义运动，于是他出版了第一个诗集《憧憬》（1905年），向浪漫主义告别，转向意味着写实的自然主义。在写小说的同时，也写短歌和评论。短篇小说，大多都已收入在丰子恺等的译本《石川啄木小说集》中。中篇《道路》（1910年初）是模拟自然主义手法，流于滑稽化的打比之作。长篇《我们一伙和他》（1910年5～6月间），是向社会主义道路探索的最后代表作。短歌2700多首，分别收入《一握砂》（1910年）及其逝世之后才出版的《可悲的玩具》（1912年）等集中，反映了年轻的啄木深受社会环境的窘迫和生活的辛酸，流露了感伤而纯真的情绪。其中许多名句被刻成"歌碑"，传播很广。啄木创作思想的最后转变，是受了所谓"大逆事件"的震动，由于幸德秋水、大石诚之助等人宣传社会主义和无政府主义，于1910年5月，逮捕了数十人，其中幸德秋水等二十四人被判处死刑。啄木认真地阅读了幸德秋水等理论，在同年8月，写下了宣战式的论文《窒息时代的现状》加副标题《强权、自然主义的末路和明天的考察》，号召青年起来反抗，改革不合理的社会。1911年6月15日，在秋水等人被处决之后，写下了一首自由体诗《无休止的议论之后》，描绘了一些知识青年没完没了的纸上空谈，每节末，喊出俄国民粹派"到人民中去！"的口号。这是一首代表作，但也有人指责为无政府主义的粗制品。1909年起，啄木还写下多篇评论文，如《偶感和回忆》、《文学和政治》、《一年间的回顾》、《急躁的思想》，特别是长篇论文《该当食粮的诗》（有人译作《可吃的诗》，不切题旨），深刻地批判了"为艺术而艺术"的浪漫派、颓废派的超现实诗，而主张为人民大众，脚踏实地写反映社会现实，唤起大众斗争精神的诗篇，"该是依据生活于现在的日本，用现在日本语，了解现在日本的日本人而歌唱出来的。"

啄木1909年第二次到东京，妻子节子随伴，两人都患肺病，父母在家乡抚育小女，都靠他一人赡养。微薄的稿费维持两口生活也够困难。1911年在《东京朝日新闻》当校对。1912年3月母病故，4月13日他也因肺病不治故去。

第九节　正冈子规

正冈子规（1867～1902年），他批评江户时期承传下来的旧式俳句，企图革新俳句。从1893年起，连续发表了《獭祭书屋俳话》、《芭蕉杂谈》、《俳谐大要》（1895年）和《俳句家芜村》（1897年）等作品，打破了对芭蕉的崇拜。他又从芜村的诗歌中得到启发，主张客观描写，用绘画手法写出情景交融的作品。他往往把俳谐的幽默感和独特的心境结合起来，展现在客观描写的形象中，例如：

吃柿子，

钟声响处法隆寺。

鸡冠花十四五棵，

也该凋谢了。

1898 年，他主编《杜鹃》杂志，同人有高滨虚子、河东碧梧桐、内藤鸣雪、夏目漱石等，出版了俳句集《春、夏、秋、冬》（1901～1903 年）。正冈子规患了严重的结核病，成为"被褥的囚人"（海涅）却保持精神上的平衡，泰然地写出大量的俳句。他的敏锐的观察力和坚毅的意志，也充分表现在他的随笔《墨汁一滴》、《病床六尺》（1901～1902 年）和日记《仰卧漫录》等著作中，他根据主观的观察和印象，构成"写生"的画面，抒发他的审美感情。

他的短歌革新的理论，从《致和歌作家书》（发表在 1898 年 2月）可以看到其要旨：

诚如所说，近来和歌无一首可取的，老实说，自源实朝以来，总是歌风日下。

纪贯之是拙劣的和歌作家，《古今和歌集》是无价值的篇什。

如果说历代的敕撰和歌集乃是日本文化的壁垒，则实非可靠的壁垒。如此单薄的壁垒，一发炮弹就足以把它炸得粉碎。

••••••

鄙人也认为和歌应破除旧思想，树立新思想。所用的语言，不论雅语、俗语、西语、汉语，都考虑在必要时而随时采用。

• 127 •

《古今和歌集》的缺点是运用汉诗的死板形式，局限于描写宫廷享乐的趣味，这是正冈子规所不能容忍的，但他赞赏用凝练的汉语表现真实感情的《万叶集》，赞扬源实朝初期的雄浑豪迈的歌风，正冈子规在去世前一年写了这样的短歌：

> 长起二尺的鲜红的蔷薇，
> 芽刺柔嫩，
> 春雨淋漓。

> 鸢尾花正在开放，
> 我眼前只见今年
> 春欲告别归去了。

正冈子规去世后，他的弟子高滨虚子、河东碧梧桐等人，继承了他的"写生"的精神，并有所发展。但在1908年创刊《アララギ》① (Araagi) 之后，强调感觉的敏锐性，远离社会生活，流于幻觉化的象征主义。

第十节　反战文学

在早期社会主义宣传运动开展时期，日本军国主义者发动了中日甲午（1894～1895年）和日俄战争（1904～1905年）。两次所谓大胜，都带给日本人民巨大的牺牲和贫困，于是出现了反战

---

① アララギ，有各种解释，当植物名，或称兰，或指松柏科的石槠。在文学上指"塔"，比喻高仰的意思，这里用作杂志的名称，表示高藤茂吉等创办这种杂志的目的在于发扬万叶的歌风。

文学。除前述的与谢野晶子大胆呼唤的《你不要死》的反战诗歌外，还有木下尚江的反战小说，松冈荒村的反战评论、幸德秋水、片山潜等的反战散文，当时大大震动了日本社会，统治集团大为恼怒，进行镇压。

以下略提两作者：

木下尚江（1869～1937年），发表了被称为先驱的社会主义小说《火柱》（1904年），自传小说《良人的自白》。《火柱》的主人公筱田长二，是一个虔信基督教的社会主义者，由于揭露资本主义的罪恶，进行社会主义宣传和反对战争而被下狱。围绕着主人公的遭遇，作者揭露了当时军阀、政府的罪行，教会的内幕的黑暗等，引起社会上很大的反响。这部作品比较概念化，但带有通俗小说的特点。

《良人的自白》的主人公井俊三是一个正直的人，他与世俗的欺骗行为作斗争，作者描写了他因受到封建习俗的损害的恋爱而苦恼，发出人道主义的呼声。这两部作品都被称为日本社会主义文学的纪念碑。

松冈荒村（1879～1904年），生于熊本县，在中学就学时就作新诗，因受了副校长安部矶雄的人道思想影响，把足尾铜山的矿毒事件（1900年矿毒殃及广大农田，引起农民、工人的抗议运动），作为社会问题来研究。进入早稻田大学后，倾慕北村透谷倡导自由民权的诗歌，被称为"透谷的最急进的继承者"。在这些年间，发表了宣传社会主义的《成材者之歌》等诗作。更被注目的是一些激烈的评论，如《作为国歌的我皇治世》，指出赞美天皇的歌，不应该作为国民之歌来唱。又如《读山上忆良的"贫穷问答歌"》，论证诗人与民众的密切关系；又如《足尾矿毒问题》，是从人道的立场，猛烈地抨击为了资本垄断而造成社会的罪恶；再如《杂木山》是从诗人的立场，强烈地主张反对糟踏人材的不义战争。

荒村患肺结核不治去世，终年才 25 岁。翌年，他的遗作收入《荒村遗稿》（1905 年出版），立即被查封。

第三章　现代文学的确立与流派
（约 1906～1908 年）

第一节　概　述

　　明治 30 年代上半期，社会主义运动兴起，幸德秋水著有《社会主义神髓》（1903 年），宣传变革社会的理论；儿玉花外编集出版了《社会主义诗集》（同年），政府以危害社会为理由，即被查禁。翌年，花外从中择出自作 30 首诗，另行出版，其中有《纺织女工》、《失业者的自杀》、《报童之歌》、《农民》、《给劳动者》、《碾米女人》等，并附录题为《同情录》，刊载 59 人对查禁提出的抗议书。同年，宣传反战的《平民新闻》也被查禁。又由于日俄战争（1904～1905 年）带来更深的国际危机和社会矛盾，一些对过去失望的作家，既要回避政治压力，又不能安身于现状，于是岛崎藤村、国木田独步、田山花袋等提出自然主义的写实手法，主张"赤裸裸地描写"自己的心态和身边周围的事物。他们开始时接受了左拉的理论原则，要纯客观地、冷静地解剖人生的和社会的病症，但在实践上缺乏左拉对社会各阶层的体验，写出庞杂的社会现象，而且不久左拉也违背了他的理论原则，对他所同情或憎恶的描写对象，常常流露出人道主义的激情和冷峻的讽刺，以致被迫长期逃亡国外。而日本的自然主义作家，起先也表现了中庸主义的同情和讽刺，但渐渐倾向于身边琐事和自我心理变态的描写。不久，无产阶级文学兴起，部分作家（如一度追随过的石川啄木等），转向社会主义理想的探索，自然主义的消极因素，为各种颓废主义流派加以演化。

第二节　自然主义的形成

自然主义的理论家长谷川天溪概括这一派的写作特征说："自然派的本领，在于真诚地去观察人生，……抛开一切传统，一切理想，按照自己所感受的那样表现出来，这是大体一致的方向。"（《自然派的真面目》）。他们摒除主情的浪漫的空想，也排斥砚友社的浅薄的写实主义，要直视眼前存在的现实，对于隐秘的丑恶也大胆地暴露，面对人生的真实，要抓住那实体，剖视人的最本质的东西，即人类的生物本能的追求。从这种脱离社会的人际关系的片面观点出发，批判封建伦理道德和传统的风俗习惯。这种批判虽未触及要害，倒揭示了一些丑恶的东西，所以自然主义成为一时文学思潮。正如自然主义评论家岛村抱月所强调的，"从艺术领域排斥游戏分子、娱乐分子、技巧趣味、理想观之类"的无主观、无技巧的照像式的暴露，就不可能有探求解决社会病症的理想。

但其中一些作家，也有像后期的左拉一样，并未冷却人道主义的感情，虽无左拉的仗义行动，对被损害者也还是表示了同情，能从不同的角度，不同程度地剖视了社会构层的一些侧面。其中岛崎藤村、田山花袋等的长篇小说，国木田独步等的短篇小说，都取得较大的成果，起而效法者也不少，一时蔚为风气。这时期最有代表性之作，是岛崎藤村的《破戒》、田山花袋的《棉被》。

此外，在1908～1911年，起过较大影响的有正宗白鸟的《到何处去》、《落日》二叶亭四迷的《面貌》（1906年），夏目漱石的《三四郎》（1908年），森鸥外的《性生活》（1908年），德田秋声的《霉》（1911年）等。

· 132 ·

第三节　岛崎藤村

　　岛崎藤村(1872～1943),生于长野县木曾郡的山口村字马笼,原名春树。兄弟姊妹共七人,他是男孩子中的老四。祖辈当过驿馆经理、批发商和村长的所谓"马笼世家",已家道中落,生计困难。藤村10岁到东京,寄居大姊婆家,之后辗转数家。20岁明治学院本科毕业。即在明治女校任教,在这里结识了北村透谷,受了新体诗运动的鼓舞,开始发表诗作,以《嫩菜集》(1897年)为诗坛放出清新之声。从翌年起至1901年,陆续出版《一叶舟》、《夏草》、《落梅集》三个诗集。正当浪漫主义衰落,法国自然主义传入的时刻,他作为倡导者之一,开展自然主义文学运动,他的小说《破戒》(1906年),成为著名的代表作。接着写了一系列缺乏社会批判性的自传体小说,如《春》(1908年),是描写《文学界》青年时代的透谷(青木)和藤村(岸本)面对黑暗的现实是怎样苦恼、斗争而活过来的,"想要打破现世却打破了自己的心","追求现代的理想,终至生命之火成了灰烬",岸本备受了折磨仍想要如何活下去,只是不理解青木为什么不得不自杀的真情。这种惘然的结局描写,说明藤村不能正确写出透谷经历了激烈的斗争,以自我牺牲对社会的抗议。

　　《家》(1911年),是描写日俄战争后,残存于农村的两个古老大家族,被资本的侵透而没落,至此封建的家族制度,像那个家中的主人公小泉三吉被摧折了青春生命一样,要如何维持像人样的生活,终被挤垮了。虽然藤村也写到以"家"为壁垒的抵抗者,但找不到出路,辛勤劳动于"家"咫尺之外的农民,对他们也无任何联系,作品便落到宿命的哀叹,人生无常的结局。描写他个人生涯的"私小说",以《新生》(1918～1919年)为最典型的揭露颓废心态。当时作者原妻冬子逝世后,侄女岛崎驹子来照料家务，遂发生了暧昧关系。作者化身为岸本，侄女名节子，因乱伦关系而怀孕，岸本为逃避责难遂于1913年离家赴法国。经过三年道德忏悔，迫于欧洲大战而回国，见到节子养了一个可爱的男孩，而且仍痴爱着他，便想早日公开夫妻关系而获得"新生"。而实际上，侄女驹子去台湾找生活，藤村自守到创办《处女地》杂志时与加藤静子结了婚。1936年藤村作为第一任日本笔会会长，与有岛生马同赴南美参加会议。而在《新生》中陷入的颓废心理和道德说教并未消除，在1929～1935年完成的长篇自传体历史小说《黎明之前》，还可见其残迹。

《破戒》（1906年），是日本自然主义文学的第一个里程碑。

这部小说描写信州下水郡饭山町的小学教员叫做濑川丑松，他是特殊部落（水平社）出身的青年，父亲告诫他："即使遭到怎样的白眼，遇到怎样的人，决不可泄露自己的出身，一旦因愤怒悲哀，忘了这个戒规，那时候，被社遗弃就追悔不及"。于是他一直遵守父亲的遗教，把自己的出身隐瞒起来。但同一部落出身的前辈猪子莲太郎，敢于堂堂正正地公开自己的出身，跟种族歧视的偏见作斗争，令他感佩，与莲太郎的新思想共鸣起来。可是丑松想到自己执教的这个学校的校长，把郡督学的命令，奉为上官的命令，教育学生要采取军队化主义，而且校长跟督学和町会议员相勾结，来扩大自己的势力，而自己隐瞒出身才当了首席教员，在学生中也有威望，又吸收了猪子的进步思想，遭到校长等人的嫉妒，总想伺机把自己排除掉。丑松有时难耐，想跟头脑腐朽的校长等人作斗争，但亲眼见过部落出身的人，一旦被发现，就悲惨地被埋葬掉的情景，激烈地动摇起来，而且自己的部落民出身这个底蕴，要是在人们面前揭露了，自己的教师地位，与亲友银之助的友情，在学生中的威望，乃至一切的一切，全都化为乌有了，想到这里就苦恼得更厉害。由于父亲突然故去，他回故乡奔丧途中，遇到叫高柳的男子，得知猪子也在竞选，高柳为了获得代议士选举的资金，跟有钱的部落民的女子，举行政策的结婚，高柳的妻子是部落出身，知道丑松的底细，为了高柳，她把丑松的真情向校长泄露了，校长以此为口实，要把丑松驱逐出学校。

另方面，竞选敌手的猪子莲太郎，认为高柳的政策结婚，太侮辱了部落民，非常愤怒，到饭山来进行选举斗争，可是在莲太郎参加演讲会的途上，意外死于高柳派的暴力袭击，为此，丑松下决心公开自己的秘密。"我不以部落民为耻！"，他觉悟到度过的虚伪生涯，落到今日这个可悲的结局，就在某一天，上教室向学生公开自己的隐秘，和学生诀别。即和情人阿志保一起，离开日本，到太平洋彼岸的美国西南部的德克萨斯州去寻找自由。这样的结尾，只是藤村以他的人道主义虚构的理想而已。

藤村经历七年完成了《黎明之前》，在体弱多病中挣扎了多年，1943 年执笔《东方之门》时，因脑溢血逝世。

《黎明之前》的第一部，写中仙道山林地带中一条木曾街，它一边是沿着峻险的深数十丈的木曾川岸，有的地方，从谷的入口穿绕到山尾。这条街散设着十一处旅宿站，其中一处叫做木曾马笼，当家总管是第十七代的青山半藏，兼管"本阵"①、批发商、"庄屋"② 等职。半藏是生于明治维新时代的知识分子，信奉平田派的国学，想为国事改革尽力，首先要改革本地区依然存在封建制的矛盾：为了耕牛的劳动抗争，农民遭到歉收的悲惨生活等等。但他到江户（今东京）学了国学归来，眼看时势的转变愈益激烈，街道的事务极纷纭，闷闷不乐的度日如年，忽然发生王政复古运动，他认为"走向神武的创造时代——走向远古的出发点——重建王政时代就来临了。"这是第一部的主要故事情节。

---

① 本阵，室町时期（1336～1573 年）以来，各地区藩候交替上京觐王、往返所住宿的驿（站）上的高级旅舍。

② 庄屋，负责领地纳税等事务的管家。

半藏的梦想，很快在明治的现实面前幻灭了。平田派的国学衰落了，盛誉只是短暂的，在交通变革上，失去了生计之道，山林成了官僚的木材林，严禁民间采伐。半藏因发生山林问题为老百姓奔走，新任的户长职被革掉，出任教部省的职也被剥夺了。他失意灰心，到飞驒去当神社的神官，倾尽家产，让位长子当户主，后来变成疯子，被关进禁闭室，终于56岁疯死。到此，明治维新的舞台，经历了19年一个过渡期的大拐弯，还望不到维新的好光景，周围就笼罩下黎明前的薄暗，活到56岁的半藏，只遗下一句话："我见不到老天爷就死啦。"作者通过半藏的悲剧生涯，揭露了日本新旧交替时期的近代社会的矛盾，达到典型化的作品。这是第二部的故事情节梗概。

第四节　国木田独步

国木田独步（1871～1908年），幼名龟吉，父名专八是播州龙野藩士，因藩船遭难，在吉野旅馆静养中生龟吉。龟吉4岁随双亲上东京，寄住旧藩主胁坂侯家。6岁随父迁居到山口县岩国。在那里上了中学。独步年少有政治抱负，要做扬名千古的贤相名将，想起拿破仑一类人物，感动得流泪。但浪漫主义思潮更吸引了他，涉猎了许多外国文学的翻译，特别爱读华兹华斯的诗和斯威夫特的《鲁宾逊飘流记》，于是立志做诗人和小说家。1887年退学上东京，在专门（"早大"前身）学校英语科就学，结识了德富苏峰、矢野龙溪、田山花袋等，先后供职过《自由新闻》、《国民新闻》报社，加入"民友报"。在中日甲午战争时，当过海军从军记者。1895年与佐佐城信子结婚，不久破裂，专心文学创作，陆续发表新体诗和小说，1897年出版了《抒情诗》（合集，收入《独步吟》），但他的主要成就在短篇小说方面。1901年发表了成名作《武藏野》，这是从浪漫主义过渡到自然主义之作。在文中赞美大自然的恬静、幽美的武藏野，因为它还没被现代机器文明所污染，表现他向自然寻求自由的热望。他曾在1893年写下一大册日记《不欺的记录》（1891～1896年记录）中，就有所感地说道："……昨夜我断然下决心以文学立世，……我情愿以文笔担当小学校的教师，只闻人类的自然之声，我所能表现的是爱、诚实和劳动的真理。……多数历史是虚荣的历史，虚荣的记录；人类真正的历史，要向山林海滨的小民……"于是根据他当新闻记者的体验和社会见闻，接触了日俄战争后日本社会的阴暗面，对社会下层的不幸者深表同情，接连写下了《命运》、《号外》（均1906年），《又哭又笑》、《穷死》（均1907年）。尤其是《竹栅门》和《两老人》（均1908年），达到后期自然主义文学的高峰之作。《竹栅门》是最后的代表作。这篇小说朴素细致地描写住在东京郊区的一个公司的职员，跟邻居的贫穷花匠之间，在平凡的日常生活中，相亲近，惺惺惜惺惺。一个下级职工和出卖劳力的花匠，虽有才智和技能，但都是社会下层的可怜人。

这篇小说的情节简单，是写花匠工人生活越来越困难，他的妻子因没钱买木炭，偷偷钻进旁边的竹栅门，偷窃邻家的木炭，因被暴露羞愧自杀。花匠陷于孤苦悲哀，穷职工也爱莫能助，竹栅门笼罩着悲愤的气分。与《穷死》、《两老人》的作品人物一样，都是世间惨败的可怜人，对此，作者表现了深切的同情。

独步对不幸者的同情，在早期代表作《源大叔》（1897年）中已有颇深沉的表现。阿源是个普通的老百姓，做"艄公"为生，他先后失去娇妻爱子，不再跟人交谈，不说、不笑、不再唱歌，孤独、悲苦，令人可怜。他见到流浪儿纪州，想收养他做儿子，但纪州不愿意跟随阿源，阿源却在心里认定纪州是亲子，常喊"纪州"之名以自慰，后来孤零零的在家门口吊死．他的小船已被暴风狂浪打碎。人们见到这般情景，才想起"阿源大叔"这个人。

接着写出不同类型的孤独、悲苦形象的，如《酒中日记》中小学教员大河，《河雾》中奋斗20年创业失败的上田丰吉，等等。

国木田独步因患肺结核病不治逝去，终年仅37岁。

第五节　田山花袋

　　田山花袋（1871～1930年），原名绿弥，生于群马县，父亲是旧馆林藩士，明治七年（1874年）当巡警，三年后志愿从军，在西南战役牺牲，其时花袋六岁。10岁上京在京桥的书店"日高有伦堂"当学徒，翌年返乡，继续读私塾，课余向宿儒学汉学。1886年一家迁东京，从此入私塾学英语，涉猎西欧文学。他开始作汉诗向《颖才新志》投稿，同时向桂圆派歌人松浦辰男学和歌及歌论，重实感，去技巧，忠实地表现自我。他的写实倾向导致他走向自然主义，1891年认识了尾崎红叶以后，成了砚友社一派的《千紫万红》杂志的投稿者，署名古桐轩主人的小说《瓜田》（1891年），便是他在这个杂志发表的处女作。1899年，加入"博文馆"，取得生活费的保障，便专心写作。但年轻的花袋耽于贫弱的空想和沉郁的感伤，常常固执自己的个性，他的小说带有主观抒情的色彩，这与砚友社讲求修辞法，包容义理与人情的江户趣味，以达到美妙的文体的倾向相径庭。他爱自然，为此写下了几十册朴素的纪行文《南船北马》（1899年）。花袋后来受莫泊桑的影响较大，以赤裸裸、大胆的描写来揭示人的兽性、物质的人生观，根据本身的体验，写下了失恋的《小诗人》，感伤的《故乡》和《野之花》等短篇。1906年3月，任"博文馆"的《文章世界》主笔，以这杂志为地盘，一再提倡他所主张的自然主义："按照事实的本来面目写事实"（《事实与人生》），据此宗旨，写了一系列的短篇小说。

　　原先作为转向自然主义的中篇小说《重右卫门的最后》（1902年），有明显模仿外国作家的痕迹，他赤裸裸地描写一个精神、肉体都失常的男子，并非成功之作。接着写了**短篇的《棉被》（1907**

年），是以自己的体验为依据，直率、坦白地剖视自己心理变异状态，而使用这种手法，它成了"私小说"的嚆矢，开辟了自然主义变态心理描写的蹊径。继而以自己身边体验见闻为题材，写下了《生》、《妻》、《缘》三部曲（1908～1910 年）和《乡村教师》等"新闻小说"。至此，与岛崎藤村被称为自然主义的双璧，但二人的思想、气质和表现手法都有差异。其后，花袋对于所谓神圣的爱，认为无非是为了生存的必要而出于利己心的自我防卫，由于追求本能的快乐，便一步一步陷入人间的陷阱中去。他以一个遭遇过的妓女为主人公，写下一系列的长篇"花柳小说"（《发》、《涡旋》、《春雨》、《残花》、《灯影》、《百夜》），表白如何使自己感到生的效应，又使他感到恋的苦恼，而陷入神秘主义。1912 年退出博文馆，孤独感愈深，倾向大乘佛教，写下浓厚的宗教色彩文学，以宿命论的谛观写了反自然主义的历史小说（如《源义朝》等）。

《棉被》，描写一个有妻子的中年小说家，跟他私授课业的女学生之间的关系，刻划了他的肉欲上的苦恼。主人公竹中时雄，实际上是作者自身的写照。女学生芳子和她的同学谈恋爱，竹中时雄嫉妒到极点，后来叫家长把芳子带走。芳子走后，竹中时雄拿出"芳子经常用的棉被"，摊开来"只是心往神驰地闻着，不胜依恋她的肉体的芬香"，于是感到"性欲、悲哀、绝望"而"哭泣起来"。

岛村抱月评论这部作品，指出"这部小说是赤裸裸地大胆地揭露个人肉欲的忏悔录……自然派的作品从不加掩饰地描写美丑，但进一步却偏向专门描写丑恶，这一特点被这篇小说充分地印证了。虽说是丑，却是人们难以克制的野性的声音。作者在书中拿理性跟野性互相对照，把自觉的现代性的典型向大众赤裸裸地展示出来，到了令人不敢正视的地步。这就是它的生活，就是它的价值所在"。这篇小说的社会意义比起岛崎藤村的《破戒》来，就差得远了，所以说它成为记述身边琐事的"私小说"的先声。

现代文学史家和评论家小田切秀雄也说："《棉被》中的自白，与卢骚的《忏悔录》中的自白，有其性质上的不同，它可以说是人的情欲的自我暴露的表白"。

不过与同时代的国木田独步反映社会的悲剧性来比较，是极其低俗的个人性变态的表白而已。

第四章 现代文学的发展与分化
（约 1909～1923 年）

第一节 概 述

自明治末期到大正全期（1912～1925 年），在时代的新思潮来临，以再觉醒的人民民主斗争为目标的文学，成为主流的时候，其他各流派则在分化，促成现代文学向无产阶级文学过渡的开展。

在各流派兴起的时候，曾与自然主义倾向相对立的夏目漱石与森鸥外，各自以其特异的"写生"风格持续下来，这也是在当时这段历史背景的特殊条件下，得以延续的原因。例如除了世界范围的经济周期恐慌外，更直接的是中日甲午战争后，中国人民反封反帝的爱国运动一浪高一浪；日俄战争后，日本反而处于内外矛盾的重重困境，为安内，强化绝对统治；为镇压殖民地人民反抗而穷兵黩武。所以在文学界，除了无产阶级文学摇篮《播种人》（1921 年创刊），独树一帜发展外，在自然主义退潮之后，分化出艺术至上的唯美派，反自然主义的"写生派"，人道主义的"白桦派"、"奇迹派"、新现实主义派，等等。这些在分化中的流派，都多少受了欧洲世纪末流派艺术的影响。至此，日本现代文学，发展到大正中期而走向崩溃。

第二节 各个流派的特征

自然主义作家因局限于身边琐事和变态心理的描写而趋于没落，代之而起的是从侧面剖视文明颓废和个人主义伦理观的反自然主义的"写生派"，以夏目漱石、森鸥外等为代表。艺术至上的唯美派，追求官能享乐和异国情调，有诗歌方面代表者北原白秋、高村光太郎等；小说方面有永井荷风、谷崎润一郎等。宣扬人道主义的"白桦派"（《白桦》，1910～1923年），主要有崇拜托尔斯泰主义的武者小路实笃，有岛武郎和敢于对抗封建传统，勇于剖白内心世界的志贺直哉。"奇迹派"的特征是作家描述孤独、贫困、病苦的挣扎中，寻找精神的慰藉，作家有葛西善藏、宇野浩二、广津和郎等，他们都是早稻田大学校友杂志《奇迹》（1912年创刊）的同人。所谓新现实主义派，主张作家根据内在的自觉去重新认识人生和现实，但并不直接面对现实，芥川龙之介是主要代表者，而迎合市民层庸俗趣味的大众文学，流行广泛，以菊池宽为中心。

第三节 夏目漱石

夏目漱石（1867～1916年）2月9日出生于江户牛込马场下（现在的东京喜久井町）一个小官吏家庭。父名小兵卫直克，是世袭的牛込西至高田管辖区的警察官，妻死，家道中落，娶四谷某当铺老板的第三女千枝为续弦，在庚申晚上生一子，忌讳时辰不吉利，要以"金"克之，取名金之助，这就是夏目漱石的原名。2岁时被里正盐原昌之助收为养子，9岁回到母亲身边，五年后，生母去世，异母兄长有多人。他们的父亲对夏目漱石很冷淡。1888年才正式恢复夏目漱石的家籍。夏目漱石从小得不到家庭的温暖，养成愤世嫉俗的性格，一直过着独立奋斗，从事创作生活。

· 142 ·

夏目漱石 21 岁时进入高等中学读书，下决心学好英文，爱好中国古典文学，他说自己"幼年熟读唐宋诗词数千首"，因此，直到晚年，他也能写出有韵味的汉诗，但他登上文坛是在他留学英国回来以后。

1893 年他在东京帝国大学毕业后，先后任高师、中学的英文教员。1900 年文部省送他到英国留学，由于英语不熟练，助学金不多，他在英国无法进行广泛的社交活动，备受冷落。他说"最不愉快的两年"是在伦敦的生活。回国后在大学教英文和英国文学，同时给《杜鹃》连载撰作《我是猫》。

1905 年发表了第一部长篇讽刺小说《我是猫》。以后，连续写了十多部长篇小说、短篇小说和评论、诗歌等。其中《哥儿》、《三四郎》、《其后》、《门》和《明暗》是他后期的优秀作品。

1911 年患胃病，在医院治疗时，拒绝文部省授予文学博士的称号。第二年写日记，指名批评皇后、皇太子及皇室随从的飞扬跋扈，讽刺议员玩弄权术和道德水平低下，因此被称为"伟大的人生教师"。晚年，他将西方的自然主义和人道主义运用于对日本社会的批判，接受儒家和禅宗思想的影响，对人生采取消极态度，陷入内心探索的困境。1911 年宣判幸德秋水等"大逆"罪的死刑之后，他对社会前途更是悲观失望。1916 年病情恶化，写了最后的一部作品《明暗》，12 月 9 日去世。

《我是猫》是夏目漱石的代表作之一，写于 1905 年 1 月至 1906 年 8 月，反映了明治维新三十多年后阶级分化，国内外矛盾激化的日本社会，他从人道主义和民主主义出发，用漫画化的手法，批判了各阶层的丑恶人物，同情被压迫的民众。作品的开头一句是"我是猫，还没有名字"。第一次出现的一只猫，就用人的语言叙述它被主人收养的经历，并通过它的眼睛观察了主人苦沙弥的家庭生活以及他家客人的闲谈，揭露各种人物之间的矛盾和冲突。苦沙弥是一个不得意的中学教师，好客而懒散，那些客人

• 143 •

都是爱发牢骚的知识分子，有迷亭、寒月、东风等人，他们意气相投，喜欢谈谈各人的见闻来作为谈笑资料。他们揭露的对象有大资产阶级的代表人物胖脸、塌鼻子的金田及其"大鼻子夫人"，还有金田的未来女婿多多良，洋装襟上系金表的铃木。夏目漱石说，他们"把鼻子、眼睛都盯在钞票上面"，"只要能赚钱，什么事也干得出来。""侦探和小偷是同一类的东西，其臭无比"。那些幕府时代的遗老，"在洋式的电灯底下，还毕恭毕敬地顶着一个发髻"，迷亭的伯父，"第一次穿上西服"，"手里还拿着一把铁扇"步步不离礼节，甘木医生用催眠术治病，哲学家杉杨独仙专门讲东方的"修心养性"等等，其他同情或讽刺的还有家庭妇女、车夫、女仆、小偷、妓女、学生、警察等。

这部小说具有丰富的社会内容，讽刺谐谑的风格，充满批判的现实主义精神。

这里摘录一些片断描写，可见一斑：

"我的主人很少和我见面，他的职业据说是教师。从学校一回来，他就跑进书房，几乎整天都不出来。家里的人都以为他非常用功，他自己也装出用功的样子。但实际上他并非家里人所想的那么用功。我常常偷着到他书房去看，发现他很爱睡懒觉，常常口涎都拖到摊在面前的书本上了。他害着胃病，皮肤是淡黄色，看上去精神不振，有气无力似的。可是他的饭量却不小。每次大吃一顿之后，就喝胃药；然后把书摊开；读上三页就睡着了，口涎拖在书上。这是他每天晚上的日程，我虽然是猫，有时却也想些问题。我觉得当教师真是再舒服不过了，生而为人，一定要当教师，像这样老是睡觉也能作得下去，那末，猫儿不是也能做的么。可是按主人的意见来说，似乎世间最辛苦都是教师，每当朋友来访的时候，他总是七七八八地发一顿牢骚。"

"……世人的评价往往和我的眼珠一样，因时因地不断发生着变化。而且我的眼珠不过是变大变小；而人们的评价往往是整个儿颠倒过来的。颠倒过来也满有道理，一切事物本来都有两个面，两个头。掌握了这个矛盾的两面两头之后，同一事物可以说成白也可以说成黑，这里就有着人类通权达变的妙法。把'方寸'两个字颠倒过来一变就成了'寸方'，岂不是很有趣吗？弯下腰从裤裆中间去眺望'天之桥立'①的名胜，岂不另有一番风光吗？莎士比亚尽管伟大，假使千年万载永远只有莎士比亚，那还有什么趣味？假使不能偶尔从裤裆下面倒看一下哈姆莱特——而且这样去看也没有人说要不得，那么文坛也就没有进步了。所以过去一向诅咒运动的人突然间竟想要运动，甚至妇女们都拿着网球在大街上来往，都并不以为怪。还请不要因为猫要讲究运动而大惊小怪才好。"（以上节录自第一和第七章，据胡雪由其译文）

第四节　永井荷风

　　永井荷风（1879～1959 年）曾经受到左拉的影响，因发表《地狱之花》（1902 年）而成名。他曾到美国和法国游历。1908 年回国后，以游历中的见闻写了短篇小说集《美国的故事》和《法国的故事》。他鼓吹肉感的享乐，向往古代世界，市井的情趣，这种思想表现在他的《深川之歌》（1908 年）、《欢乐》《隅田川》（均1909 年）等风格小说中。"大逆"事件发生后，思想上有很大震动，想到左拉曾因 1898 年"德雷福斯事件"而主持正义，提出《我控诉》，以至亡命国外，而自己对此所谓"叛逆"事件却不敢发一言，内心感到痛苦。因此，后来对人生采取游戏的态度，以厌恶的情绪暴露了畸形的黑暗社会，如《喝了红茶以后》（1911 年）、《新桥夜话》、《姜宅》、《疏柳窗的晚霞》（均 1912 年）、《争风吃醋》（1916年）、《五叶斗笠》（1918 年）等等追求颓废美。到了《梅雨前后》

---

① "天之桥立"，在京都府，宫津市宫津湾的砂洲，日本三景之一。

（1931 年）、《舞女》（1946 年），更是陷于悲观绝望的境地。

他的散文《荷风随笔》、译诗集《珊瑚集》（1913 年）则以敏锐的感觉和丰富的词汇见长。

永井荷风批判日本社会，却回避自我批判。他这种态度，石川啄木就曾指出过："长期在东京挥霍金钱的乡镇富翁之子，一回到故乡来，什么也不干，只是好闲游逛。他每每遇上人，便用充满讨厌口吻，把当地艺妓的庸俗事啦、土腥味的劳什子啦，有那么拉扯一通的趣味。"

吉田精一把永井荷风与漱石作一比较说："荷风的感觉虽是敏锐的，但没有该渗透到这种感觉去的深度的幽默感。作为这个时代的日本人，他没有同他所轻蔑的人们，分担责任的自觉。夏目漱石，对同时代的意见和批评，在这种意味上，则有幽默的同情。在漱石，与愤怒的同时流露出悲伤。在荷风，仅仅是侮蔑而已。"

第五节　谷崎润一郎

谷崎润一郎（1886～1965 年），和永井荷风同是反对自然主义的作家。他追求颓废美比永井荷风更**彻底**，而且没有世纪末的理智的苦恼。他认为："一切美的东西都是强者，一切丑的东西都是弱者。"（《文身》）他把颓废美当作所有道德价值的标准，这个标准尤其限定在身体丰满的女性的肉感美上。

他的代表作之一的《文身》描写的是变态的享乐主义的主题，描述江户末期一个没落的贵族子弟饶太郎，当了文身师以后，为一个美女文身。作者写道：

> 年青的文身师的灵魂，溶解在墨汁中，渗入了皮肤，掺合着烧酒，刺进去的硫球珠一滴一滴，那就是他生命的一滴一滴，在这里，他看到了自己灵魂的颜色。

这样，开头"只求色欲，不涉思想"。最后，男子汉的自己却变成了肥料，跪倒在艳丽的女人面前了。这个结尾显示了作者大胆地肯定妇女的优越性，蔑视男尊女卑的封建伦理观念。

接着，发表了小说《少年》、《恶魔》、《情窦初开的时候》、《阿艳之死》、《异端者的悲哀》、《魔术师》等，都是描写女性肉感美的作品。后来，他写作反映现代都市生活和风俗的小说，有《正因为爱》(1921年)、《痴人的爱》(1925年)《卍字》、《各有所好》(1928～1929年)等。接着又写了歌颂幽暗的传奇性的世界，具有历史情趣的小说，如《盲人的故事》、《割芦苇的人》、《春琴抄》等。战后出版的佳作《细雪》描写了四姐妹的不同性格和命运。

第六节　武者小路实笃

武者小路实笃(1885～1976年)，生于东京，在学习院就学中，崇拜托尔斯泰。1907年进入东京帝大社会学科，中途退学。这时，他受了梅特林克的《智慧与命运》的影响，写了试作《荒野》(1908年)，其后参加1910年创刊的《白桦》，积极表现自我的肯定。他初期的作品（包括诗歌、小说、戏剧）肯定人生，表现出清新、朴素、明朗的笔调，如处女作《芳子》、剧本《一个家庭》(1909～1910年)。翌年发表《可喜的人》、《桃色的房间》，以及自我克制回避友助姻缘的《友情》(1919年)，似乎是仍受着托尔斯泰思想的影响，实际是采取独善其身的自慢态度，意图不受周围的荣辱所侵扰。例如在戏曲《桃色的房间》中，他慨叹人世间都是灰色的心脏，只有一个女人怀着桃色的心脏，主人公叫道："他人是他人，自己是自己。当今之世，这是唯一的道德！"尽管周围都是敌人，他却要做"自我的守卫者"。

当时效法晚年托尔斯泰的有岛武郎，就看到这种小国寡民的设计，必将惨败，指责其出于主观的梦想。其实，武者小路所以坚持这种梦想达八年之久，是由于处身在动荡不安的社会环境的文学青年们，有不少人从全国各地向"新村"追求精神的出路，仅凭这一面的趋势，以为可保证梦想不会失去理性。就武者小路本身来说，自 1914 年以来，他站在反战的立场，写了在战争中失明的天才画家的人生的悲剧也带给他胞妹（《他的妹妹》，1915 年），和另一戏剧《一个青年的梦》（1916 年），中篇《友情》（1919 年）等表现他的倾向人道主义。从此，陆续在《新村》发表许多代表作，都表现对抗现实的思想，也正由于隔离现实（人民大众），渐渐自陷孤独和精神崩溃。

连载的长篇小说《幸福者》（作于 1919 年，初题名为《自己之师》、《耶稣》、《一个男人》、《第三个隐士的命运》等篇）。《自己之师》的自己，有意识地以自己为原型而加以美化。所说的老师，原是非正式父母所生之子，被赶出家的母亲把他一手抚育大。28 岁时，和已婚的女人不正当地结合，母亲似为此而苦恼，终于死去。老师翻然悔悟，出走远游，三年消息断绝。由于他救了要自杀的年青人，得以住到村子里去。不久，老师的存在，成为青年们尊崇的目标，可是中伤和憎恶也增深。五年后，老师和学生们协力，建立起寺院，开始传教。有一天，憎恶者唆使年青女子去诱惑老师，反被老师的言行所打动，成了门弟子。寺院被怪火烧毁，又继续种种攻击。老师似乎已经进入到绝对彻悟的境地，某日，老师突然消失了姿影，永远不出现了。

从故事情节看，老师原是私生子，诱惑老师的是娼妇型的女子，竟成了弟子。后来老师姿影消失之后，弟子看到幻影等等，有明显的和耶稣生涯类似之点。但被认为重要的是：以自己为原型，塑造那种理想的形象。本作与《第三隐者命运》相对照，成为这时期的代表作。在《幸福者》注入作者的思想，构成文学的漫无

· 148 ·

164

边际，无比的自由奔放的特点。然而，到底是特殊环境的想象的产物。正如本多秋五指出："《新村》的设计图和《圣经》的风景交合，梦也吧，现实也吧，都不占连，古代和未来，都无联系，只像是人的理想故事。"

武者小路实笃本来是站在没落资产阶级的立场，出于超脱现实和自我完善的唯心主义思想，先是退避无产阶级文学运动，终于走向与昭和战争协力，写出《大东亚战争我感》（1942年）、尤其赞美战争的戏剧《三笑》（1944年）等，反动到令人吃惊的程度。战后一时被开除公职，是理所当然的。但1951年撤消处分，并获得日本政府颁发的文化勋章。

第七节　志贺直哉

志贺直哉（1883～1971年）出生于宫城县，在东京成长。父亲是实业家，12岁母丧，父续弦年青继母。18岁时因对足尾铜山矿毒事件表示关心，遭到父亲责难。1906年经学习院高等科进东大英文科（后转国文科），四年后退学，从事写作，与武者小路实笃、里见淳等创刊《白桦》，发表了短篇成名作《直到网走》，后来写了许多精练细刻的自我感觉短篇。1912年发表中篇《大津顺吉》，借以反映自己与父亲对立激化的情绪（前因与家中女佣人恋爱遭斥责，为此愤闷终至离家远走）。辗转尾道、城崎、松江等地，于1917年发表心境小说《城之海滨》，以对大自然的静观体味人生。接着以《和解》反映父子间的思想矛盾、冲突，以及渐渐在感情和解的过程，在细节上揭露了一些家庭生活的真实情况，但没有揭露资产阶级维护的家族制度的实质。唯一的长篇是断断续续写了十六年的《暗夜行路》（1937年完成）。作者曾自述分不清哪儿是他自己，哪儿是塑造的人物。小说的主人公时任谦作是个私生子，为此对生母不清白感到痛苦，后来又为妻子的不贞感到苦恼。他用强烈的道德上的利己主义，同这种宿命的境遇作斗争，经历了彷徨痛苦，最后达到和谐的自我完成的境界，也就是表现了与世隔绝的一种心境。在这中间，又发表《万历红花瓷》（1933年），此后，逐渐精神衰退，内心分裂。在社会笼罩着白色恐怖、战争灾难蔓延国内外的年头，自我封闭于深院幽室，咀嚼身边琐事来消磨时光。战后写的《灰色的月亮》（1945年），只是在列车中所见的小事，呈现出战后的灾难痕迹而已。

志贺直哉的最大的自传体小说《暗夜行路》，最充分地反映他的思想矛盾、冲突、和解的复杂过程。

先是叙述主人公时任谦作，他6岁时便死去母亲，被祖父收养。根据他幼年的记忆，母亲疼爱他，父亲却憎恶他，留下很深的印象。祖父死后，向表妹爱子求婚，可是遭到不可理解的拒绝。于是过着放荡的日子，自我嫌恶的思想愈深。他对祖父的小老婆阿荣，引起异性吸引的感觉。谦作终于逃到尾道去，开始写自传小说。翌年春天，想到跟阿荣结婚是最美好的，便下决心，写信向哥哥表白。但是哥哥回信泄露谦作出生的秘密。原来他是祖父和母亲所生的孩子。谦作受到刺激，又下起决心与阿荣住到大森去。但是生活一直杂乱无章。他只不过有时赞美娼妇乳房丰满的生命力。

有一年夏天，在京都，参观古寺和古美术，碰到孔雀开屏似的古雅的直子，便一见钟情，不久结婚。阿荣则到中国去了。但"暗夜"又继续，长男出生不久就死去了，创作也无进展。加之，在谦作外出中，直子和她的表兄通奸，第二次命运袭击了他。谦作虽想宽恕了事，在感情上却不容宽大，一想起来便火冒三丈，起劲地把直子打伤。谦作奔到那伯耆的大山去。在某个夜晚，感到体力的衰退而勉强登山，在中途倒下来，在那里他感觉到身心都融化到大自然去一般的陶醉，以为探出了"通向永远之路"。直子听到丈夫病倒的消息，赶到床前，看到丈夫流露出充满爱情的眼光。

志贺把自己的人生经历，洁癖的个性、性爱的挫折、性冲动和心理克制，女性心灵美的感受，登象头山（作品中伯耆大山的代称），感到大自然永存的气势，得到身心与自然融为一体的启示，企图从而达到安身立命于调和世界的境界，这里包含着消极对抗战前的黑暗现实，渗透着人道主义、基督教、佛教乃至泛神论的思想，借以支持软弱无力的生存意志。这种个人意志经不起历史的残酷考验，所以战后退缩到狭隘孤寂的角落，只能写出偶尔触景伤情的《灰色的月亮》和《被腐蚀的友情》等短篇，此外就是一些身边琐事的随笔和小品了。

第八节　有岛武郎

有岛武郎（1878～1923年），是白桦派中的最年长者，也是受西欧文化教养最深者。他成长的道路，与武者小路、志贺等人完全不同。他们都崇拜托尔斯泰，前二人在纸上作过建立乌托邦的梦想，有岛却认真地效法晚年的托尔斯泰，放弃了田产，自食其力于笔耕。他自始是按照自己的意志行事，体验过北海道荒莽凄苦的生活，在北海道受了克拉克博士①、内村鉴三②等的影响，促使他信奉基督教。其后留学美国，接触了欧洲现代思想。从美国生活中，憧憬惠特曼的自由。不久也发现了隐藏在基督教本身中的伪善性，便脱离宗教，走向文学。继而敏锐地看透现代文明具

---

① 克拉克（S·Clark，1826～1886年）美国化学家、教育家，应北海道开拓使之聘，1876年到日本，任北海道农校教头（相当校长职），他依据基督教信仰，从事训育，内村鉴三，新渡户稻造等学生，深受其感化。

② 内村鉴三（1861～1930年），生于高崎，北海道札幌农校出身，宗教家和评论家，提倡无教会的基督教，创刊《〈圣经〉之研究》。著有《基督教信徒的安慰》、《求安录》等。

有的虚伪，转而采取社会主义的看事物的观点。

在初期作品中，描写生活在北海道大自然环境里一个人的悲剧命运《该隐的末裔》（1917年），是他的成名的短篇小说。该作套用圣经《旧约》中的不敬神的该隐，愤然杀死祭神的兄弟而受惩罚流放的寓意，来描写农夫广冈仁右卫门的愚昧粗野，骠悍，是个干活的好把式，但无自耕地，牵一匹老马，带着妻儿，冒着严寒，辗转跋涉到北海道叫胆振地区的松川农场，靠佃田种庄稼糊口。妻子性格温顺，又是干活的好帮手，夫妻两口子很合得来。但广冈常因动物本能的冲动，为满足个人欲望，不屑触犯社会道德，甚至强奸有夫之妇。又因收成不好，儿子因病夭折，变得越凶狠残暴，赌博、吵闹，遭到村里人的憎恨，巴不得设法把他撵走。他为了去找农场主吵闹，不惜长途跋涉到函馆去，及至找到农场主的家门，却被豪华的气派威慑住，终至垂头丧气回到农场，把老马宰了，把破陋的住屋烧了，然后带着妻子向飞雪的旷野茫然而去。

其他代表作有《一个女人》（1911—1919年），它描写明治时代一个觉醒的女人，名叫早月叶子。她为了打破世间的因习和旧道德的壁障，解放个性和充实自己，独力勇往探索出路，但不久陷入男女关系的泥坑，终至遭到毁灭。此外，《诞生的苦恼》（1918年）、《与幼小者》（1919年）等等，都是以人道主义精神，根据抽象的理性来探索封建性的近代日本社会的矛盾，但终至没有结果。《一篇宣言》（1920年），终至表白无力跨越自己所属的阶级，走进无产阶级的队伍而苦恼、彷徨。最后之作《两辈人》（1923年），便与波多野秋子一起殉情自杀。

这里单就长篇小说《一个女人》来谈谈作者如何借题发挥，对明治社会的批判和对女性悲剧命运的同情。小说原先发表时题为《一个女人的瞬间》（1911年1月～1913年3月在《白桦》连载），1919年3月改名为《一个女人》，收入《有岛武郎著作集8》。

· 152 ·

在这部小说中使人感到"白桦派"其他作家作品中见不到的社会现实性。小说的人物原型据说女主人公早月叶子是佐佐木信子，木部是国木田独步。叶子是作者所理解的易卜生的戏剧《海达·加布勒》女主人公海达，把她无爱情的结婚生活悲剧放在日本的现实中，探究产生这类追求个人自由的女性悲剧的社会根源。

小说以主人公早月叶子为中心，描写她和明治二十年代以后的日本社会的现实，格格不入。男方是在日清战争中从军、名声大扬的诗人木部孤筇，和她热烈地恋爱，自由结了婚，可是不久就幻灭。为此，叶子一度想去尝试在美国的许婚者森广，进行再婚。在船中，她委身于熟识的事务长仓地。对男性的反叛，到底因是女性之故，便成为本能的屈从。归国后，在同居生活中，身心的伤痕加深，不能不自我毁灭。

武郎写着后篇的时候，正陷于虚无的心境，他在轻井泽的别墅净月庵，与女记者波多野秋子同居，遭到非议和攻击，另一方面，他效法叛教、反压迫和剥削，抛弃领地的晚年托尔斯泰而倾向社会主义运动以来，也受到各方面的攻击。他与日本社会现实不相容的内心矛盾和思想冲突，反映到这部小说的后篇中来。他用本来擅长绘画的笔触，鲜明地描绘了现实环境；又吸取托尔斯泰、易卜生、屠格涅夫等心理刻画手法，精细地塑造人物性格。所以现代评论者认为，这部大作可与《波华荔夫人》、《海达·加布勒》相比肩，具有日本特色的现实主义文学。

晚年，有岛武郎发表《一个宣言》一文，说明他不属于第四阶级（工人阶级），经过长期的苦恼、彷徨、幻灭，思想上找不到出路，终于和波多野秋子同时自杀，结束了他 45 岁的一生。

第九节　葛西善藏

葛西善藏（1887～1928 年），生于青森县，1 岁时随父迁居北海道，三年后又迁回青森。从小生活就不安定，只受过小学三年的教育，1902 年到东京，边卖报边自学，立志要做小说家，一度做过列车乘务员，掏金人的挑夫等，早婚、多子，生活贫困，潦倒一生。他曾到大学旁听，拜著名作家德田秋声为师，并做了作家相马御风的门弟子，进而结识了广津和郎、相马泰三等早稻田大学文学系学生，1912 年 9 月，共同创办杂志《奇迹》，故称他们为"奇迹派"。葛西在创刊号上用歌弃笔名发表处女小说《可悲的父亲》，显示他是日本近代"私小说"的真正代表者。他虽因贫困遭到朋友的白眼，但他意志坚强，为文学创作而忘我地奋斗。他的作品差不多都是描写身边琐事的短篇小说，被称为"破灭型私小说"，每篇都流露出生活的失败者的感受。

例如处女作《可悲的父亲》（1912 年），描写一个青年男子（其实是作者自己），为了谋生，离开妻子，因贫病交加，躺在一个偏僻地方的小旅店中。这个旅店阴暗、潮湿。他思前想后，哀叹自己是一个"可悲的父亲"。他想道：

> 回到孩子跟前吧！他有着最高贵的贵族之心，却过着最贫贱的生活！曾想过要成为孩子的真实的朋友、兄弟和教育者。可是有出息的孩子决不需要直接学他的父亲。他宁可追求自己的路，直到死去。不久孩子也将到他这般年纪吧。然后从父亲之死学到许多真实吧。

所谓"真实"，就是不被贫困所压倒，为艺术而殉身的意思。这种艺术至上的追求，说明了所谓"幸德秋水大逆事件"发生后，一般知识分子更软弱无力，为逃避现实，从身边琐事移向灰暗心理的刻画。所以进入第二期的代表作《领着孩子》（1918 年），便有明显的"心境小说"的特征。例如这篇小说写一个叫小田的作家（实际是作者自己），因为穷得付不起房租，房东威胁着要将他一家撵走。妻子回娘家设法筹钱却一去不返，自己带两个孩子在东京，生活无着落。远近的朋友不再乐意相助，甚至好友K责备小田道："你是一个不为社会所容的人。"小田不得不变卖了仅有的几件家具，领着孩子流落街头。一方满足孩子吃一顿醋饭团子，自己边喝酒，边感叹人生。当晚他带着孩子去找老友K，想求他让自己和孩子宿一夜，在电车上，疲惫不堪的孩子呼呼地睡着了，自己也觉得神经要绷断了，该休息一下……

这是穷途潦倒，无可奈何地活着的心理状态。在关东大地震（1923）前后几年间，葛西的创作进入所谓"绝望和超脱达观"（谷崎精二语）的"第三期"。在这一时期他写下最有特征的作品。如《流浪》、《埋葬及其他》（1921年）、《柯树的嫩叶》、《湖畔手记》（1924年）等。

第十节　宇野浩二、广津和郎

宇野浩二（1891～1961年），生于福冈市，幼年时移居大阪。1913年出版小品集《清二郎·梦之子》。他曾在1911年进入早稻田大学英文科读书，不久退学，1915年起从事翻译和写作童话，在东京迎接母亲，曾与一女子同居，二三年后，迁往下等公寓居住，了解到下层社会的艰辛生活。他不象同辈的作家那样写个人与社会的对抗，而是以谈论人情世故的方式，表现人生的悲苦。例如《悲苦世界》（1919年）中的人物都几乎是被生活折磨得成为心理变态的可怜虫。主人公的"我"是一个失意的画家，他的情人是一个歇斯的里的女性，还有一个被人虐待的母亲。周围都是奇形怪状的心地善良胆小怕事的人物。

由于他的作品表现了小市民阶层的可悲命运，得到人们较高的评价，如《出租孩子的铺子》（1923年）、《军港进行曲》（1927年）等。后期作品逐渐枯燥乏味，如《枯树的风景》、《枯野之梦》（均 1933 年）等，《思川》一书在 1950 年得到《读卖新闻》的文学奖。1949 年发生"松川事件"①后，他发表了反映这一事件的《世间也有不可思议的故事》（1953 年）。

广津和郎（1891～1968 年），砚友社作家广津柳浪（1861～1928 年）的次子。在早稻田大学英文科读书时，受到二叶亭四迷和正宗白鸟的影响。他对社会现实的观察，采取进步的立场，却又苦恼、迷惘，抱着宿命论的观念。处女作短篇小说《神经病时代》（1917 年）就有这种倾向。小说主人公把报社的机构看作社会罪恶的象征，感到强烈的愤慨，却又无力伸张正义，于是陷入深深的痛苦之中。以后表现同样主题的还有《师崎行》（1918 年）、《壁虎》（1919 年）、《波之上》（1920 年），属于所谓"私小说"的类型。在《怀抱着死儿》（1919 年）中，作者认为要是没有爱情而结婚，生了孩子，造成不良后果，虽然没有罪过，但也应为此而赎罪。在《风雨该加强》（1933 年）中，描写知识分子关心马克思主义理论，但思想上处于动摇状态。主人公了解自己的阶级命运，但不敢投身于进步运动中去，只好满足于小康的生活，逃避现实斗争。但又感到革命运动的风雨即将加强将产生各种困难，难于应付。写出了自己所属阶级的软弱性和妥协性。

松川事件发生后，他根据这一事件写出了长篇小说《走向源泉之路》（1953～1954 年）公正地评价了这一事件。

---

① 松川事件，1949 年 8 月 17 日，在东北本线松川站发生列车翻车事件，有些铁路职工被解雇，日本共产党员起来斗争，被日本政府看作是暴力行动，逮捕了共产党员和工会会员，经过两次审讯，判刑下狱。1963 年最高法院否定原判，宣告被捕人员无罪释放。

第十一节　芥川龙之介

芥川龙之介（1892～1927年）的父亲是经营牛奶业的新原氏。因为出生于辰年辰月辰日辰刻，取名龙之介，出生后9个月，母亲患神经病，由生母娘家芥川氏收养，成为芥川家的养子。芥川家世代当内院和尚，服务于将军府，掌管茶室，接待藩主。养母的叔父是江户末期的古典文化爱好者，因此芥川龙之介从小学习汉文书籍，爱好南画等，他身体孱弱，神经敏锐，养成爱幻想、爱怪异的性格。

从中学到大学，芥川龙之介都是出类拔萃的学生，他以《鼻子》、《芋粥》（均1916年）等作品登上文坛。这两篇小说和《罗生门》①（1915年）都是取材于封建王朝的传说，描写被歪曲的人性，主张知足、达观才能消除人生的哀乐无常的困挠。他的作品构思新奇，富于理智，技巧纯熟，文笔典雅，谐趣横生，颇受读者欢迎。

例如得到夏目漱石高度评价的《鼻子》，是写平安朝时期禅智内供的鼻子故事。所谓"内供"，是供职于皇宫中的道场和尚，举行斋会时任读经师，通常由夜宿的十位禅师兼职。这里写的禅智内供，长着五六寸长的鼻子，从上唇垂到下巴，鼻梁和鼻尖一样大小，好象一根细长的香肠，挂在脸孔中间。他已年过五十，从昔日的沙弥，升到"内道场供奉"职的现在，内心始终为鼻子苦恼。自尊心受到损伤，不堪忍受。他曾得到中国古医的秘方，能使鼻子变为像正常人的那个样子，却又受到世俗的冷眼，便焦躁起来，勉强使鼻子变短了，反而又感到憎恶。某天早上，鼻子忽

---

① 罗生门，也叫"罗城门"。平安朝都城的正门旧址，"能乐"以它为背景，演唱源赖光的家臣渡边纲住在这里和鬼神斗，被砍掉一只手的故事。这里指古城废墟。

然恢复原样，又愉快起来。

经过三次尝试矫正怪鼻子而终归失败的禅智和尚，作者把他备受外部挫折，一再陷于苦恼，转而向内心寻求自我安慰的心理刻画，借古代传说加以编造奇闻，用以讽刺现世的人情刻薄和被轻蔑者的徒然自寻苦恼。作者写道："最后，禅智内供在内典外典中，查找到和自己有同样鼻子的人物，觉得总算还多少得到慰藉。虽说目莲和舍利佛的鼻子也是长长的，可是什么经文也没有写出来，当然，龙树和马鸣也是一样。……"

又如《罗生门》描写平安朝末年，有一个仆人被主人赶出门后，无事可做，便想去做贼，但下不了决心。有一回在罗生门上，看见一个老婆子拔下死人的头发来做假发，感到愤慨，但后来听说，死人是为了生活而犯罪的女人，老婆子也是为了生活才不得不拔死人的头发去卖钱，便下了决心去做贼，剥掉老婆子的衣服。这篇作品说明人们为了活命，什么事都能干出来，到处是利己主义。利己主义是人类的本质，因此对人生感到绝望。

从1917～1919年，他陆续写了以天主教为题材的小说《信教人之死》、《魔鬼》、历史小说《写作迷》、《地狱变》（《地狱图》部分）这些作品抨击了庸俗丑恶的社会现实，描写艺术至上的形象，如《地狱图》描写一个画匠为了追求真实的美，宁可违反社会道德观念，残酷地牺牲了自己的女儿。此外，又写了许多刻画小市民知识分子的苦恼的短篇小说。1927年以后写了《河童》等小说，反映了作者为克服苦恼而作的绝望的努力。

芥川龙之介的小说取材广泛，如根据东西方文献写的童话《蜘蛛之丝》是根据托尔斯泰的《卡尔玛》的故事；《杜子春》是根据中国的古代神话故事传说。他的体裁也多样化，有故事、有教义问答。有独白，戏曲等体裁20种，他运用古今的语汇，文笔简练，丰富有力。

・158・

第十二节 菊池宽

菊池宽（1888～1948年），生于高松市，家贫，父在小学当庶务，无力资助他上中学。他在高松图书馆耽读各类书籍，后免试进入东京高师，又转入明治大学、早稻田大学。1910年进了一高，与芥川龙之介、久米正雄、山本有三、佐野文夫等同班，1913年在毕业三个月前，为好友佐野承担盗窃罪而退学，后重新进入京大。他和芥川同样受到时代激变的冲激，但两人的性格迥然不同。菊池善于顺势应变，原先与芥川、久米、山本等同是《新思潮》派提倡以社会问题为题材的新现实主义流派的中心人物，热中于写小说和剧本。当初菊池写了小说《无名作家的日记》、《忠直卿的行状记》（均1918年）、《恩仇度外》（1919年）；剧本有《屋顶上的狂人》（1916年），上演的《藤十郎的恋爱》、《义民十兵卫》等剧，颇热场一时。不久，各走各的方向，芥川走向苦恼、怀疑的深渊。山本走向改良主义的理想主义（代表作《波浪》、《女人的一生》等）。久米走向通俗作家的行列（代表作《萤草》）。而菊池则为了迎合市民阶层知识分子要求更广泛的通俗的知识趣味，走所谓大众小说之路，写了第一部通俗小说《真珠夫人》（1920年）和《受难之花》、《第二次接吻》等。1923年创办《文艺春秋》为通俗文学阵地，开辟了具有现代感觉的家庭小说的新领域，并提拔青年作家登上文坛。利用当时出版业的现代企业化，大量出版大部头，在连续篇中，渲染商品化的色情趣味。他和芥川坚持艺术至上主义的短篇小说相反，依附政治权力，和中村武罗夫一同，向无产阶级文学大肆攻击，伪装为艺术而艺术，反对文学干预政治。菊池为迎合日本军国主义侵华需要。纠合一群追随者，参加首批笔部队，随军到中国各地区活动，结果在宣判为"战犯"前夕死去。他生前设立芥川奖、直木奖及菊池奖等活动，培育了不少登上文坛一翼的作家。

第五章 无产阶级文学兴起与新流派 始末（约 1921～1937 年）

第一节 概 述

无产阶级文学运动发端于大众艺术的提倡和《播种人的创刊 (1921 年 10 月）。提倡大众艺术的有大杉荣、加藤一夫等人，但体现于创作实践的，有秋田雨雀、藤森成吉、江口涣、小川未明等人。他们以 1919 年创刊的《我们》、《改造》、《解放》等杂志为宣传阵地。另一方面，工人出身的宫地嘉六、宫岛资夫、新井纪一、细井和喜藏等提倡"工人文学"。又针对第一次世界大战后社会的动乱，描写被侮辱与被损害的人民群众的痛苦生活。强调社会主义倾向的文艺理论家，有平林初之辅、中野秀人、青野季吉等人。

《播种人》是以小牧近江、金子洋文、柳濑正梦为中心，同人包括了当时进步的理论家、小说家及戏剧活动家。他们的理论是根据唯物史观来阐述艺术的阶级性，为开展无产阶级的文学打下理论基础，但也存在过概念化的倾向。他们受着国际和平运动的鼓舞，响应巴比塞①领导的"光明社"运动，在创刊号发表了《告思想家书》，宣称为现代的真理而战斗，要做生活的主人。

不久，日本共产党诞生，次年关东大地震（1923 年），政府当局趁机对日共和左翼分子进行镇压，上述进步杂志被迫停刊，到

---

① 巴比塞（1873～1935 年）。法国反战作家，1919 年创设文艺界国际组织"光明社"，倡导世界和平运动。

1924年6月，金子洋文等人创刊《文艺战线》，集结了《播种人》的多数同人及其他左翼作家于1925年12月成立了"日本无产阶级文艺联盟"（简称"普罗联"），由于观点、路线的分歧，次年11月改称"日本无产阶级艺术联盟"（简称"普罗艺"）。以后还经历多次分裂，到最后大联合。分裂的内因是福本的左倾路线与山川的右倾路线斗争起了作用，外因是苏联的文艺路线（特别是"拉普"时期）和共产国际的政治路线的影响。而大联合的背景是苏联的政权稳固，资本主义世界又陷入政治经济大危机，所以"纳普"（全日本无产者艺术联盟）成立（1928年）以后，老作家和新进作家大活跃，藏原惟人主持的《战旗》，发表了许多优秀作家的作品，如小林多喜二、德永直等。其他戏剧、美术、音乐、电影等同盟团体，也作出不少贡献。

但日本军国主义者制造所谓"满洲事变"之后，在国内强化反苏反共的法西斯恐怖政策。转入地下从事组织革命活动的小林多喜二，于1933年2月20日被捕，当晚即被杀害，从此文化团体被破坏，刊物不断被查禁。到了1937年初的最黑暗时期，有坚持狱中斗争到最后的，也有被迫"转向"的，有的随军到战地充当笔部队的。而30年代初的反对无产阶级文学的所谓"新兴艺术派"，即自谓为"十三人俱乐部"的"艺术派十字军"，以追求艺术上的颓废而终至溃不成军，为首的中村武罗夫无可作为，川端康成彻底的颓废，井伏鳟二后来经历了1941年南太平洋战争的残酷和失败，写下了《今日停诊》、《遥拜队长》等有名的战后短篇小说，一反以前现代象征派的风格。但1924年以横光利一为中心形成的新感觉派（同人刊物《文艺时代》）到川端康成以彻底的颓废而终结。

第二节　秋田雨雀

秋田雨雀（1883～1962年），在早稻田大学英文科毕业后，研究戏剧和俄国文学、印度哲学，参加世界语运动和社会主义运动，并加入《文艺战线》。1927年间与戏剧先辈小山内薰访苏，回国后致力于日苏友好活动，对留日的中国戏剧家和其他文学家也热情支持。他的作品有戏剧《海峡之秋》、《第一个早晨》、《被埋没的春天》、《手榴弹》、《骷髅的跳舞》等。其中《国境之夜》（1920年）是他的代表作，颇有象征意味。这部作品描写北海道某农场主，在一个暴风雪的夜晚，一对过境的夫妇和孩子，要求进屋歇息，他拒绝了。不久，酒醉回来的倭奴人某某，说他见到有尸体在荒野上。当天晚上，农场主梦见有蒙面人闯进屋里，要枪杀他的女儿，他扑了上去，……这时他醒来，天亮了，想起倭奴人说的事，便出门去找冻死的尸体，在路上碰见倭奴人，他感愧地说："你才是真正的人。"全剧在恐怖的气氛中刻画了一个利己主义者的心理活动和后来良心发现。

秋田雨雀通过创立"艺术座"（1913年）的活动，培养新进的话剧演员，开拓现代剧的出路。只是在"幸德秋水大逆事件"（1911年）之后，社会剧的现实内容受到限制，多半采取象征的，人道主义的启示手法。他的剧作在"自由剧场"、"美术剧场"、"筑地小剧场"等处演出过，战前任过"新协剧团"顾问，战后任舞台艺术学院院长等职。

第三节　宫本百合子

宫本百合子（1899～1951年）是东京小石川一位建筑师的长女，原名中条百合子。在日本女子大学英文预科读书。年轻时受到"白桦派"的人道主义的影响，后来接受马克思主义。她爱读托尔斯泰的作品，每年假期到福岛桑野村祖母的家里，了解农村生活，收集材料。从人道主义出发，写了反映农民生活的小说《贫穷的人们》，得到坪内逍遥的推荐，发表在1916年的《中央公论》9月号上，得到好评，18岁便登上文坛，同时退学，开始过写作生活。

1918年她随同父亲到美国去，进入哥伦比亚大学当听讲生，第二年与该校研究古代东方语言学的荒木结婚。1920年回国，因为两人的人生观有分歧，1924年两人离婚。宫本百合子根据五年来的经历，结婚和离婚的生活体验，写了长篇小说《伸子》，反映妇女解放，家庭生活等各种社会问题。1927年她和去苏联留学的汤浅芳子同往苏联，滞留了三年，又到西欧各地旅行，经过观察、比较，她的思想发生了变化，倾向于社会主义。

1930年回国，她参加了"纳普"及其所属的"无产阶级作家联盟"，第二年被选为联盟的中央委员。同年参加"克普"，加入日本共产党。她创建了妇女委员会，主编《劳动妇女》，帮助妇女作家的成长，1932年和宫本显治结婚。一个月后，日本政府镇压左翼作家，宫本百合子被捕，宫本显治转入地下。1933年小林多喜二被杀后，宫本显治等也被捕，判无期徒刑，关在北海道网走刑务所，战后才被释放。宫本百合子也多次被捕、释放，她把夫妻二人分手后十二年间来往的信件编成《往复书简》、《十二年的通信》等。由于在战时生活不安定，屡受迫害，严重地损坏了身体健康，1951年1月21日因患败血症而去世。

她的主要作品有《1932年的春天》、《乳房》（1935年）。后者是当时少有的佳作，它描写一个劳动妇女广子，在战争时期，对在狱中的丈夫百般关怀，努力工作，还用自己的乳头给女工阿花的婴儿吮吸，颇为感人。1934年后写了不少论文，强调新生力量必然战胜暴政，捍卫无产阶级文学，批判失败主义的倾向。从

1946～1950 年发表的有中篇小说《播州平野》、《知风草》、《两个庭院》、《路标》等。

宫本百合子的生活道路是曲折的,从人道主义走向社会主义,是日本具有时代意义的典型的作家,她的思想和作品影响了新进的女作家,如以《来自奶糖工厂》(1928 年)而成名的佐多稻子等。

第四节　叶山嘉树、黑岛传治

叶山嘉树 (1894～1945 年),出生于福冈县京都郡丰津村。1913 年进东京早稻田大学预科的文科读书,中途退学。1914 年以后,当过海员、北九州铁路管理局和专门学校雇工,名古屋水泥公司事务员。1921 年参加名古屋工人协会,参加工人运动。1922～1923 年以违反治安法罪被名古屋刑务所监禁两次。1925 年在狱中写了《卖淫妇》,完成代表作《生活在海洋上的人们》。第二年在《文艺战线》上发表了短篇小说《水泥桶里的一封信》,从此开始了作家的生涯。这篇小说描写青年女工在信中诉说她的情人水泥工掉进碾碎机碾成水泥粉末的惨状。它控诉了资本主义制度的残酷性,写作手法新颖,有浪漫色彩,得到高度评价。

1943 年参加筑摩郡山口村的开拓团,到过中国东北,翌年又前往一次。战后被遣返回国,在火车上患脑溢血去世。

《生活在海洋上的人们》(1926 年)是他的力作。描写往返于室兰与横滨之间的“万寿号”煤炭船的船员生活和罢工的故事。因为工资低,劳动强度大,生命没有保障。有一次,一位少年船工受重伤,船员要求船长予以护理,船长不答应,船员举行罢工,船长才接受提出的要求。到了横滨码头,船长叫军警镇压船员,罢工失败。这部小说结构宏伟,色彩壮丽,风格粗犷,具有浪漫情调,反映了日本工人阶级的觉醒,有力地影响了无产阶级文学的发展,例如小林多喜二写了同样主题而思想、艺术技巧更高的

· 164 ·

《蟹工船》。

黑岛传治（1898～1943 年）出生于香川县小豆岛的自耕农家庭。在内海实业补习学校毕业后，当过酱油厂职工。1917 年到东京，在三河岛建筑公司服务，同时开始写作小说。他爱读托尔斯泰、契诃夫等人名作，学习志贺直哉、正宗白鸟的简炼的写作手法。后来经同乡壶井繁治推荐，考进早稻田大学预科英文选科读书。不久被征入伍。1921 年前往西伯利亚，参加攻打红军的游击队，因患肺病，被送回国。第二年免除他的兵役。在养病期间写了一系列小说。按题材可分两类：一类描写农民的悲惨生活，如《盂兰盆会前后》、《两分硬币》、《猪群》。一类描写士兵的反战情绪，如《雪橇》、《风雪西伯利亚》、《盘旋的鸦群》，以及到 1952 年才全文发表的长篇小说《武装的街市》等等。

代表作《武装的街市》以 1928 年日本出兵中国济南，制造的惨案事件为背景，以日本资本家在济南开办的火柴厂为中心，描写了日本资本家勾结日本军队，以保护日侨为幌子，为侵占济南而制造了这一残案。作者交叉描写日本军队屠杀群众的暴行和火柴厂内的残酷压迫和剥削，特别是中国童工的悲惨生活。同时描写了几名日本工农出身的下级士兵，在国内受到革命运动的影响，对日本政府的侵略政策不满，同情中国人民，打算造反，后来被上司发现，加以秘密杀害，装进"殉国"的骨灰盒。最后描写中日两国革命群众共同斗争。这部小说说明黑岛传治是日本反战文学中独放异彩的作家。

第五节　小林多喜二

小林多喜二（1903～1933 年），生于秋田县一个贫穷村落的佃农之家，因不堪生活煎熬，4 岁时，全家迁到北海道的港口小樽，投靠开面包作坊的伯父，勉强维持生活。小林在那里上完小学，在

・165・

伯父资助下，1921 年进了小樽高等商业学校。他受到进步同学和教师影响，特别是《播种人》的启发激励，开始学习创作和钻研新兴社会科学理论。1923 年起，除创办同人杂志《光明》外，接连在文艺刊物上发表短篇小说和随笔，如早期代表作《龙吉和乞丐》、《杀人的狗》等等，都是以深厚的感情描写了北海道劳动人民的悲惨生活和自发的反抗。另一篇《泷子及其他》的主人公泷子，是身兼卖淫的酒女，被逼得走头无路进行绝望的反抗，放火烧掉酒馆。1924 年毕业后，在北海道拓殖银行小樽分行当职员。1926～1927 年风起云涌的工农运动，发展到僻远的北海道来，小林秘密地参加了 1927 年 3 月矶野农场佃农的抗争（1929 年写成佳作《在外地主》），翌年 2 月声援劳农党候补山本悬藏（共产党员）第一次普选斗争，并把这次体验写成《东俱知安行》（1930 年完成）。尤其是在 1928 年全国大检举的白色恐怖中，仅在小樽一地就经历了两个月的搜索，逮捕了约 500 人的迫害事件。仅幸免身祸的小林，受了更强烈的刺激。他深入调查，整理记录，写成了中篇报告文学《一九二八年三月十五日》。这部作品如实地记录了特高的残忍凶恶的迫害，彻底揭露天皇制统治机构的残暴性；另一方面，出色地描绘了革命者宁死不屈的英雄形象，这是从大正末到昭和初期开始出现的高度自觉的干部和思想革命化的知识分子们的新型英雄形象。藏原惟人对此作大为赞赏，发表在同年的《战旗》10、11 月号上，说是登上无产阶级文学一个新高峰之作。小林执笔前于 1928 年 5 月去东京，访问了藏原惟人，对他的真挚友谊和理论开导，感铭很深。他为了写海员生活和斗争，根据他曾在小樽协力重建革命运动基地时，搜集的有关海运工人的材料，又经过深入调查研究，获得许多真实资料和具体知识，1928 年 10 月 28 日开始写《蟹工船》，到 1929 年 3 月末完成寄出，刊载于同年《战旗》5、6 月号。

　　小林 1928 年加入"纳普"，1929 年被银行解职，同年被选为作家同盟中央委员，负责小樽分会。1930年两次上京，进行革命活动，被捕两次。1931年被选为"作盟"常委、中央委员、书记长。同年10月秘密加入地下党并参与创立"日本普罗文化联盟"（简称"克普"），12月创刊《无产阶级文化》，同时参加国际革命作家协会（简称"莫尔普"）日本支部。1932年3月，"克普"遭镇压，领导干部被捕，到夏季遭迫害的共约400人。小林转入地下坚持斗争，1933年2月20日中午在街头联络时被捕，当天被杀害。

《蟹工船》和先前叶山嘉树的《生活在海洋上的人们》，取材相同，但处理方法不同。前者仅仅揭露船工自发的对船长展开反残酷剥削的斗争，限于海上无组织领导的劳工群象。后者则揭露了船长背后的日本资本主义制度的权力机构。书中的监督浅川还身兼军事情报任务，他是典型的资本家的保镖和军国主义的鹰犬，船工中有自觉的工人和青年知识分子，他们有组织、有计划地领导斗争，最后虽失败，但真正失败的是"博光号"船长，他破产，监督浅川被撤职。站在斗争前列的结巴、学生、芝浦、不怕死、水夫等群像，也写得有声有色。

总之，作品以国内的阶级斗争和国际的政治斗争为背景，以各色各样的渔工为集体主人公，反映了日本无产阶级自觉斗争新高潮的一个侧面，在当时就具有高度的现实价值和历史意义，所以一出版就被译成中文，作者还热情地给写了序文。接着出现了俄、法、英等国译本。

接着又发表了《工厂支部》、《沼尾村》、《转变期的人们》等，都是描写工 农自觉斗争的革命者的群像。小林最后的代表作《党生活者》，在他死后一年，被改题为《转换时代》，发表于1934年《中央公论》4月号（后来恢复原题名，也有中译为《为党生活的人》）。作品主人公"我"实际是作者的化身，根据他转入地下领导革命工作的经验写成，是唯一地塑造出真实而具体的共产主义战士的典型形象，也是揭示了革命知识分子如何改造成为无产阶级先锋战士的典范。从作品的结尾看，似未完成，倘若作者没有被杀害，主人公的形象会发展得更成熟。

《党生活者》的背景是日本帝国主义强化军备生产，支持扩大侵略中国的战争，组织许多法西斯团体，派出特务混入各机构（包括作品中的"僚友会"），破坏罢工和反战宣传。作品以从事军需生产的"仓田工厂"为舞台，描写了地下党组织深入到工人、特别是占三倍人数的临时工里面，极其艰苦地从事宣传、组织、领导工人开展罢工斗争的曲折过程。

负责领导工作的"我"（组织内称佐佐木安治），在敌人搜捕下过着无处藏身的颠沛挨饿的秘密活动生活，须山、伊藤（女）等是最得力的同志。"我"本是以一个普通党员的身分任工厂的基层领导，上级领导被捕后，又承担起"地区"的党的工作。因工人太田被绑架而泄露了秘密，遂退出工厂，在外面继续策应厂内的地下活动。后来伊藤、须山组织了工人小组，并打进"僚友会"争取了觉醒的工人群众，在预定罢工的前夕，厂方知情，裁去四百临时工，罢工计划遂失败。收笔处预示道："现在，我和须山、伊藤，用比以前更大的精力，从事新的工作。"表明"我"仍继续领导斗争。

作品中母亲的形象，最真实，深刻感人。她是备受苦难的慈母，又是为爱护儿子献身革命事业，临终不忍让儿子知道而死去的觉醒的新型前辈女性。为掩护"我"而同居的笠原，被公司察觉把她解雇。后来受着生活的折磨而发怨气，作者描写了他们互相之间的心理矛盾和纠葛，有些自然主义的描写，所以战后被"近代主义"者大加挑剔。但总的说来，这部作品塑造了一个知识分子自觉改造成为血肉灵魂兼备的共产主义战士。总之这部作品是日本无产阶级文学上最高的纪念碑。

第六节　德　永　直

　　德永直（1899～1958年），出身于熊本市外贫农之家。父亲在日俄战争时受伤致残，用退役金买一匹瘦马赶大车养家，母亲干些农活兼做筷子买卖度日。德永直在小学六年级退学，在熊本市当过印刷厂徒工、米店小伙计、香烟专卖局和发电厂工人，开始接触到社会主义思想。1922年到东京，进了博文印刷厂（即后来的共同印刷厂）当排字工人，同时参加组织工会活动，并利用工余时间学习创作。从1925年起写了好些短篇小说，其中《马》（表现贫苦人与马相依为命的苦况）、《战争杂记》（描写日俄战争给人们留下心灵的创伤）、《畸零人》（一个善良的穷苦青年的悲惨命运）等，是在工会刊物上发表的优秀作品。当时作者是日本印刷工会的组织者之一，参加过领导1926年震动全国的共同印刷厂工人大罢工，虽然在反动政府和垄断资本家勾结镇压下终至失败了，但德永直经受了阶级斗争的考验，进一步认识了工人阶级的历史使命。1929年加入无产阶级作家同盟，更明确了为无产阶级解放而创作的目的。他根据这次罢工斗争经历写成小说《没有太阳的街》，一跃为成名之作，在《战旗》（1929年6月至11月号）连载之后，轰动了日本文坛，与小林的《蟹工船》并列，被称为日本无产阶级文学的双璧。

　　《没有太阳的街》反映了在日共领导下，共同印刷厂三千工人历时七十天的大罢工，极其复杂尖锐的斗争全过程。在不足一平方英里的千川沟里吸引了从九州、四国、青森和札幌等地来的五千支援战士和超过两万元的捐赠。

　　这部小说采取电影蒙太奇的手法，分镜头表现各个斗争场面：作为序幕外景，是军警严密护卫"圣驾"巡视东京高师校园时，印刷公司罢工团员在密集的人群里撒传单，揭露资本家的种种罪行，密探立即追捕罢工团员，接着就逐幕揭示敌我双方在"没有太阳的街"周围的残酷斗争。那些百折不挠的青年男女工人、投身后卫战斗的工人家属，以及最后"保卫团旗"的悲壮气概，写得可歌可泣。特别是作者着力刻画罢工领导者荻村和青年女工高枝等的新女性形象，给人极深刻的印象。罢工终至失败，反映了当时日本出兵制造济南惨案之后，对内制造"三·一五"、"四·一六"大镇压事件，正在这时敌方乘势集中一切反动力量来摧垮史无前例的工潮。

作品情节比较紧凑，场面分散而有内在联系。显示作者掌握了较熟练的艺术技巧，后来拍成电影，广泛地吸引了观众，曾被译成多种外文。但插入暗杀一个议员的小孙女这一节（后来删改了），作者也承认是受了福本（和夫）路线的影响（批判山川均1923年自动解散党组织的右倾路线后，福本取代的极左路线起过较长期的影响）。

1934年3月"纳普"解散后，部分左翼作家转入半地下活动，创刊《文学评论》等刊物。德永直发表过回忆劳动者生活的《我的黎明期》、《八年制》（1937年）等作品。这时日本军国主义开始全面侵华战争的动员，国内进行大清洗的镇压，幸免的作家，不追随"圣战"，只有消声匿迹。德永直在白色恐怖下，也发生过动摇，写了脱离无产阶级立场的东西，后又以私小说的形式写了上述较好的作品。德永直战后发表的自传体小说《妻啊，安息吧!》（1946年3月起连载于《新日本文学》），被誉为新民主主义文学初期的杰作。这时他参加了宫本百合子、中野重治等创立的"新日本文学会"，同年加入重建的日本共产党，领导劳动者文学运动。从此他着手创作长篇小说《静静的群山》，第一部连载于1949～1950年《赤旗》报，第二部也连载于同上报（1954年3月至12月）。他还计划写出第三、四部，未实现计划于1958年2月死于癌症。

第一部写的是日本投降后最初十个月间所发生的事：在战时

疏散到长野县诹访湖边群山间的川添工厂（原称"东芝川岸工厂"），是属于东京芝浦电气公司系统的全国四十三个工厂之一，避免了美军空袭，幸存下来。日本宣告投降，被遣送回国的官兵，陆续涌到这儿来了，破产的农村容纳不了复员军人。投机商人趁机发横财。农民与地主斗争也在工人运动的影响下，愈来愈尖锐。厂方资本家准备复工之前，安插战败"有功"的官兵，把大批普通工人遣散回家。可是日共领导的人民民主运动，推动了全国的工潮，厂内建立了党小组，领导工人斗争和开展农民斗争。这里的工人、农民渐渐自觉地投入顽强的斗争，为工农联盟奠定了基础。

第二部描写了女工人山中初江、山中菊、乌泽莲故乡的乌泽村落的变化，老党员乌泽文也及其子元也等人组织农会的重重困难，同勾结美国占领者的地主们进行了斗争。

这部作品纵横交错地描写了战后民主主义运动，以工农联盟为中心展开的革命斗争，场面宏大，气势磅礴，堪称日本当代文学的一部具有重大的历史意义的杰作。不过，在人物形象塑造方面，很少达到典型化，一些从落后转变为先进的人物，有过于简单化、概念化的缺点。但总的来说，这部作品的价值还是值得肯定的。

第七节 中野重治、佐多稻子

中野重治（1902～1979年），诗人、小说家、评论家。生于福井县。在东京帝大德文科毕业前一年（1926年）与室生犀星、堀辰雄、洼川鹤次郎、西泽隆二等创刊同人杂志《驴》，进而参加普罗文学运动。曾是"纳普"所属的《文艺战线》的中心人物之一，于1931年12月出版《"纳普"诗集》，编委有中野、西泽、洼川、伊藤信吉、上野壮夫、一田アキ（中野铃子的笔名）、森山启等。小熊秀雄、壶井繁治、冈本润、今野大力等也积极发表作品。他提倡短歌的抒情诗改革,并按这种调子写出优秀的无产阶级诗歌,如收入他的诗集的《大道的人们》、《黎明前的告别》、《下雨的品川站》、《今夜我要听你睡眠中的呼吸》等。下面节译《下雨的品川站》中的诗句,可窥其一斑。

> 辛啊,再见!
> 金啊,再见!
> 你们打这下雨的品川站乘车,
> 李啊,再见!
> 那位也姓李的啊,再见!
> 你们回到你们的父母之邦,
> 你们的祖国的河川被严冬冻结,
> 你们造反的心在临别一瞬中冻结,
> 海在黄昏中高呼海啸之声,
> 鸽子受雨淋,从车厢顶飞降。
>
> 你们受雨淋,想起驱逐你们的日本天皇,
> 你们受雨淋,想起胡子、眼镜、弓背的他。
> ……
> 去,敲破那又硬又厚又滑的冰,
> 叫长坝拦涸的水喷流啊!
>
> 日本无产阶级继后上前,
> 再见!
> 直到为报复的狂欢而泪流颜开那一天。

　　这首诗是为送别被驱逐出境的异国同志而写的,充满国际主义的激情,这种崇高的感情还表现在他后来选编的诗集中。

在"纳普"时期，他与小熊秀雄等创立"日本无产阶级诗人会"，从此与小熊秀雄成为最亲密的战友。1940年小熊在贫病中去世。1975年，他把小熊秀雄的《飞橇》等诗集，和中国诗人雷石榆的日文诗集《沙漠之歌》选编在《日本现代诗大系》第8卷（河出书房新社版）；继而又催促诗人木岛始教授尽快把小熊秀雄和雷石榆合作的"中日往复明信片诗"手稿整理出来发表，终于在1976年《文艺》1月号刊出。

中野重治长于抒情诗，诗风清新而含意隽永，大量诗篇都收在《中野重治诗集》（1935年ナウカ社版）。他的主要评论集有《草写关于艺术的备忘录》等，短篇小说主要有《早春的风》、《阿铁的故事》（1928～1929年）等。中篇有《诗歌的告别》（1939年，自传体）、《五脏六腑》（1954年，自传体）。战后中篇自传小说《梨花》（1958年）、长篇《甲乙丙丁》（1965～1969年）是回忆党内斗争的历史的巨著。1979年8月，患胆囊癌去世。

中野重治去世后，他生前的密友佐多稻子在1983年，以79岁的高龄，出版了她的传记小说《夏天的标志——献给中野重治》，描写了中野重治从住院到去世的四十多天同疾病作顽强斗争的情景，并叙述了中野重治五十多年来战前受迫害，战后重新活跃在政治舞台的过程，描述中掺杂着作者在医院护理他时的悲伤心情。

佐多稻子（1904～　），出生于长崎市八百屋町，刚上小学，母亲故去。父亲原在长崎三菱造船厂工作，1915年辞退，迁家到东京，陷于困境，稻子被迫在小学五年级休学，到牛奶糖工厂、中国面馆劳动。又当过针织工厂女工，池畔清凌亭宴席女侍、丸善书店洋品部店员，被丸善的上司看中，1924年和这个资本家的嫡男结了婚，不满一年，因丈夫性情乖戾感情破裂，几乎厌世自杀。她转到咖啡店当女侍时，认识了《驴》的同人文学青年中野重治、洼川鹤次郎、堀辰雄等，她接受了他们的影响，振作起来，开始在该杂志发表诗作。1925年与洼川鹤次郎结婚，改姓洼川。该杂志同人除了堀辰雄，都参加普罗文学运动。稻子也学习马列主义理论，在中野重治和洼川鹤次郎的鼓励下，她根据在牛奶糖工厂等等的生活经验写成小说《来自牛奶糖工厂》（1928年）。这部小说描述作者在12岁当童工时，受尽欺侮和残酷的剥削，终于离开工厂的情形，文笔朴实，真切感人。接着写了代表作《干部女工之泪》、《祈祷》、《小干部》（均1931年），《该做什么》（1932年）、《恐怖》（1934年）。这时，她已是一男一女的母亲。1932年3月，洼川、中野、藏原、壶井繁治等被捕，她要独立支持一家的生活，就在这年秘密加入共产党，进行艰苦的地下活动，1935年被捕、转向。从这时的前后，直到战争年代，她顽强地撑持了十多年坎坷的岁月，盼望的日子正来到，却和出狱后的洼川鹤次郎发生了摩擦，终于在1945年战败前夕离了婚，后来她恢复本姓"佐多"。

　　战后开展对战犯的审判、对服膺战争的文化界批判运动时，稻子曾因转向问题，被召出席所谓"协调"战争的"恳谈会"问题，还有党内分派问题等等，使她引起痛苦的回忆，写出一系列作品，如《虚伪》、《泡沫的记录》（均1948年）、《夜的记忆》（1955年）等短篇小说，还有长篇小说《我的东京地图》等。1951年，她被开除党籍，后来又恢复。1964年因反对开除志贺义雄出党，她又被开除党籍。不久，任日本民主妇女俱乐部委员长。1971年10月组织访华代表团访问中国，回国后写了《难忘的朋友》一书，祝贺恢复中日邦交。1958～1959年以原子能放射线毒害为题材，写了23万字的长篇小说《树影》，1972年出版。这部小说描写华侨妇女柳庆子与日本穷画家麻田晋相爱，在长崎感染了原子放射能，先后死去的故事。

第八节 《诗精神》及其成员

《诗精神》创刊于 1934 年 2 月，是"纳普"解散后部分同人出版的诗刊物。（其他综合性的有《文化集团》、《文学评论》、《文学案内》等，或被查禁或改装续出，仅少数能持续到 1937 年夏。）还有姊妹诗刊《诗导标》、《诗人时代》等。

《诗精神》主编兼发行人是内野健儿（新井彻）及其妻后藤郁子。远地辉武为诗评论编辑（后主编《诗人》）。中心人物有小熊秀雄，大江满雄等；其中年青同人有大学生森谷茂，工人大元清二郎、船方一等。唯一例外吸收了中国留学生雷石榆为成员。还团结其他作家、评论家秋田雨雀、森山启、洼川鹤次郎等。左翼童话家槙本楠郎则始终撰稿和参加活动。

《诗人》是《诗精神》的改称，它所以由远地辉武编辑，因新井彻受警察盘查，后来被拘禁两个月。远地辉武（1901～1967年）本名木村重夫，生于兵库县，日本美术学校毕业。初时受了达达主义影响，创作以虚无快感的诗来对抗艺术的传统形式，后来收集在《梦与白骨的接吻》（1925 年）、《人间病患者》（1929年）两诗集中。转向马克思主义之后，为 1930 年成立的"普罗诗人会"的领导人之一，并参加了"日本普罗作家同盟"。直到"纳普"解散和在《诗精神》前后，他及其妻木村好子都转而写普罗诗，辉武则偏重写评论（包括诗歌、美术），出版了《近代日本诗歌史的展望》（1934 年），后增修为《现代日本诗歌史》（1958年）。战后出版了《心象诗集》、《日本近代美术史》等。又与壶井繁治合编《日本解放诗集》等。和他一直并肩战斗到战争末期的新井彻（1899～1944 年）出生于长崎县对马下县郡。毕业于广岛高师文科。初时受浪漫派影响，爱作短歌，汉学修养较深。能译英文诗歌。任过中学、女高、师范等校教员，后来到朝鲜教过中学，并创刊《耕人》杂志，组织过"朝鲜京城诗话会"和创刊《亚细亚诗派》，出版诗集《土墙写照》（1923 年）即被查禁。1928 年 7 月新井彻被免职并宣告驱逐出境，他与郁子于 7 月末辗转回国，参加"纳普"所属文学机构，与远地辉武等密交。出版诗集有《朝鲜鹊》、《南京虫》等；郁子诗集有《午前零时》、《白昼之花》等。1983 年创树社出版了《新井彻诗文全集》（原称《全仕事》，包括诗歌、杂记、随笔、序文、译诗、诗人论、回忆录等）。

第九节　小熊秀雄

小熊秀雄（1901～1940 年）出生于北海道小樽市，家贫，仅上过二年高小。少年时代辗转北海道各地，当过工人、农民、店员等。1922 年任《旭川新闻》的记者，后主编文艺栏，开始发表诗作和童话。1928 年到东京。1931 年参加"纳普"，与中野重治、远地辉武、新井彻等结成密友。"纳普"解散后，先后创办杂志。小熊秀雄骁勇善战，富于浪漫气质，擅长写作政治讽刺诗，寓意深刻，谐谑隽永。在白色恐怖下，许多诗人遭到迫害，有的沉默。太平洋战争发生后，不少人被征调去为"圣战"当炮灰。小熊贫病交困，仍握笔战斗到最后一息。

中野重治战后忆述当年小熊秀雄在最后岁月里，写出绝响的诗篇。"在这时期，小熊秀雄曾写下长达数百行无以伦比的诗篇，留下了《马蹄铁匠之歌》《莺之歌》而死去了，作为象征也为之惨然神伤的。……"①。伊藤信吉说到这个时期"……许多诗人处在时代的压力下沉默了，秀雄则反而尽力地以饶舌来周旋，用轻快的语言拍子，披靡着带有社会性的讽刺。……"②。他写了《饶舌

---

① 见河出书房新社版（1975 年）《日本现代诗大系》第 8 卷末《解说》。
② 见同上书附《月报》的《历史与回顾》一文。

起来》和讽刺知识分子的《给神气十足的诗人》、《讽刺大学生》等优秀作品,尤其《马蹄铁匠之歌》是黑暗时期的绝响。它开篇写道:

"别哭叫,
别心跳,
我的马儿哟,
我是马蹄铁匠。
我要叫你的蹄子冒起烈烟,
我干活可谓冷酷无情吧?
年轻的马儿啊,
你是少年哟,
我给你的蹄掌
穿上烧红的铁鞋子吧!
那么,我就边唱起劳动之歌:
'忍耐一下吧,
蹄铁很快就变冷,
变成你脚上的东西,
变成你四蹄的铠甲吧,
不管在繁刺的荆棘上
或乱石的小径上,
你都飞奔而过吧!'
……"

末节最后的句子:

"……
坚强起来,
我的朋友哟,

青年啊，

让你四蹄接受我这通红的火焰，

然后用你矫健的铁掌踏碎路障，

登上险峻的石峰。

钉上蹄铁啊，

咚叮当的敲响，

你和我是兄弟，

一同经受现实的苦痛。"

小 熊生前出版的长篇寓言式的讽刺诗集《飞橇》（1935 年前奏）已驰名于时。战后收集出版的《流民诗集》（1947 年耕进社）、《小熊秀雄诗集》（1953 年），《小熊秀雄全诗集》（1971 年）、《小熊秀雄评论集》、《小熊秀雄诗、绘画、画论》（1974 年）（以上先后在筑摩书房、思潮社、三彩社出版）。其童话集《某戏法师》（1976 年、晶文社）以及增补散佚诗文和《中日往复明信片诗集》[①]出版了《小熊秀雄全集》5 卷（1977～1978 年，创树社）。以上记录他在 39 岁生涯中写下了如此丰富的著作，足以证明诗人的战绩是怎样辉煌的，特别是他的抒情刚柔节奏美和讽刺奥妙、意会于言外的特色，不愧是黑暗时期的一代诗杰。

第十节 "新感觉派"及其代表者

原属《文艺春秋》同人的新进作家横光利一、中河与一、片冈铁兵、川端康成、今东光等 14 人，于 1924 年 10 月创办《文艺时代》杂志。他们是中层知识分子的迷惘青年，在关东大地震

---

① 参看木岛始的《日本语中的日本》一书第 248～270 页评介。（晶文社版，1980 年）这是 1935 年与雷石榆合作的反战明信片诗共 37 首。

（1923 年 9 月）后，自然的灾难与政治镇压的恐怖，对人的存在与价值发生了怀疑，既与无产阶级文学对立，也否定传统的文学方式，大量使用直感的乃至幻觉的表达方式，文体和辞藻力求新奇。横光利一在创刊号上发表的《头与腹》一短篇中，表明这一派的写作态度，他说："除了感觉的表达以外，还有什么东西更能生动地、更能强大效果地表达火车这一种物质状态呢？要使作者的生命活在物质中，活在那状态中，最直接、最现实的联系电源是感觉。"

文艺评论家千叶龟雄发表一篇题为《新感觉派的诞生》（1924年 11 月）专评这个刊物的特征，该派由此得名。其实他们受了西方现代主义文学流派的影响，特别是达达主义，象征派和构成派的影响，被感觉的东西往往是变型的，支离破碎的东西。这刊物因片冈铁兵等多人先后退出，维持了三年而停刊。支持到最后的横光利一，转变写所谓"纯粹小说"，川端康成吸取所谓日本古典悲剧美的传统，发展到描写变态性的颓废美。

第十一节　中河与一、横光利一

中河与一（1897～　）出生于香川县。曾入早稻田大学英文科，中途退学。起初作短歌，1922 年出版了歌集《光闪闪的波浪》。其后写小说，成为新感觉派作家之一。1923 年为菊池宽赏识，任《文艺春秋》编辑。翌年加入《文艺时代》，发表了新感觉派作品：《被刺绣的蔬菜》、《滑冰跳舞场》等，被评为具有装饰性的、神经质的作风。1928 年起因观点有分歧，与横光利一展开论争。他提倡形式主义艺术论，进而创刊《新科学的文艺》。他还提倡偶然文学，写了异国情调的《爱恋无限》（1935～1936 年）得第一次透谷文学奖。在 1938 年写的《天上葫芦花》，成了畅销书。这部中篇小说不过是描写龙口对有夫之妇的秋子纯洁的恋爱，也因受了

・179・

战争的影响，五年后未如约相会，秋子却死去而流露出悲观失望的情绪。

在战时，中河与一编辑过《文艺世纪》，发表文章，鼓吹民族主义、军国主义、战后受到批判。

横光利一（1898～1947年）出生于福岛县，父亲是土木工程技师，经常到各地参加建筑工程建设。横光利一在念小学时，父亲为了铁路工程，离家到朝鲜去。他和姊姊随同母亲到三重县柘植村外婆家，在这里和伊贺的上野、近江的大津等风光秀丽的地方，度过他的少年时代，后来在当地读完中学后，进入早稻田大学读书，不久退学，住在公寓，在五六年的刻苦生活中练习写作短篇小说。1923年发表《日轮》（刊登在《文艺春秋》），从此以后登上文坛。《日轮》以日本古代邪马台、倭奴国，不弥国等为背景，写一位叫做卑弥呼的美女，因美貌失国，丈夫被杀，此后她要复仇，成为诸王的日轮。这不是历史小说，只是作者的观念和幻想的虚构作品。

后来，横光利一得到菊池宽的知遇，和菊池宽提拔的川端康成等14人创办了《文艺时代》，提倡直观直觉的表现法，对抗无产阶级文学。发表《头与腹》，接着发表《拿破仑与金钵癣》、《静静的罗列》、《春天乘马车》、《澡堂与银行》等，后者在1932年改题为《上海》出版单行本。这是他的新感觉派表现手法集大成的代表作，这部小说取材于上海的见闻，以"五·卅"惨案为背景，描写自己对这一事件的内心反应。1930年发表《机器》，通过一个职工的独白，对人的心理活动作了推理的描写，探索知识分子的意识的自我解体的过程，1935年发表《纯粹小说论》，并写成《家庭会议》来印证他的创作方法的理论。1936年2月，以《每日新闻》的特派员的名义赴欧，8月回国，发表《欧洲纪行》。1937年写长篇小说《旅愁》，由于发生"七·七"侵华事件，太平洋战争，始终没有完成。

第十二节　川端康成

　　川端康成（1899～1972年）出生于大阪，1924年毕业于东京大学国文科。他的父亲是开业医生。两岁丧父，3岁丧母，作为孤儿，随祖父母移居到三岛郡丰川村，唯一的姐姐寄养在伯母家。8岁祖母死，三、四年后，姐姐也死于伯母家。祖孙相依为命十年，16岁时祖父也逝去，遂被收养在丰里村伯父家。所以川端从童年起，心灵上带着阴影重重的"孤儿感"，加之，在少年时期，常常参加送葬的佛事，阴暗的虚无感伴随着他一生。尤其是祖父临终时的状态，深刻在心，写下《十六岁日记》，后来改写加工为短篇小说，题为《招魂祭一景》，发表在《新思潮》杂志上（1921年），是他初登文坛的处女作。另一方面，他就学于府立茨木中学时，受了平安王朝古典文学（《源氏物语》、《枕草子》、《日记》等）、幕府时代的和歌、俳句的熏陶，追求美的文体；同时又受着西方现代主义文学流派的影响，这一切交错地刺激着他的病态心理和衰弱敏感的神经，孤儿感加上时代激变的压力，使他的创作愈益染上虚无变幻，明暗驳杂的色调。

　　比较纯朴地、真诚地反映青春期的心理状态和情欲刺激的，是早期第一代表作《伊豆舞女》，这是东京大学二年级读书时的失恋体验的记录。在加入《文艺时代》的第三年（1926年）发表出来的。作品写一个高中学生"我"到伊豆岛（实际是作者旅游过的汤岛）旅行，途中偶遇到一家流浪艺人巡回表演，其中14岁少女熏子，朴直、天真、憨厚而娇美，歌声婉啭动听，舞步轻盈优美。"我"对她先是惊奇，渐渐产生邪念，由迷惑她的肉体美，进而感到她的心灵美。及至耳闻目睹这一家数口的卖艺者，如何受歧视、欺侮、凌辱，连各村庄的入口都竖着告示牌："严禁乞讨的江湖艺人入村"。熏子却是那么坦率、稚气、自得其乐，一些坦然的天真答话，更使"我"心愧，羡慕她的纯洁。在江边分别时，只见少女在船上抬头一笑，"我"则伫立怅惘，心头涌起孤独的烦愁。作者一路素描山光水色，衬托少女的姿势声貌，自然色调、气氛映衬人物活动，达到出神入化之境。而且思想内容较健康，确是他的佳作。

随着时势的恶化、变幻、溃灭，反映在以后一系列的长短不一的作品上，其色调渐趋灰暗、朦胧、虚幻、晦涩、驳杂、溷浊、惨淡。他的代表作《雪国》是从1935年起断续发表到1947年完成的。这部小说充分地显示了"新感觉派"的创作特色。川端康成是到目前为止，日本唯一的获得诺贝尔文学奖金的作家，名噪世界，获得很大声誉。

那么，《雪国》的特色怎样呢？

作品描写一个中年男子叫岛村，家庭富裕，靠遗产过游闲日子，对东西方音乐、舞蹈都爱染指，探求瞬间的美感。他离开东京的家和妻子，到上越的地区的小温泉村旅游，招来当酒女的艺妓驹子，勾引了这个卖艺不卖身的酒女的狂恋，每在夜晓之间偷情贪欢。在三次不同季节体验了驹子的肉体美得到了满足，最后厌倦感到"徒劳"。另一方面，始终吸引岛村探索心灵美的，是最初在火车中感觉到的叶子的眼睛，她伴着一个病青年坐在斜对面的座位上，火车的玻璃窗反映出这少女俊秀的脸庞上一只异常美丽的眼睛，常常闪现在他的脑海。原来驹子与叶子是歌舞伎学徒姊妹，那病青年叫行男，是教三弦师傅的独子，已和驹子订了婚。驹子为报师恩去当艺妓救治行男的病，这伤心事写在第一页日记上，对岛村也一直隐瞒着。有一次叶子来约同驹子去看行男的坟，也不愿随行，岛村又一次接触了叶子的目光，但没有接触到她的肉体。一天夜里，楼房发生火灾，叶子从二楼跌下来，她的遗体被火光反映出哀艳的美感，驹子不顾性命去救叶子，表现出姊妹情谊的牺牲精神，显出了她的心灵美。就在这悲惨的早晨，岛村

· 182 ·

第三次，也是最后一次告别了"雪国"。那两姊妹在岛村感觉上分裂了的形象，虽然达到虚幻的统一美，可是面对眼前的现实，却感到瞬间美感的"徒劳"。

这篇小说侧重细致的心理描写，把人物形象放在北国特殊环境和气氛下，朦胧地显现出来，美化了庸俗，夸张了瞬间的感觉。主题孤立在动荡社会外缘的游乐小天地。这是战后初期完成的作品，比战前写的淫靡娱乐剧《浅草少男少女》(1930 年)、《花的旋舞》及变态情欲的《禽兽》(1933 年)等似高一筹，但战后年间写的作品脱离当前社会的现实生活，则愈趋颓废、堕落。举其最有特征的，如《千只鹤》(1951 年)，写纨袴子弟菊治和亡父的情妇太田夫人通奸，夫人受隐情折磨神经而自杀。菊治又对夫人的遗女文子发生邪念，只因文子打碎母亲口红染过的茶杯，深受感动，唤醒了美感。继之《山之音》(1949～1954 年)写 62 岁老人信吾，对儿媳妇产生"梦幻般的爱情"，又由于往日对老伴亡姊爱慕过的梦幻，忽然苏醒，和流露出亲属间感情的可悲刺激，陷于神经错乱，幻觉到山中的声音而恐怖。《沉睡的美人》(1960 年)，更赤裸裸地描绘老迈体衰的男子，玩弄服了安眠药而沉睡着的妓女，变态性欲丑态百出。

川端康成荣获诺贝尔文学奖金之后，1972 年 4 月忽然自杀了，至今原因不明。

第十三节　战争时期的突出作家

(一) 被征从军的作家火野苇平、石川达三

火野苇平(1907～1960 年)，原名玉井胜则，生于福冈县若松市，在中学四年级时写了小说《女贼的怨灵》。1926 年在早大第一高等学院英文科就学期间，主编同人杂志《街》，用玉井雅夫笔名发表小说及译诗。1928 年在福冈第二四连队(团)入伍，这时因

关心工人运动，接触了马列著作。翌年，到若松港采煤场当搬运工。1931年任该港采煤搬运劳动组合书记长。1932年上海事变时到上海从事搬运工作，回国即被捕入狱，发誓"转向"获释。1934年参加同人杂志《经纬仪》，开始用火野苇平笔名。1938年2月他在杭州接受了芥川奖，5月随军到徐州，任军报导部勤务，他把随军的体验记录下来，用一个士兵的从军日记的形式，写成《麦子与士兵》，发表在同年《改造》8月号，这作品，把在行军、战斗中的体验，作为活生生的现实再现出来，其中迷离变幻的战场风景和战斗部队的士气，掺杂古风的人情和"皇军"的神勇，对于很想知道当时在中国战争情况的"枪后"国民，起了迎合他们渴望心理的效果。接着又写了《土与士兵》、《花与士兵》等作，成了写战争文学的第一个风头作家。由于《麦子与士兵》一时哄动，内阁情报部大为振奋，立即制订了文化人从军计划。1938年9月，石川达三、丹羽文雄、杉山平助、吉川英治等22名作家，奉命组成"笔部队"，随军到武汉作战去。于是从军报告文学流行起来。

石川达三（1905—　），出生于秋田县。1924年在关西中学毕业。1925年进入东京早稻田大学英文科读书，1927年退学。进国民时论社，1929年辞退，参加移民群渡往巴西，做农场劳动助手，约半年后以结婚为理由回国，写了《最近南美往来记》（1930年），在《国民时论》连载。1932年编辑《现代舞蹈》杂志，又是《新早稻田文学》和《星座》同人。1935年以《苍氓》小说获第一次芥川奖。1937年写了反映小河内村农民苦状的《阴暗之村》，闯了笔祸。转而写了《结婚生活状况》，把自己化身的主人公写得谦逊服从，买得好感，即被派遣从军去攻打武汉。可是他根据1937年8月作为特派员从军参加南京作战的经验，写成《活着的士兵》（发表在1938年《中央公论》3月号），又闯了更严重的笔祸。这篇战地中篇小说，揭露了士兵丧失了人性，在中国犯下令人惊心怵目的暴行。其中有军国主义的典型下士笠原、用铁铲敲断中国伤兵头颅的从军僧片山、不能忍受战争残酷的知识分子兵近藤和仓田等。作品被禁，作者受审二次，判决坐监四个月，缓期执行三年。到战后重新执笔写了几个长篇小说：《四十八岁的抵抗》（1956年新潮社版）、《恶的快乐》、《在自己的洞穴里》、《人墙》（1957—1959年，3卷），以上诸作写战后不安定生活下的各种人的心理阴暗，生理衰化，精神恍惚；《人墙》写女教师，认识到教师也是劳动者，否定教师神圣的观念。《金环蚀》（1966年）是揭露日本政党内部黑暗倾轧的长篇小说而哄动一时。

（二）亡命参加抗日的"纳普"作家鹿地亘

鹿地亘（1903～1982年），在"纳普"时期，始终与中野重治合作的战友差不多同时被逮捕入狱的难友。1934年10月保释出狱。他于1936年1月带病秘密逃到上海，他和他的夫人池田幸子在上海度着艰苦的生活，但得中国文化界的照应和内山书店老板完造先生的关怀，较为安心地疗养并翻译《鲁迅全集》。直到与出逃日本的郭沫若会面，从此取得联系。抗日战争爆发后，南京沦陷，上海危急，他与夫人南下，辗转到汉口，发表了抗日演说。武汉告急，又转往桂林，与主持《救亡日报》的夏衍相处一段时期，后到重庆会见郭沫若，当时郭氏任中央军事委员会政治部第三厅厅长，周恩来任政治部主任，得到周、郭的关照，从此鹿地亘负责组织"在华日本人民反战同盟"，基地设在贵州某地，在那里学习抗战政策，训练一批一批（包括部分有思想觉悟的被俘日本兵士），分派到最前线（尤其是广西镇南关一带）去作反战宣传的战斗员。鹿地亘写下活动和实战记录及回忆录。如《和平村记》（1939年）、特写《我们七个人》、剧本《三兄弟》（1940年）、评论集《日本当前的危机》（1943年）、回忆录《如火如风》（1958～1959年）等，大多由夏衍翻译出版了。1946年5月回国，着手完成出版《鲁迅全集》六卷译本。但不久被美国特务绑架，下落不明。经过进步文化界呼吁追究，群情激忿，掀起了广泛的人民大众抗议运动（即1952年公开化的"鹿地亘事件"）。鹿地亘终被释放出来，但从此愈益病弱。他在长期住院治疗期间，仍坚持拿笔战斗，直到1982年7月逝去，终年79岁。

鹿地亘为中国抗日战争劳瘁十年之久，功绩显赫。除前述主要遗作外，还发表过论文《文学的感想》、《文学杂记》（1938年）等。作为历史经验教训的实录，1959年写了关于无产阶级文学运动的回忆，题名为《自传的文学史》。1965年，翻译了吴强的长篇小说《红日》。

以上仅举日本在"暗谷时代"（1937年芦沟桥事变到1945年日本战败）的表现突出而具有不同立场和特色的三个作家。其他或因反战而受迫害，或为"皇军"大效犬马之劳到战后而受批判者则从略。

第六章　战后文学的开展与倾向

第一节　概　述

第二次世界大战，最后以日本投降结束。从 1945 年 8 月 15 日
日本政府宣布无条件投降的那天开始，暴露了军国主义的侵略战
争招致的悲惨后果；在日本本土的废墟上，笼罩着荒凉、悲怆的
景象。从瓦砾中，从原子能放射线下活过来的广大人民，为恢复
正常的生活，为重建家园而艰苦地挣扎。人们痛定思痛，反省历
史的教训，或回忆过去，或考虑眼前的处境，或忖测将来的前景，
由此而产生的各种心理、行为，都反映在当时的文学创作上。

由于日本人民传统的坚毅、勤劳、刻苦精神，加上当时各种
有利的国际环境和新科技条件，仅仅经过三十多年的奋斗，艰苦
的努力，实行各种社会改革，更新经济体制，特别是电子化工业
的建立，生产技术不断革新，一再飞跃，到 80 年代，成为世界第
二经济大国。但由于资本主义社会的固有矛盾，在生活水平迅速
提高，社会繁荣富裕的同时，也产生了各种社会问题，这些社会
问题产生的各种心理、思想的矛盾，也以各种形式反映在文学创
作上。

第二节　新戏作派

从 1945 年战后开始到 60 年代末叶期间，日本文学有各种流
派。在战后初期，有所谓"新戏作派"，后称"无赖派"，也有称

· 187 ·

203

"反秩序派"的,有些主要作家在战前 20~30 年代就有行为浪荡、思想颓废的倾向,名人的创作多因幻想化、抽象化,不大受读者欢迎,也有借题讽刺现实而被禁的。到战后归为"新戏作派"一类的有坂口安吾(1906—1955 年),太宰治、石川淳、织田作之助、田中英光等,此外有小说、评论家伊藤整(1905—1969 年),剧作家三好十郎(1902—1958 年)等。

坂口安吾在战前 30 年代发表的短篇小说《风博士》,得到流行作家牧野信之的赞赏;《黑谷村》得到岛崎藤村的赞扬;开始跻上文坛,主要以他的艺术形式新变化吸引较多的读者,但就内容而论,是荒诞不经的,例如在举行婚礼时化风而去的"风博士",为了报夺妻之仇,他偷了论敌蛸博士的假发,因失败,化风而去。小说以"闹剧"形式表现孤独的悲鸣。接着发表的长篇小说《霓博士的颓废》等追求沦落中的青春美。对战后彷徨的青年给以强烈刺激的,是 1946 年在《新潮》4 月号发表的评论《堕落论》和 6 月号上的小说《白痴》。特别是他的论点,认为战争下的美是死的美学,为了生存人们就要堕落,彻底堕落才能发现真正的出路。他否定战争中的一切伦理观念,反对受形式的传统美束缚,要自己去探索生活方向。太宰治(1909—1948 年)的代表作有《斜阳》、《维扬的妻子》(1946 年)、《人格的堕落》(1948 年),把悲伤和苦恼写成美感情绪。织田作之助有《世相》、《星期六夫人》(1946 年),描写了战后社会的颓唐。石川淳(1899—)是个汉学和西方文学修养极高的小说家、评论家。少年时代受过曾任儒官的祖父教养;1920 年在东京外国语学校法语科毕业后,翻译了法朗士、纪德等的小说。到 36 岁发表处女作《佳人》才正式登上文坛,次年 (1936 也在《作品》杂志)发表《普贤》,翌年得四次芥川文学奖。《文学界》(1938 年 8 月号)发表他的讽刺军国主义好战的小说《玛尔斯的歌》被禁止发售。这之后,还写了大量的讽刺小说,战后代表作有《黄金传说》(1946 年)写如何在绝望中挣扎。

这时期多用象征手法，表现无政府主义的情绪。1963 年被推选为艺术院会员，1975 年作为访华学术文化使节团与吉川幸次郎等一同访问了中国。田中英光（1913—1949 年）有《醉鬼船》（1948 年）、《野狐》（1949 年），描述陷入情欲的痛苦和毁灭。1949 年 11 月 3 日在他师事的太宰治墓前，也以自杀了却他的烦恼。

第三节　民主主义文学

日本投降以后，原来"纳普"一派的一些作家，在 1945 年 12 月成立"新日本文学会"，第二年 2 月，进步文化界成立了"日本民主主义文化联盟"，3 月创刊《新日本文学》。在这段过程中，与《近代文学》的本多秋五、小田切秀雄等七人战后派发生了论战。平野谦批判战前的"普罗"文学运动，认为把文学当做政治工具，损害了个人的自主性和文学的自律性，而且放弃了曾用人民解放的政治名义去克服封建的意识感情这种号召。又认为缺乏自主性思想的人，在严重的镇压下产生了许多转向者，从属政治而没有自律性的文学，就容易转化为向侵略战争的从属。宫本显治、藏原惟人、宫本百合子、中野重治等进行了反驳，其中以百合子在她的《1946 年的文坛》一文论述较详。认为《近代文学》等人的共同倾向是：以为在日本文学的传统中，尚未确立近代意味的自我，所以在资产阶级民主主义阶段上确立个人的个性，是今日文学的任务，而包含知识分子的全人民民主的社会生活，就不当做推进的方向，毋宁是对抗这样的社会潮流，顽固地把个人从这样的社会潮流孤立开来，从社会历史抽象出"个别经验的特殊性"，固守在这种主观心理的凝聚上。接着分析了造成这种主观心理的客观原因，如封建的绝对主义的破坏力、在半封建者庇护下资产阶级的妥协性，无力完成资产阶级的民主主义，知识分子要求自我确立，个性自主是不可能的。现在新民主主义运动，若不实现向包括知识分子的全体人民的民主社会生活开拓出路，要发展怎样的自我，怎样的个性是不可能的。接着又在《为了谁》、《作家的经验》（1946 年 10 月）等文中阐明新民主主义的内涵实质，战斗立场和要求，现实变革和自我变革的统一。

宫本显治对于批判普罗文学的"政治主义"，写了《政治和文学的立场》、《新的政治和文学》（均 1947 年）等文，着重阐述了文学、艺术、文化，不能超然于阶级斗争、政治斗争之外，是直接批判平野谦、荒正人而写的，根据马克思、列宁主义的文学艺术理论的原理诸问题，评价战前无产阶级文学运动和战后民主主义文学运动的课题和方向。但对于战前党内左右倾路线斗争，尤其是批判了山川均右倾之后的福本主义的极左影响，招致严重的政治镇压，包括左翼作家及出版物的被迫害、摧残；在这方面，似乎回避对平野批判所谓"政治偏向"，作出实事求是的辩驳。到1950 年，在批判国际共产党情报局时，日共发生分裂。藤森成吉、江马修、德永直、野间宏等，在这年 11 月创刊《人民文学》，指责"新日本文学会"采取小资产阶级路线，主张以工人、农民为基础的"大众路线"。第二年 1 月，宫本百合子去世，又认为"百合子是帝国主义的爪牙"，这种过激的偏见，只能使派性对立尖锐化，为此，民主主义文学运动便分裂为两大派，纠缠于混乱状态的论战中。

到 1952 年 2 月，新日本文学会召开第六次大会，才消除了对立。1954 年以后，又重新统一于《新日本文学》中。

战后代表进步文学一面的《新日本文学》，在揭露批判侵略战争的祸害，促使战后人们的反思，生的求索等方面，作出不少贡献，如百合子在创刊准备号上发表的序幕篇《歌声啊，唱起来！》，作为奋起的号召，接着每期发表或连载许多作家的力作，如百合子的《播州平野》、佐多稻子的《绿色林荫道》和《我的东京地图》、壶井荣的《妻子座》、山代巴（女作家）的《出芽时刻》、以及德永直的长篇小说《妻呵，安息吧！》（1946～1948年），中野重治的《日本文学的诸问题》（1946年）和对平野谦展开关于"政治与文学"等的论争文。

第四节　反思侵略战争的文学

战后对侵略战争的失败进行反省的文学，主要是报告文学。重要的作家有曾经当过随军记者的井伏鳟二（1898～　）他以在南洋战地生活为题材，写了《今天停诊》（1950年）和《遥拜队长》，后者描写一位中队长，绰号叫"遥拜队长"的，经常率领部下向东礼拜天皇，负伤后，大发妄想狂。战争结束后，他回国了，仍以"队长"自命，还对周围的人们下作战命令，或作军国主义的演说，或歌颂天皇，作出种种可笑的行径。长篇小说《黑雨》（1965～1966年）描写广岛受原子弹毒害的人民的悲惨生活。

此外，影响较广泛的还有野间宏的《阴暗的画面》（1946年）、《真空地带》（1952年）。上林晓的《在圣约翰病院》（1946年）、武田泰淳的《在流放岛》（1953年）、山代巴的《板车之歌》（1955年）、霜多正次的《冲绳岛》（1957年）等。

第五节　野　间　宏

野间宏（1915～　）生于神户市，从小便受到佛教影响。从大阪府立北野中学毕业后，1932年考入第三高等学校，这时认识了诗人竹内胜太郎，并受其影响，倾心于法国象征主义，开始热衷于文学。1935年考入京都大学法语科，由于竹内胜太郎遇害身死，他深受震动，从此开始关心政治，京都大学当时成了反战的学生运动中心，野间宏参加了马克思原著读书会，并参加了工人运动。1938年大学毕业，入大阪市政府社会部福利科，担当贫民地区的种种救济工作,这工作使他接触到部落解放运动的领导人,受到影响。1941 年被征入伍,先派到中国,后派往菲律宾,因患疟疾,1942 年被遣送回国。1943 年当局以违反治安维持法的罪名,作为思想犯,投入大阪陆军监狱,年底获释,在监视下做军需工作。日本宣告投降,野间宏即着手创作《阴暗的图画》。1945 年 12 月到东京,完成了原稿。翌年,开始在《黄蜂》杂志上连载,这是回忆战争爆发时同朋友看法国象征派画家布留格尔的画集的情景,借以描绘"七七"事变后的黑暗年代,京大进步学生的群象,是"战后派"最早的作品。他在东京参加过民主主义文化联盟的杂志《文化时代》的编辑工作。1948 年发表《崩溃的感觉》描写了战争给人们带来精神上和肉体上的创伤。而影响最大的是《真空地带》(1952 年),小说描写成为朝鲜战争美军基地的日本,开始发生新的抵抗斗争——反战、反军国主义的情景。主要写木谷上等兵在两年刑满后,出了陆军监狱回到了自己原来的部队内务班。他发现部队全变了,自己也变了。他要查找是谁陷害他,使他尝了两年的铁窗风味。木谷得到知识分子出身的士兵曾田的同情和帮助,期待着木谷能打破军队内部的"真空地带";恢复人的自然性和社会性。木谷终于找到了陷害他的林中尉,才明白自己当了军官之间磨擦的牺牲品。后来木谷又受到迫害,被送往战场,逃脱又被抓住,最后送上死亡前线。

第六节　井上靖、水上勉

井上靖(1907～)生于旭川市,幼时离开任军医的父亲和母亲,到原籍静冈县曾祖父家寄养,上学。1936 年东京大学哲学科毕业。在这期间,在《焰》等诗刊发表诗作,并在《新青年》、《新剧坛》等杂志发表小说、戏剧。1937 年被征兵到华北,第二年因脚气病免役后,当美术记者,与野间宏等诗人交往,战后在

《文学界》发表《猎枪》、《斗牛》（1949 年）获芥川奖。尤其《斗牛》深刻地揭露了战后投机商人营私舞弊，借斗牛比赛设下骗局，大发横财的诡计。生动地塑造了冈部弥太郎和三浦吉之辅两个新老投机商人的形象，他们尔虞我诈，各自大施招摇之技，诱引观客，大捞一把。

故事是这样叙述的：大阪新晚报社，利用报纸做宣传工具，组织了一次斗牛比赛。先是报社编辑部主任津上，接见从四国来的田代，会谈斗牛广告事。田代强调宣传作用，并建议把出场比赛的牛都买下来，买 22 头才 110 万元，如果报社要买，可以和 W 市协会方面商量，反正一下就赚得 200 万元。可是加上其他开销，集资不是易事，于是津上到尾崎去找冈部弥太公司的冈部商议，又去同三浦公司的三浦打交道，而三浦是个很有心算，意志坚强，以理性控制感情，善于当机立断的人，而且总是象命中注定走红运似的。只要看他临场以后，始终不动声色，冷静傲视，胸有成竹地必操左券的态度，明眼人会猜中其闷葫芦里装的什么药。

当津上算算只售出三万一千张入场券，如果现在结帐，就要损失大约百万元，其中 50 万元借债就无法补偿，为此而焦虑着。而负责筹款的田代，心里也明白，借款是从他的魔鬼大哥借来的，他丝毫也不讲情理，想着就急得搔头皮，但急中生智，建议闭幕式放焰火时，把换取"清凉剂"的一百张票子，夹在焰火中间一齐放出去，谁捡到票子就奉送"清凉剂"，焰火的开销费补贴给负责放焰火的人，便可应付过去。协商好之后，两人登场看比赛当中，三浦才出现。津上揣度出场比赛的 22 头牛，可能有几头不再回 W 市。冈部只是听着介绍牛的来历，趾高气扬地频频点头。这场三谷牛与川崎牛比赛，是一场最精彩的节目，分别标志红、黑色对斗，哪知斗了一个多小时不分胜负，势均力敌，到精疲力竭还负隅对峙。主席台上有人提出是否判成平局，津上建议，用观众鼓掌的方式来决定可否。结果决定进行下去。又斗了一场，还是不分胜负，竹栅栏和四周的观众，耐不住雨后的寒冷，已散去了三分之二，下赌注的不肯平局收场，硬要斗个胜负揭晓。于是"饲养员正在敲打牛屁股和牛的侧腹，挑动它们厮杀。彩旗呼啦啦地迎风招展，扩音器对这种一动也不动的比赛，喋喋不休地重复着一句话。那频于疲劳、焦躁和悲鸣的声音，也若断若续地被播送出来。"结果那头枣红色的牛斗胜了，兜着圆圈不断奔驰。"它的奔跑在搅拌着潜藏在这马蹄型球场中，如同深邃沼泽般不可名状的悲哀，"到此，带有象征意味地结束。那些筹划赌场和下赌注的人物中，谁大捞一把呢，只要注意一系列的动作、表情的表露，便可猜中左券操在谁手了。

井上靖战后还写了多部长篇历史小说，其中有取材自中国的如《天平之甍》（1957年）和《敦煌》（1959年）。前者是追溯中日友好关系和文化交流的悠久历史，以鉴真和尚渡日传播唐代汉文化和佛典为题材，歌颂了他千古不衰的功德。"天平"是日本圣武天皇的年号（729～749年）是文化最盛的年代。"甍"是屋脊翘起的两端，比喻高峰。鉴真和尚（688～763年）曾五次渡日失败，两目已失明，终至在天平胜宝六年（754年）渡日成功。小说描写与鉴真渡日有关的五个留唐僧的命运。最后普照望着唐招提寺屋顶的甍，无限感慨。这部小说的题目是明示鉴真和尚促成天平年代文化兴盛的高峰。

《敦煌》用浪漫传奇的笔法，描写宋仁宗年代，一位叫赵行德的秀才，应考进士及格，但临殿试时自恃高才，瞌睡误过了时间，失掉了功名，流落街头，出于怜悯心，赎救了刀下的西夏女奴，随即西奔，过阳关，入西夏，经敦煌，陷于战乱，备受九死一生之苦。作者着意描绘了少数民族的风土人情，沙场的恐怖，西夏民族的骠悍，地理环境和气候的特殊，绘形绘声的艺术渲染，以及悲剧性的故事情节，颇有参考价值。

此外以汉魏时代的西北为背景的《楼兰》（1958年）、以成吉思汗为主题的《苍狼》(1959年) 等异邦情调历史小说，都获得各种文学艺术奖。

另一部历史小说《孔子》，从1986年6月起，在《新潮》杂志上连载过。

水上勉（1919～   ）生于福井县大饭郡。父亲是个长期在外找活干的木匠，好赌博，很少给家里寄钱，水上勉九岁时因家境艰难，不得已到京都瑞春院当小和尚。由于住持不守清规的行为，对佛门的幻想破灭，14岁逃出了瑞香院。其后又到等持院当小和尚，17岁时又逃了出来。当过木屐店店员，卖膏药小贩及各种各样的职员，在半工半读期间，进过立命馆大学国语科学习过一年。1939年当运输公司职员到了中国东北，不久回日本治病（咯血），开始对文学发生兴趣，在1940年到东京入日本农林新闻社工作时，结识了小说家梅崎春生等人，当过小学代课教员，参加过同人杂志等。到1948年小说家宇野浩二推荐他的短篇小说集《平底锅之歌》，成了畅销书。搁笔十年之后，写了长篇推理小说《雾与影》（揭露导致纤维产业界不景气的原因）、又写了因公害导致水俣病的《海的牙齿》（1960年）以及同年发表的《耳朵》等，被公认为社会派推理小说作家。在《饥饿的海峡》（1962年）之后，转变了创作风格，以北陆地方和京都为背景，有许多是描写女性的悲惨命运，充满美艳、感伤、宿命的情调。例如《五番町夕雾楼》（1962年），描写因穷困被卖给妓院的夕子，和她幼时旧友在京都出家的栎田正顺，因一次约会而悲剧告终的故事。

这是中篇小说，叙述与谢半岛的女子片桐夕子，为了给母亲治病，把自己卖给了京都五番町妓院夕雾楼，她第一次接的客人是西阵的织造业主竹末甚造。夕子幼时的朋友栎田正顺在京都风阁寺当和尚，有一天他收到夕子的信，便到夕雾楼去相会，二人同病相怜，情不自禁地难分难舍，并无发生肉体关系，并不知情由的竹末向寺院告了密，正顺和夕子被迫分离，正顺愤然放火烧了风阁寺被抓起来；夕子在老家服毒自杀。

最为中国观众熟悉的是改编为卡通电视连续剧的历史小说《一休》（1975年）。

水上勉的创作风格，在日本被传颂为"水上调"，语言朴实清新，富于乡土味，特别山区人民的古朴、纯厚，但揭露世途险恶，人生坎坷不平的时候，常常笼罩着深沉的悲哀和令人寻味的凄凉。

水上勉也是对中日友好作出积极贡献的作家之一，访问中国十次以上，每游佛寺最激动。

第七节　开高健、石原慎太郎

开高健（1930～　　），生于大阪。青年时期经历过大空袭，1950年在大阪市立大学法科就学时，开始写小说，靠半工半读毕了业。1957年在《日本新文学》8月号发表了中篇小说《帕尼克》（原意是希腊牧羊神的惊恐〈panikos〉，转义指"经济恐慌"），得到好评。同年在《文学界》12月号发表了《裸体国王》，获芥川奖。

《帕尼克》是描写某地方五万町步（每町步相当于中国一顷地）土地上，经历一百二十年成长的矮竹，忽然开花结实，它的营养价值差不多与小麦相等。但结实之后，矮竹枯死了，老鼠拥来嚼食竹实，很快繁殖了大群老鼠，把竹实吃光之后，便从农村向市街袭来，县厅山林课的一位青年，提出有效的对策，由于地主们的眼光短浅和官厅机构的官僚主义们的昏庸腐败，不接受他提出的对策，结果鼠害在扩大。这篇作品的特点是：层次鲜明地刻画鼠害的情景，特别是以丰富的想象力和奔放的表现力，描绘鼠群的移动，以及用尖锐的批判力，挖掘官僚机构造成社会性的危害，以致一个优秀青年被孤立，任由到处受了鼠群的袭击和蹂躏。实际作者构思的背景，是现实存在的庞大而牢固的官僚体制，自然的灾害变成人为的灾害，有为的青年不能发挥其才智，对上

· 196 ·

层统治的黑暗感到绝望。从作品的青年形象看，开始是显示自我意识的坚强，最后以无能为力而消极，证明作者还未深入社会生活，还不了解民主运动中人民的新觉醒和力量，冲击和动摇官僚机构，已在形成着一股浪潮。

石原慎太郎（1932～　　），生于神户，幼时随父到过北海道，后迁神奈川，在湘南高校上学时，爱绘画和踢足球。在一桥大学受法国象征主义文学影响。1955年发表了《太阳的季节》以后，接连发表了心理变异或荒诞的性意识作品，如《处刑的房间》、《死的博物志》、《化石的森林》等等。

《太阳的季节》的历史背景是：朝鲜战争结束后，作为美国军事基地的日本，经济繁荣起来，在美日协作和支持下，日本资本主义复活，急速地确立了独自支配力，成为新的"经济动物"的组织者而登上舞台，扮演资本垄断的角色。他们以既成秩序为武器，实质抛弃既成秩序根基的天皇制（未免天真的幻想），而依靠资本的力量来确立追求自我利益的支配体制，于是产生新型的个人主义者，作品主人公是一个高年级大学生，便是这一类人物。他出身于富有家庭，在学生时代，当过拳斗选手，除了热心于体育运动外，还猎色女性，在时髦的年青姑娘们当中，挑选一位做主角，半分游玩，半分恋爱，做作、表情、姿势，一派浪漫风情。

在对打的场合，不考虑行为是否正当，只求自我满足，无所谓成败，豁出命斗到底，事后什么该反省，该认罪，一概置之脑后。

在所谓恋爱的场合，当他跟恋人发生摩擦而冷淡时，一见有个男子带着她在吹管乐玩耍，就找借口把那男子殴倒在地；或者在交游的中途，把认真考虑终身大事的女子，不屑一顾，甚至加以践踏，以5000元代价让给他哥哥。他以割爱来炫耀自己，再挑选别的女性。最后的恋人身罗重病，男主人公的无情行为才算适可而止，恋人在动手术中死去的时候，开始对她产生自觉的爱，想

・197・

到她的死，是对自己报了仇。

这篇作品塑造的男主人公形象，还未具有新生代的思想自觉性，只是在畸形的垄断资本主义条件下，自发的一种极端利己的个人主义，既无力破坏既成秩序，也不可能以荒诞一类的行径，来剔除传统的习惯，所以比开高健的《帕尼克》的男主人公更缺乏思想自觉性和志向的明确性。

这部作品发表后，大受不满现实的青年欢迎，甚至起而崇拜、模仿（流行过"慎太郎发型"），但在文坛上，也有强烈的反对呼声。这部作品，当时引起一场赞与否的大争论。

第八节　山崎丰子

山崎丰子（1924～　　），生于大阪。1944 年在京都女专国文科毕业。任《每日新闻》记者时掌握了 60～70 年代社会激变的素材，写出了《母系家族》、《白色巨塔》等小说。代表作是《华丽家族》（1974 年），这部长篇小说以昭和年代为背景，描写在姬路、播州平原上，有一户万俵家世代大地主，万俵家的第十三代万俵敬介，于第一次世界大战后，在神户创立了万俵炼铁厂和万俵银行，便奠定了万俵财阀的基础。其子大介继承父业，把万俵银行扩大经营，变成全国第十位的城市银行，同时发展了万俵炼铁厂，成为具有现代化设备的特种钢公司。又为了扩大自己在财、政界的实力，通过儿女们的婚姻，建立裙带关系。万俵大介的长子铁平，娶了通产大臣大川一郎的女儿，大女儿嫁给大藏省银行局副局长美马中。参预设计并张罗裙带婚姻计划的不是大介的公卿华族出身的妻子宁子，而是他的情妇、家庭教师兼总管的高须相子。

不久，欧美的资本向日本汹涌而来，大介为了增强对抗外资势力，通过女婿美马中的活动，一方面收买通产省（通商产业部）金融检查官田中，窃取各大银行经营内幕的绝密情报，掌握了各大银行的致命弱点；另一方面，从永田大藏大臣那里探听了官方对银行合并的计划，了解到和平银行发生非法贷款事件，大臣有意让大介的阪神银行同该银行合并，可是大臣的政敌、自由党干事长田渊，有意让第三银行吞并和平银行。在双方争夺的纠葛中，大臣支持大介，他抓住第三银行也搞非法贷款的把柄，暗中买通报社，公开揭露内幕，打掉了第三银行同和平银行合并的计划。大介一招出手成功之后，更加野心勃勃，甩开和平银行，策划吞并另一家更大的大同银行。

另一方面，交叉描写了大介的长子铁平。他担任阪神特种钢公司专务理事之后，筹划兴建高炉，解决生铁来源，借以摆脱帝国炼铁厂的控制，来对付钢铁界的激烈竞争。他在岳父大川的暗中协助下，得到了通产省的私下认可，便向有关银行筹措资金。首先以阪神特种钢公司的主力银行（阪神银行），可按惯例申请借贷资金总额的百分之四十为理由，而大介不同意，借口目下银行竞争激烈，给阪神特种钢公司长期低息发放巨额贷款，对本银行极不利，有意将这个包袱甩给大同银行，借此把它拖垮而一举吞并之。另一个心理因素的矛盾潜在着：大介一直怀疑长子铁平是宁子嫁后不久，被父亲敬介奸污后生下的，再加相子从中挑拨，致使父子矛盾越发加深，以至大介狠心拒绝铁平的请求贷款。

在这关键时刻，传来了阪神特种钢公司的主要雇主——美利坚轴承公司倒闭，同该公司签订的订货合同成了一纸空文，为此，蒙受了重大损失，资金就更加拮据了。铁平暗自想法克服困难，不料大介获悉内情，大发雷霆，借故削减对阪神特种钢公司的贷款。铁平无奈，转向他的好友、大同银行总经理三云求助，三云答应协助实现其建造高炉计划。大介利用此事，指使手下人伪造帐目蒙骗三云，把他步步引进泥潭；又收买大同银行的常务理事绵贯，窃取大同银行的内部情报，制造该行的内部矛盾。当该行因阪神特种钢公司发生爆炸事故，大宗贷款无法收回，趁其资金涸竭，行将倒闭之机，进逼三云辞职，铁平建造高炉计划便告吹。

大介为了扩大实力，在相子的协助下，再次搞裙带婚姻这一招，让二儿子银平同阪神银行的头号股东、大阪重工业公司经理安田的女儿万树子成亲。万树子过门不久，偶然发现大介的卧室里，两张单人床之间夹着一张双人床，了解了万俵家妻妾同床的秘密。为此，恨透了相子，鄙视道貌岸然的公公，对于表面富丽堂皇，底子里男盗女娼的家庭，更恨之入骨，加上平日她与丈夫银平龃龉，怨恨交集，愤然跑回娘家去。大介闻讯，焦急万分，生怕失去安田这股力量，他要吞并大同银行就难实现，只好亲自到安田家赔礼道歉，把万树子领回万俵家。

大介又同相子合计把二女儿二子，与总理大臣佐桥夫人的外甥细川联婚，但二子在铁平的牵线下，已经爱上了阪神特种钢公司的技术员四四彦，不同意这门许亲。相子借此挑拨大介，说铁平有意破坏这门亲事。于是大介威胁二子，若果不同细川定婚，就饶不了铁平，二子为了促成铁平实现高炉建造计划，不得已假意答应。

大介终于在总理大臣暗中协助下，吃掉大同银行，自任新成立的东洋银行总经理之后，逼使铁平辞职，并准备让帝国炼铁厂接收行将倒闭的阪神特种钢公司，铁平因此而愤然自杀。铁平的血型被化验的结果，大介才确认他是自己的亲生子，懊悔不已。这时，二子解除了同细川的婚约，银平也同万树子离了婚。大介为了保持自己的地盘和信誉，不惜用一笔巨款作交易，把情妇高须相子甩掉。在人去楼空，寂寞难以名状当中，他没料到永田大臣又策划新的部署，借口改善合并后的东洋银行的素质，阴谋让五菱银行把东洋银行吞并掉。于是豪门望族的万俵家，终至没落。

这部小说首次揭露了战后 70 年代后所谓第三次工业革命兴起，金融资本家为垄断市场，不择手段地搞损人利己的黑暗内幕。90 年代完成了巨著《大地之子》是写日本遗留孤儿陆一心的感人事迹。

第九节　松本清张

松本清张（1909～　），在战后十年以后，以写推理小说活跃于文坛。他出生于小仓市，高小毕业后当过印刷厂的排字工人，勤奋自学，后来进入《朝日新闻》社工作，开始从事文学创作。他的代表作之一《波浪上的塔》（1959～1960年），被认为是标志着打破纯文学与大众文学对立的杰作。

他写出一系列推理小说有《点与线》、《眼之壁》（1957年）、《砂器》（1960年）、《深层的海流》（1961年）等等，都属刑事侦探小说。他开创了社会性推理小说。

《波浪上的塔》的结构较曲折，梗概如下：

小说的开头是描写娇生惯养的田泽局长的女儿轮香子爱在休假日单身外出旅行，在旅行中，喜欢探索原始人住过的穴洞和幽静的自然环境，调节大城市的烦杂、紧张而单调的生活。起初在诹访，遇上一个醉心于考古似的青年，其后跟女友（大学同窗）的佐佐木和子去游武藏野，在深大寺附近，又见那青年和女伴出现，但他们像有意避开，不当面互相介绍。原来那青年叫小野木乔夫，他的女伴叫结城赖子。

故事和发展颇曲折，概括其中心内容的要点是：围绕赖子和小野木的恋爱，强调纯真的爱情。赖子是有夫之妇，但在家庭里享受不到爱情的温暖，她真诚地热烈地爱着小野木，而刚刚被任命为检察官的年轻的小野木，也一往情深，执拗地爱着赖子。

赖子的丈夫在政府官员和企业家之间，充当牵线搭桥的情报掮客，由他起着主要作用的一起贿赂案，终至被暴露并遭到起诉。检察部门步步深入侦查，追逼到政界的上层人物。小野木正是审理这一案件的主要检察官之一，为了逮捕涉嫌情节极多的赖子丈夫结城，检察官一方与官厅一方展开斗争。结城买通林律师和新闻记者，为打击小野木而不择手段，借报纸为宣传武器，为诬陷小野木与赖子的亲密关系，辩护团披露小野木突然被调离特别搜查班所属部门之后，地检就狼狈起来。结果赖子因与小野木的关系已张扬于世，痛悔自己毁掉了小野木的前程，被逼走上绝路，正像一座建在波浪上的宝塔，在夜色苍茫中，沉没在原始密林里。

作者通过这部小说，揭露政府官员与企业家的勾结谋利，以送礼、请客、贿赂为诱饵，使社会上的体面人物口软，临危畏缩，买通律师颠倒黑白地辩护，利用新闻记者吹风煽火，企图打击小野木，使无耻卑鄙的掮客的结成脱身，登出所谓 R 省的贪污案件的消息。

同时也揭露了日本现代妇女，在铜臭冷酷的家庭，享受不到人生的幸福，而得到纯真的爱情，也往往落到不幸的结局。

这部小说，对于自然描写和心理刻画，情景交融，细致入微。在侦查方面，用推理手法，使情节曲折深入，张弛交替，有引人拨雾寻溪之感。《砂器》情节较单纯，但杀人的动机和手段的迷离恐怖感，经过电影的处理，颇深刻地揭露了社会的黑暗面。

第十节　荒地派（鲇川信夫等）

荒地派是战后初期，随着民主运动发展而产生的一种诗歌流派。荒地派据说是采用美国后期象征主义诗人艾略特（1888～1965年）的长诗《荒原》① 为其名称。这一派诗人于 1947 年创刊同人

---

① 艾略特原诗题是 For Ezra Pound，是借用《旧约·以赛亚书》的故事，原指以赛亚经历了被亚述人蹂躏成了废墟的以色列领土，在绝望中看到被毁的耶路撒冷城中的锡安《邹山》。后人往往借喻为"世界末日"。艾略特在这里意指战后的废墟，这首403 行长诗，发表在 1923 年，从他的宗教观出发，调子是悲观消沉的，为了打破诗歌的旧传统，采取跳跃的节奏，对比的手法，交错着希伯来语、梵文等 6 种外国语、典故和传说，故有晦涩难懂，生硬拼凑之嫌。

诗刊《荒地》，1955年解散。主要成员有鲇川信夫、中桐雅夫、田村隆一、北村太郎、三好丰一郎和黑田三郎等。这一派领导人是鲇川，他是战败生还的士兵之一，他解释过采用这个名称作为共同主题的意味，"……我们在连年兵燹中，曾经一度身临战场，直到现在还无法同黑暗现实诀别，还在观察严酷战争的动向。……艾略特的《荒原》产生于第一次世界大战的荒废与虚妄中，那时是1923年，距今已过去四分之一世纪，但现代荒原那种不安未稍减退。"（《什么是现代诗》）。又说："……人类被驱往破灭深渊这种弥漫着战争恐怖的年月——在这样的时代仰望苍穹，对人类文明肯定会感到自己继承了不安的血液。"（《致×氏的献词》）。

鲇川信夫并以《死去的男子》为题，悼念死在缅甸战场的朋友森川义信，是该派诗的起点也是共同的基调。他接着写下一系列情调哀**伤**，寓意象征的诗篇：《救护船日记》（组诗）、《神的士兵》、《海上的坟墓》、《在西贡》、《港口外》、《寂寞的航标》等等。都是对军国主义侵略战争的咀咒。其他如田村隆一的《四十年代的夏天》、《目睹者》，北村太郎的《雨》，中桐雅夫的《世纪末》和三好丰一郎的《我们的五月夜歌》等，主题大同小异。他们的作品收集在《荒地诗集》中（1951年）。

第十一节　列岛派（关根宏、木岛始等）

列岛派是过去左翼诗人和战后新流派诗人的大联合的混合体，他们继承无产阶级诗歌的传统，引入新的诗歌表现方法。1952年创刊《列岛》，1955年出版了《列岛诗集》后，这个诗歌团体便解散了。

列岛派的主要成员有安部公房、关根宏、木岛始、菅原克己、野间宏等，此外还有长谷川龙生、黑田喜夫等。

这里摘录一些诗人的诗篇佳句，以见该诗派的特色。

关根宏（1920～　），他擅长抒情诗和马雅可夫斯基式的讽刺诗。在《样样都好》一诗中，语言通俗，讽喻深刻：

　　　好家伙！
　　　实在受不了
　　　好容易走了一遭
　　　什么都埋在五里雾中
　　　也望不见摩天楼高耸云霄
　　　当然啰！
　　　美国样样都好
　　　连雾也比伦敦不知大多少
　　　你以为我在造谣？
　　　不信就到职业介绍所
　　　去瞧一瞧！
　　　在纽约
　　　要铲雾
　　　就得用铁锹！

　　　引自李德纯作《日本战后诗歌流派》（《译林》1982 年 3 期）

菅原克己（1911～　）①的《黄河大合唱》则倾吐对中国解放的欢欣之情：

　　　听到了　听到了啊
　　　黄河　黄河

---

　　① 菅原克己早年在《赤旗》发表诗，诗集有《手》、《太阳底下》、《阳之扉》、《远近之间》等。1978 年出版《菅原克己诗集》。

・204・

那滔滔流水

逆转　翻腾拍击着岸边

这是革命的召唤

在这稍许腌臜的礼堂

洋溢着对中国喜悦的回响

这支歌儿为谁所有

我们又在什么时候也会有这样的歌儿？

……

像暴风雨呼啸而过的大合唱啊

中国的解放

震撼着人们的灵魂……

（引自同上）

　　木岛始（1928～　　），原名小岛昭三，生于京都市，1951年东京大学文学部英美文学科毕业后加入《列岛》，1952年选译美国黑人诗选，1953年出版自己第一本诗集。曾任教于东京都立高校后转任法政大学教授至今，仍不断从事诗歌、翻译、评论等创作。有评论集《日本语中的日本》、诗选集《一个游星》（1990年）、散文集《群岛之树》1989年等。其合唱诗《旋风歌·逃脱》（1981年土曜美术社版）曾被谱曲从1978年起多次巡回演出及电台广播。前首用象征手法揭露战后金融垄断将引起世界人民反压迫的风暴。后首以中国农民刘连仁被俘到日本受尽苦役的九死一生经历为题材，基本上是写实手法，控诉日本军国主义者对中国劳动人民的残暴杀掠，也唤醒日本人民沉痛的历史追忆。

　　他的代表作之一《鸽子》，以象征手法表现日本人民对和平的渴望："我们的恐怖有如尘埃一般！/鸽子把高亢的悸动向我们舒展。/热血从掌心涌向手指，/在心中数着/跟踪鸽子的轻捷脚步。/如同和恋人刚刚分手那般悲壮，/各奔未来的浩瀚视野，/为遥远的征途而凝息屏气。/鸽子—— 你像一面同暴风雨一起前进飞舞着的旗帜，/把我们那为希望而跳动的意志/霍地汇集到一点洁白上/直指水平线翱翔——。/前方有云朵阻拦　风势愈加猛烈　所有暂时的挫折——啊/还有那身不由己的迂回。/鸽子展翅飞向那唯一的和平轨迹/誓死不把方向迷失。"

第十二节　京滨诗派（森谷茂等）

战后，日本重要县市都先后出版同人诗刊，如广岛的《诗民》、冈山的《道标》、福冈的《筑紫野》、群马的《黎明》、大阪的《渡桥》、冲绳的《绳》等等。尤其是创刊最早，发行年月最长的，有爱知的《沃野》（月刊），横滨的《京滨诗派》（双月刊），就笔者手头现有的资料看，到 1986 年 3 月为止，《京滨诗派》出到 92 期。后者从创刊时起，有多位是战前东京《诗精神》同人，一直支持到他们先后逝去，如岛田宗治（1981 年 12 月逝去）、森谷茂（1911——1983 年 1 月 24 日）在肺癌不治逝去前夕，几乎每期都发表诗作、诗评、诗人论等。在逝世前三年出版了他最后由自己插画的诗集《空腹之鼓》和遗集《在月光下》。该诗派的代表者有佐藤富美雄、伊藤幸雄、斋藤哲三、古久保和美、高桥享子等。他们于 1982 年联合各地诗派出版了诗选集《神奈川反核·和平之声》，纪念原子弹受害 38 周年，插页上有受害者女大学生土志田和枝遗像及生前日记摘录，有云："我不该恨人，但我还是恨美军和飞行员。"（引自内藤嘉利追忆文）。

第十三节　潮流诗派（村田正夫等）

东京《潮流诗派》创刊于 1955 年 7 月，是按时出版的诗歌季

· 206 ·

刊，到 1986 年末，出版了 127 期。所有的诗人都是战后才露头角的。在它发展过程中吸收了不少第二、第三代的新秀，女诗人逐渐增多，是最有生气的一个诗派。主要同人有村田正夫（主编）、小林邦子、麻生直子、水谷诚二、吉田啄子、石黑忠、音上郁子、高桥和彦等。他们还出版个人诗集，常常举行诗话会、诗歌朗诵会等活动，有时在刊物上辟有"征询意见"栏，向新老诗人征询批评意见，如向老诗人菅原克己（30 年代左翼诗人，战后参加"新日本文学会"和上述的《列岛》）。主编人村田正夫（1932—　　），东京人，早大法学部毕业。参加现代诗会等。他的诗歌以讽刺手法来写战后的社会现实。主要诗集有《东京的气象》、《战争的午后》，评论集《社会性的诗论》等。

该诗派的共同倾向是：对战争伤痕的痛定思痛，反对战争贩子的再玩火，渴望人类的永久和平。有不少诗篇，对受害惨重的中国人民，对大半个世纪受奴役、蹂躏的朝鲜人民，深表同情。他们的诗风不同于战后的抽象派或意识流派，也不同于客观的写实派或怀古的感伤派，而是各自以其敏感，逼入现实某一断面的深层，经过心灵的锻冶，纯化出诗的形象来，赋以思想的反思、感情的激荡。

例如森弥生的《池田清子的归国——由于在日本大韩民国居留民团的邀请》这首诗所素描的形象纯朴生动，如：

> TARO—！嗨，
> TARO—！TARO—！嗨……
> 经过几千次几万次的呼唤，
> TARO 才开始变成太郎。
>
> 四十年别后再见，互相拥抱
> 在成田机场的前廊；

看来是超过实龄地苍老，
她独自离开十八个朝鲜妇女的一群
像是幼女似的抽咽着哭泣的人了。

池田清子五十五岁，
九岁时越海去了，
二十岁朝鲜战争的时候受了拷问，
据说她的出生地和父母都已记忆不起来，
像雾一般模糊不清了。

是清姑娘呢？清子姑娘呢？
没有碰到一个人呼唤自己一声，
像幼年时听惯了唤声。
在浓雾中只有一条线索，
那就到有海岸标号的村公所，
翻阅陈旧的户口簿，
一查没有山形家徽记号
那个韩国的名叫张穗德的人已走了。

此后一个月，
在海那边之国
长期独身生活，变成好歌手，
从此传开寡妇池田清子的
朝鲜语的怨歌。

KiyoKo 姑娘，
KiyoKo 姑娘！
接连几千次几万次呼唤，

清子好容易才变为穗德。

（译自《潮流诗派》127）

这首诗语言朴素、浅易，素描出一个朝鲜妇女的血泪身世，到头来落得无依无靠的孤老形象。字里行间，作者注入深挚的同情，又从背面谴责了殖民地统治者的残忍。

当然，许多诗是描写战后的社会现象和日常生活的感触的，有寓意于讽刺，也有用衬托或对比的手法，揭示美与丑、真诚与虚伪、人性与兽性、爱情与色情等等的矛盾实质，也有涉及政治、法律、经济等对人民自由、民主乃至劳动人民的钳制与欺压。女诗人取材于儿童、家庭妇女的较多。他们的基调是写实，但表现手法各有艺术个性，现代新术语，国际敏感的物事，是他们吸取、运用的化合因素之一。

第十四节　社会派优秀诗人——石川逸子

石川逸子（1933～　　），生于东京，少女时代经受了战争的苦难。小学、中学都在动荡不安中度过。1951年18岁进入御茶之水女子大学史学科，开始发表诗作，20岁成为《现代诗研究》同人。22岁任中学教师后，一直活跃于诗坛，是个多产的年青女诗人。从50年代到80年代，连续出版诗集9部。其中主要有《每日三誓》（成名处女集）、《狼·我们》（1960年饭塚书店版、获第11次H氏奖）、《燃烧的海》（1972年山梨丝绸中心）、《孩子和战争》（1976年新日本文学会版）、《游泳的马》（1984年花神社版）、《到千鸟个渊去过吗？》（1986年，同上）等。此外，她还主编16开素装册子季刊《思考广岛长崎》。

逸子的诗形式多样，有散文式的记实而后抒情，也有长短不一的通首抒情，在抒情中使用比喻和象征手法，也有用动物的寓言故事表现残酷的现实，如诗集《游泳的马》第二首《鲁娜之死》，把小雌蛙形象化为可爱的少女，被闯道汽车碾死，她的双亲被推土机翻埋掉，比喻民间遭受家破人亡的惨状。但更多的是现实题材，有的对战后现实的感受或战争资料的研究，揭露战争对人类的残害。如连缀 22 首的长篇《到千鸟个渊去过吗?》，通过战后展览资料，逐一陈述在太平洋中一个孤立小岛最后全部阵亡的三十二万一千六百三十二具骸骨。其中陆海军中有二万朝鲜人，七千中国人。这仅是第一室的统计数字，以下到第六室所陈列各战区阵亡者，中国大陆人、台湾人、朝鲜人，占的数字上十倍计。诗人愤慨写道：

> "死于十五年间的强盗战争，
> 仅是陆海军人兵员
> 推定死者总数
> 二百十二万一千人
> ……"
> "白骨无肩章，无佩剑
> （渗透白骨的
> 只是泥土与鲜血的悲哀）"

——第7首《无法统计》

　　诗人具体地叙述阵亡者的数字，在各战场残留的白骨，以丰富的联想的描写，以大自然被摧毁的景象作对照，衬托出宪兵队的凶相。
　　再看她的《连续祈祷广岛》一诗，对于当年被原子辐射夺去生命的幼儿，几笔就勾画出幻灭的形象，包含着浓重的感情：

　　　天空

像海一样蔚蓝，在战争的日子
年青的母亲，曾经也唱着歌，
推着乘坐两个幼儿的水色婴儿车
（我看见了
婴儿车中的
小小的两具白骨）

（我看见了
紧握婴儿车的把手
跪倒的一具白骨）

八月九日的长崎
不知道逼近而来的地狱的时刻
年青母亲边唱着歌
边推着两个幼孩欢闹的水色婴儿车

——译自《思考广岛·长崎》第 21 号

她的诗产生强烈的效果。现为"亚非作家会议"和"日本现代诗人会"的会员。近年又出版了《石川逸子诗集》（1989 年土曜美术社版）、《广岛死者们的声音》（1990 年经书房版），后者主要是作者编著的追忆诗文。

·211·

附 录：

主要参考资料

上篇（古典部分）

日本文学史（西乡信纲等著，佩珊译，人民文学出版社 1978 年版）

日本古代文学史（西乡信纲著，岩波书店 1978 年改稿版）

中古的文学（秋山虔、藤平春男编，有斐阁 1984 年三版本）

中世的文学（久保田淳、北川忠彦编，有斐阁 1983 年五版本）

日本的中世文学（伊藤博之、荒木繁等编，新日本文学社 1984 年再版本）

日本的近世文学（南波浩、荒木繁等编，新日本文学社 1983 年初版本）

日本文学鉴赏辞典（古典编，吉田精一，东京堂 1979 年第 2 版）

下篇（现代部分）

日本的现代文学史（日本现代文学史研究会编，三一书房 1954 年版）

现代文学史上下卷（小田切秀雄著，东京集英社 1983 年再版本）

近代日本文学史（三好行雄编，东京有斐阁 1975 年版）

现代日本文学史（吉田精一著，齐干译，上海人民出版社 1976 年版）

讲座日本近代文学史（1、2卷）（小田切秀雄编，大月书店 1956 年版）

日本的文学（讲座 2，近代文学部分，伊豆利彦、山田清三郎 等著，汐文社 1974 年版）

明治的文学（红野敏郎、三好行雄等编，有斐阁 1984 年 13 次 版）

大正的文学（竹盛天雄、平冈敏夫等编，有斐阁 1984 年 8 次 版）

日本现代诗大系第 8 卷（中野重治编，东京河出书房新社 1975 年版）

新井彻全集（创树社 1983 年版）

小熊秀雄全集（第 5 卷）（创树社 1978 年版）

日本语中的日本（论集）（木岛始著，晶文社 1980 年版）

日本文学鉴赏辞典（近代编，吉田精一，东京堂 1978 年第 24 版）

日本文学史年表（小田切秀雄编，青木书店 1956 年版）

现代诗鉴赏上下卷（伊藤信吉著，新潮社 1974 年版）

现代诗解释和鉴赏事典（小海永二编，旺文社 1981 年版）

后　记

在这篇后记中，我想从两方面谈谈应补记的事项。

一方面是：说明一下为什么我在下篇中，主要是 30 年代（及战后的部分）写了一些日本现代文学史中所忽略的或有人提及但极其简略，更缺乏论述的诗人、作家及其作品。因为我认为战前 30 年代的日本无产阶级诗人、作家及作品，从反映当时现实和战斗意义及其艺术价值来说，在文学史上应占有重要地位。回顾在当时法西斯嚣张的黑暗年代，这些文艺战线上的斗士，先后被杀害，被捕投狱，或逃亡国外，或隐匿地下……他们的刊物或个人著作被查禁。直到日本战败投降以后，少数幸存者未及喘息颐养，即投入美军占领下兴起的人民民主斗争和开展世界和平运动。出现各种社团和刊物，主要是反映战时的惨状和战后的追求。到了 70～80 年代，"战旗复刻刊行会"作为社会主义文化运动资料，复印再版和编辑了包括"纳普派"的作家、诗人作品（其中《无产阶级诗杂志集成》上中下卷，也包括拙作），但被研究和重视，在日本和我国都很不够。我认为从时代的特定历史意义来看，不但应该记载他们，而且要深入研究他们。特别是在生前功绩显著，才情节操卓越的一些诗人，如新井彻（原名内野健儿），不仅是诗人和诗评家，而且坚持反殖民主义所表现的国际主义精神是突出的。但到战后 1983 年 5 月才出版了《新井彻全集》（创树社版）；1986 年 9 月 13 日在他的故乡对马严原町建立了"新井彻文学碑"。《长崎新闻》9 月 14 日刊有记事报道，其中说："在日本被推进军国主义的时代里，新井彻坚持反抗精神，最近对其评价急速高涨起来。"

又说新井彻以复兴无产阶级文学为目标，创刊《诗精神》。报道又说文艺评论家小田切秀雄是文学碑建立委员会委员长，他建议对新井彻再评价，并应积极介绍他的作品。在会上他朗诵了新井彻的诗歌，并强调说："新井彻作为昭和时代的主要诗人，对他的评价今后将会日益高涨起来。"我认为文学史不但是写过去，而且要展望未来它所起的作用。

关于小熊秀雄虽然在战前已是成名的诗人，但到战后对他的研究更多，评价更高。1967 年在北海道旭川市常磐公园建立了他的"诗碑"。1968 年设立"小熊秀雄文学奖"，出版了《小熊秀雄全集》等。

至于我特别介绍的当代女诗人石川逸子，她是"新日本文学会"、"日本现代诗人会"、"亚非作家会议"等会员。是战后优秀女诗人，写了大量冲击人们灵魂的反战和维护和平的诗歌。她的艺术手法既不同于过去的模式，也不同于现代的一些流派，而具有她独创性的表现风格。

另一方面，在后记中要表达我感铭于衷的是：首先感谢前人和今人所著的日本文学史，供给我可贵的参考和依据。

拙著的起稿要追溯到 1983 年，曾蒙某出版社之约，完成初稿约 20 万字，但要改写为通俗本及其他条件所限，遂索回原稿以便修改。后来早年学弟程建汉，热情关怀这部稿子，在结构和内容的精简上（主要是上篇），下了工夫，下篇剪裁较多，虽经修补，但有的作家作品也较粗略。

可幸的是，1986 年我访日前后，从日本学者、友人那里得到一些新资料，经过研究参考，决定从头修改补充本书原稿，至 1989 年末，全部修订完成。

可喜的是，最近一个时期，出版界极为重视具有学术价值的著作和能够提高青年一代的文化素质的书刊。拙著得到河北省新闻出版局领导的支持和河北教育出版社领导的关怀，决定予以出版，对此不胜感激与欣慰。同时，对建汉学弟及关心拙著出版的同志也表感谢。

1990 年 3 月 20 日

附　录

比较意义下的文学史

——评雷石榆先生的《日本文学简史》

刘玉凯

　　多年来，中日文学史研究上存在一个逆差，那就是中国人研究日本文学的成绩远不及日本人研究中国的成果多。自然，这是从整体上估价，它并不妨碍我们肯定中国学者中确有功力深厚者，有通晓中日文学、长期潜心致力于中日文学交流，并不断做出卓越贡献者。雷石榆先生就这样一位学者。1992 年 8 月，他的著作《日本文学简史》由河北教育出版社正式出版。这是中国学者撰写的第一部日本文学史著，具有自己的独立观点和科学分析，特别是它重视从比较的意义上研究日本文学，给我们许多新的启发。在中日邦交正常化二十周年之际，雷著的出版，具有特别重要的意义。

　　由中国学者撰写日本文学发展史，其困难程度可想而知。除了要必须通晓日文之外，还要对日本的政治、经济、历史、文化、社会风俗、人情心理有整体的了解。而雷先生在这方面是有优势的。雷先生早在 20 世纪 30 年代留学日本期间（1933—1936），就开始用日文创作诗歌，并翻译介绍中国现代诗及诗坛情况，先后在《文化集团》《诗精神》《文学案内》等七八种日文杂志上发表，同时把日本诗坛的情况写成评论文章寄回国内发表，促进中日文化交流。雷先生是日本左翼文学杂志《诗精神》中唯一的中国同人，是该杂志的主要执笔人，他与同人小熊秀雄共同创作的《日中往复明信片诗集》，以一种独特的方式表达了中日两国人民共同反侵略战争的思想。同时，他还参加中国左翼作家联盟东京分盟，主编过《东流》（创刊号）和《诗歌》等刊物，通过他的联系，《诗精神》和《诗歌》杂志曾互相支持交流。由于参加进步文艺活动，雷先生遭到日本当局的迫害，终至被日方驱逐出境。

雷先生归国后，仍然将生命交付抗日斗争，南北奔波，写出了很多宣传抗日战争的诗歌，影响很大，先后出版了诗集《国际纵队》《新生的中国》《八年诗选集》，以及中篇小说《惨别》，散文小说集《婚变》等。这些事实表明，雷先生是以历史见证人的视角来研究日本文学史的。他梳理爬剔，烛照示微，既是严肃的工作，也是"情动于中而形于言"的情感过程。当日本文学家反思军国主义的罪行时，他们总是不能忘记中国诗人雷石榆曾经用诗歌严厉地斥责日本军国主义的罪恶，雷先生才是他们真正的朋友。

对于撰写这样的文学史，雷先生早就有思想准备。中华人民共和国成立后，雷先生致力于日本文学研究，发表过多篇专题论文，如《略评川端康成及其创作道路》《试评石川啄木的创作思想及其艺术成就》《试评小熊秀雄童话诗的特色》《关于汉诗与日本民族诗歌的关系》《日中现代文学在美学观上的同异》等。他的研究成果受到日本文学界的重视。1986 年他应邀访问日本，为增进两国诗人的友谊和推动中日文化交流做出了新贡献。归国后，他的《日本文学简史》修改完成，并在中日邦交正常化二十周年时问世。

我认真地阅读了这部文学史，认为它有以下突出特点：

（一）叙述简明，论评得要，做到了要言不烦，不落前人窠臼。

全书从日本古代口头文学一直讲到 20 世纪 90 年代的现代文

学，融诗笔与史笔于一炉，既对日本文学发展的宏观线索进行了描述，又对若干重点作家有细腻独到的剖析。如对《万叶集》歌体诗的艺术分析，对《源氏物语》思想意义、艺术结构及文学特色的细致分析，均令人信服。又如对现代作家小林多喜二、二叶亭四迷、川端康成、夏目漱石、石川啄木、岛崎藤村、田山花袋、石川逸子，以及新感觉派、白桦派、纳德派的文学思想及活动分析尤为独到。这些日本作家在20世纪二三十年代的中国文坛曾经有过不小的影响。我们读到鲁迅的《随感录六十三·"与幼者"》，就是引用白桦派作家有岛武郎的《与幼者》中的许多话来发表感想的。引文中有一句："你们若不是毫不客气的拿我做一个踏脚，超越了我，向着高的远的地方进去，那便是错的。"①自己甘做人梯，让青年们从自己的肩上踏过去，是鲁迅的精神，也是他重要的教育思想。鲁迅那时写的文章《我们现在怎样做父亲》《狂人日记》，很可能受到过有岛武郎的影响。

（二）持论公正，不讳不避，秉持治史的准则。

雷先生颇推崇夏目漱石的小说，特别是长篇小说《我是猫》，认为它是一部独特之作。作者用猫的眼睛观察主人同各种人物之间的关系，用讽刺谐谑的笔法揭露日本的社会矛盾，令人耳目一新。雷先生在书中说："他从人道主义和民主主义出发，用漫画化的手法，批判了社会各阶层的丑恶人物，同情被压迫的民众。""充满批判现实主义精神。"这一评价使我们想到鲁迅《现代日本小说集·附录 关于作者的说明》中的论述："夏目的著作以想像丰富，文词精美见称。早年所作，登在俳谐杂志《子规》（Hototogisu）上的《哥儿》（Bocchan），《我是猫》（Wagahaiwa neko de aru）诸篇，轻快洒脱，富于机智，是明治文坛上的新江户艺术的主流，

---

① 鲁迅：《鲁迅全集》第一卷，人民文学出版社，1981年，第362页。

当世无与匹者。"①又如雷先生肯定了诺贝尔文学奖得主川端康成的创作成绩，认为他的《伊豆的舞女》等小说"思想内容较健康，确是他的佳作"。但也实事求是地指出，他战后的《雪国》虽被公认是他的代表作，却美化了庸俗，夸张了瞬间的感觉。至于《千只鹤》《山之音》《沉睡的美人》等更"脱离了当时社会的现实生活，则愈趋颓废、堕落"，这是切合实际的尖锐分析。书中说到武者小路实笃为白桦派的创始人之一，他的四幕话剧《一个青年的梦》早在"五四"时就受到中国读者的重视。鲁迅于1919年8月翻译了这部作品，并肯定了作品的反战宗旨。雷著也对这种"反战的立场"给予高度评价，但同时毫不客气地指出，他的后期是反动堕落的：

> 武者小路实笃本来是站在没落资产阶级的立场，出于超脱现实和自我完善的唯心主义思想，先是退避无产阶级文学运动，终于走向与昭和战争协力，写出《大东亚战争我感》（1942年）、尤其赞美战争的戏剧《三笑》（1944年）等，反动到令人吃惊的程度。战后一时被开除公职，是理所当然的。但1951年撤消处分，并获得日本政府颁发的文化勋章。②

这段话句句切要，武者小路实笃走向反动是有其思想根源的。雷著对之加以批判，饱含着感情，日本军国主义者发动的那一场侵华战争是中国人永远忘记不了的。雷先生用春秋笔法，嘲笑了20世纪50年代日本政府所干的蠢事。

对于深受日本军国主义之害的中国来说，讲中日邦交正常化

---

① 鲁迅：《鲁迅全集》第十卷，人民文学出版社，1981年，第216页。

② 雷石榆：《日本文学简史》，河北教育出版社，1992年，第147页。

并不意味着要忘记历史，并不意味着要改变历史的真实写法。抹杀历史真实，不仅中国人民不同意，日本人民也不允许。雷先生对 20 世纪 30 年代日本左翼文学运动的功绩加以肯定，对左翼作家反战的作品高度评价，就是出于忠实历史的严肃态度。关于日本的反战文学，雷著追述到日本军国主义发动甲午中日战争（1894－1895）和日俄战争（1904－1905）时期。雷著指出："两次所谓大胜，都带给日本人民巨大的牺牲和贫困，于是出现了反战文学。除前述的与谢野晶子大胆呼唤的《你不要死》的反战诗歌外，还有木下尚江的反战小说，松冈荒村的反战评论，幸德秋水、片山潜的反战散文，当时大大震动了日本社会，统治集团大为恼怒，进行镇压。"到了第一次，特别是第二次世界大战时，日本的左翼反战文学产生了深远影响，这和日本共产党的建立有直接关系。日本无产阶级革命文学的产生和发展也正如中国无产阶级文学一样，是经历了血与火的考验，用生命和鲜血写下的历史。雷著概述了从 1919 年《我们》《改造》《解放》等杂志创刊，1921 年大众文艺的提倡和《播种人》创刊，到 1925 年日本"普罗联"（日本无产阶级文艺联盟）成立，直到联合成"纳普"（全日本无产阶级艺术联盟）的全过程，也记录了日本军国主义一面在中国发动九一八事变，一面"在国内强化反苏反共的法西斯恐怖政策"，残酷地杀害了小林多喜二等革命作家的法西斯暴行。

雷石榆先生是 20 世纪 30 年代日本无产阶级文艺运动的亲身实践者，也因此受到过迫害。在著作中他依据自己的记忆和大量文献资料，较详细地记述了《诗精神》诗人群的创作活动，特别是小熊秀雄的创作成绩及其影响，这也是这本文学史的独特贡献。雷先生与小熊秀雄共同创作"往复明信片诗"于 20 世纪 80 年代在日本重新被发现时，轰动了日本诗坛。诗人木岛始在通信中说："这些往复明信片诗和开工和内容是罕见的。"他这样估价：

写成这些作品的重要性，我认为只要考虑到以侵略中国为开端而扩大到亚洲各地区的那场侵略战争，就觉得这些作品，几乎具有使人要改写昭和文学史的作用。这一点是必须特记而强调的。

广岛大学教授、中国现代文学专家桧山久雄说：

《日中往复明信片诗集》不仅是不同国度的两个诗人的友情的结晶，而且可以成为日中文化交流史上值得纪念的里程碑。①

笔者认为，这些见解极为重要。雷著特别是现代部分，堪称"改写昭和文学史"的最早尝试。它弥补了第一次世界大战后日本出版的一般文学史著作对20世纪30年代反战文学未加重视的偏颇。

（三）立足于描绘日本文学发展的全貌，但又追源溯流，把日本文学置于世界文学发展的长河中综合考察，用比较文学的方法研究日本文学与世界文学的关系。

日本文学同中国文学有着血缘关系，这是公认的事实。雷著指出，从记录史前口传文学的故事、歌谣，到奈良时期的《万叶集》都与汉文化的输入有关。"奈良朝大量吸取汉文化，尤其推崇汉学、汉诗。汉学包括了史、书、志、文等知识，乃至孔孟、老庄的思想。在宫廷和贵族社会中汉文汉诗盛行，被视为贵族、士大夫阶级必具的文化教养，并作为相互交往或风雅欣赏所必需的。"在论述《竹取物语》时，他特别注意到："从思想来看，大

---

① 《中国文学的比较文学研究》，日本汲古书院，1986 年。

抵受了中国老、庄虚无思想的影响，从题材来看，有的取材于中国的《山海经》《太平广记》和印度的佛教故事。"这就把日本文学的渊源论述得一清二楚。

比较文学的论述方法，不仅在具体分析作品时加以运用，在全面评价作品时也时时用到。比如，雷著认为，紫式部"擅长汉诗与和歌"，"不仅以一个宫廷女性具有渊博的知识和文学修养见称，她的现实主义表现技巧也远超前人，何况在 11 世纪初，经历了约十六七年的笔砚勤劳，作出这样的一部巨著，是世界文学史上所罕见的"。她的巨著《源氏物语》"比意大利薄伽丘著的《十日谈》（1353 年），早 300 多年；比我国曹雪芹的《红楼梦》……更早 700 多年"。当然，这意思不是说，它的价值与《十日谈》《红楼梦》有相同的价值。他还说："芜村（1716－1783）的诗有点像陶渊明的'恬适情调'。"

不过，自明治维新以后，日本敞开大门学西方，提倡"文明开化"，走资本主义道路，广纳新潮，而不再局限于吸收汉文化了。此后的日本文学才真正地走向世界，从而呈现出多姿多彩的面貌。

（四）雷著文学史有一个非常卓越的指导思想，如"后记"中所说："文学史不但是写过去，而且要展望未来它所起的作用。"这不仅是研究文学史的指导思想，也是治一切史学不能不遵循的原则。

按照这一原则，雷著将以往文学史忽略的重要作家，放在了显要的地位加以论述，对于那些由于种种原因，在以往文学史中未加以肯定的进步文学思潮也给予特别强调，其用意在于未来。这里，仅提两位诗人。一位是新井彻（1899－1944），曾因政治原因长期被冷落。他是"纳普"作家，是反对日本侵略战争的。雷著说："他生前功绩卓著，才情节操卓越"，他"不仅是诗人和诗评家，而且坚持反殖民主义所表现的国际主义精神是突出的"。但是，直到 1983 年日本才出版他的全集，1986 年才在他的故乡树立"新井彻文学碑"。著名评论家小田切秀雄预言，对于他的评价肯定会越来越高。另一位是石川逸子，她是战后优秀的女诗人。她"写了大量冲击人们灵魂的反战和维护和平的诗歌"，在诗歌艺术上也有独创。因此，在雷著中对她特别加以评述，反映出雷先生史学家的慧眼。

雷先生能够在八十二岁高龄时出版这本具有独创性的《日本文学简史》，值得庆贺。《日本文学简史》在中外文学交流史上具有里程碑的意义，它的意义是超出文学史研究之外的。

1992 年 1 月 7 日